U0454180

OLD LOVE
AND
OTHER STORIES

ISAAC BASHEVIS SINGER

楚尘

文化

Chu Chen

北京楚尘文化传媒有限公司 出品

暮年
之爱

[美] 艾萨克·巴什维斯·辛格 著

袁子奇 译

中信出版集团 | 北京

图书在版编目（CIP）数据

暮年之爱 /（美）艾萨克·巴什维斯·辛格著；袁子奇译 . -- 北京：中信出版社，2023.7

书名原文：Old Love and Other Stories

ISBN 978-7-5217-5503-9

Ⅰ. ①暮… Ⅱ. ①艾… ②袁… Ⅲ. ①短篇小说－小说集－美国－现代 Ⅳ. ① I712.45

中国国家版本馆 CIP 数据核字 (2023) 第 062424 号

暮年之爱

著者： [美] 艾萨克·巴什维斯·辛格

译者： 袁子奇

出版发行：中信出版集团股份有限公司

（北京市朝阳区东三环北路 27 号嘉铭中心 邮编 100020）

承印者： 浙江新华数码印务有限公司

开本：880mm×1230mm 1/32 印张：11 字数：205 千字

版次：2023 年 7 月第 1 版 印次：2023 年 7 月第 1 次印刷

京权图字：01-2023-2537 书号：ISBN 978-7-5217-5503-9

定价：79.00 元

目录

作者寄语*

　　虽然《暮年之爱》这篇小说被我收在另一部短篇小说集《激情》里面，但我还是决定把这部集子起名为《暮年之爱》。我的小说越来越喜欢讲述老年人和中年人的爱情。文学作品素来不重视老人和他们的情感。小说家从不告诉我们，年轻人在爱情上与在其他事情上一样，都是新手。爱的艺术是随着年龄和阅历的增加而成熟的。此外，很多年轻人相信社会秩序的变更、抛头颅洒热血的革命可以使世界变得更好，而老年人则尝够了教训，仇恨与残酷只会催生出更多的仇恨与残酷。人类唯一的希望，就是爱，它的种种样式和表达——它们都来源于对生命的爱，这种爱随着

---

* 本书据美国法勒、斯特劳斯和吉鲁出版社（Farrar, Straus and Giroux）2006年版英译本译成。

年岁一同增长、成熟。

在这本书里的十八篇故事中，有十四篇曾在《纽约客》上刊登过，并经过我敬爱的编辑瑞秋·麦肯齐之手修订。另一篇《坦汗》是由威廉·麦克斯韦编辑的，《以色列的叛徒》是由瑞秋·麦肯齐退休后接手的新编辑罗伯特·麦格拉特修订的。剩下四篇中，两篇在《纽约文艺》杂志上登过，一篇在《花花公子》上登过，还有一篇大约十六年前在《星期六晚邮报》上发表过。所有这些短篇也都经罗伯特·吉鲁编订，他是我的好朋友、我几乎所有作品的编辑。我对他们所有人心怀感激。也由衷感谢来信鼓励我写作的广大读者。我虽然没有足够的时间和精力亲自回复这些信件，但我都已一一读完，他们的金玉良言令我倍感受益。

艾萨克·巴什维斯·辛格

巴西一夜 *

我从来没听说过这个人。他从里约热内卢给我写了一封长信，信上介绍说，自己是个意第绪语作家，"迷失在巴西的炎热沙漠中，碎成了细沙"。他名叫帕蒂尔·格斯滕德雷舍尔。几个月之后，我又收到他的一本书，麦绍夫出版社，文字印在灰色的纸上，封面边缘在邮寄途中被挤得皱皱巴巴。这是一部糅合了自传和散文体裁的作品，讲的是上帝、世界、人，以及造物的随意和无序，风格繁冗，句子出奇地长。书里满是拼写错误，还有错页。书名是"一个不可知论者的忏悔"。

---

* 本篇英语由约瑟夫·辛格（Joseph Singer）翻译。

我草草翻看了两眼，给作者写了几句感谢的话。对方回复了三四封长得离谱的信，我只回过一份道歉的短笺，说我没法及时、详细地答复他。

帕蒂尔·格斯滕德雷舍尔不知通过什么渠道得知，我将赴阿根廷讲课。他于是开始发急递信，甚至给我拍电报，邀请我去里约热内卢待几天。那回我没坐飞机，而是搭海船去阿根廷。从纽约出发，十二天后恰好要经停桑托斯，停留两天。

这船破旧得几乎要报废了。有人向我保证，这是它最后一次从北美出发。我用折扣价买到了豪华舱，餐厅还给我安排了一个专门的服务员。我只呷了一口葡萄酒，算是给他找一点事做。

那个春天——巴西的春天，纽约的秋天——一场飓风席卷大西洋，海面上狂风暴雨。船颠簸得让人绝望，预警的汽笛声日夜鸣响。海浪像大锤一样敲打着船舷。在我的房间里，挂在镜子边的领带像杂技演员一样打转，牙刷叮叮当当敲打着玻璃杯，一刻也不停息。航程赶不上计划了，我给帕蒂尔发电报，重新约定了一个时间，然而我连这个时间也没赶上。

终于，船抵达了桑托斯。我在这里没有找到帕蒂尔。船在港口只停留二十四个小时。我从港口给他挂了电话，接不通。有一回确实通了，但接电话的人说着葡萄牙语，我听不懂。情理上讲，我不愿意辜负帕蒂尔·格斯滕德雷舍尔。他在信里说到我的来访，那口吻，就好像毕生的希望都寄托在这件事上。我略一考虑，便上了一辆开往里约的客车[1]，然后叫了辆出租车去他给的地址。他的住址离城市真够远的，司机花了不少力气才找到这个荒凉的街区。马路不仅窄，还坑坑洼洼的，有时半边路都淹在大水坑里。

我来到一个几乎废弃的房屋前，敲了敲门。开门的是一个女人。让我惊讶的是，我在华沙见过她——列娜·施滕普勒，一位声名不再的演员、歌手，也是一位独角戏演员。她也画画，我在作家俱乐部和她见过。那时候她还是个古铜色肌肤的年轻女人，著名作家大卫·赫谢尔的情人。大卫后来在纳粹统治期间死了。列娜从大家的视线中消失，那时距离我逃离华沙还有几年时间。作家俱乐部里关于她的谣言四起。传说她离了四次婚，还为了获得一位戏剧评论家的赞誉，献出了自己的身体。有人说她患了梅毒。看看面前的她，身材还像少女一般。她剪短的头发依然是黑色的，只是看起来是染的。妆容下依稀透出皱纹。列娜有个小而高挺的鼻子，一双浅棕色的眼睛，大嘴一咧，露出稀疏的牙齿，唇间含着一截烟头。她穿着轻薄料子的日式睡衣，脚下是高跟凉鞋。

她见到我便吐掉烟蒂，笑了。看样子，她好像比我所想象的更熟悉我。"我是格斯滕德雷舍尔夫人。意外吗？"然后她吻了我。她的呼吸中有烟草和酒的臭味。

1　桑托斯距里约热内卢约500公里。——译者注（本书脚注无特别说明均为译者注）

她挽起我的胳膊，把我领进一个大房间。这个房间似乎集一切用途于一体，是客厅、餐厅、起居室，也是书房。餐桌上摆着碗碟和玻璃杯。一张宽大的睡榻，白天能当沙发，晚上能当床。墙上挂着没装框的画，地板上码着成堆的书，有很多本《一个不可知论者的忏悔》。

列娜说："帕蒂尔去桑托斯找你了。他来过电话。你们俩擦肩而过了吧。你应该记得我。我们虽然没说过什么话，但在作家俱乐部天天碰面。我在里约读到过几篇你写的小文章。我和帕蒂尔是在巴西结的婚。我们已经处了八年了。外套脱下吧，这里面真是热死了。"

列娜抓住我的外套袖子，把它扒了下来，然后又松了松我的领带。她围着我转来转去，仿佛我的一位亲戚，不过这样的殷勤也没让我难堪。

她在一张小桌上摆出了茶点，一壶柠檬水，一瓶烈酒，一盘曲奇，一碗水果。我们在柳条椅上坐下，吃吃喝喝，列娜不时吸一口烟。她说："帕蒂尔盼你来就像盼弥赛亚一样，这一点不夸张。多年来他喋喋不休地谈论你。一旦收到你的信，他就会发狂。他像疯了一般仰慕你，把我也带得和他一样。我们在这里的处境困难得很。一切都和我们作对，这里的气候、犹太人社区，还有我们自己的精神状况。帕蒂尔在树敌方面是个天才。在这种地方，如果你和两三个社群领袖起过争执，就相当于被开除出教了。就因为他，我也被清出了社区。要是没有我从前夫那里拿的一小笔补偿金，我们就饿死了。你要想把整段故事听全了，得在这里坐上几天。帕蒂尔从前是个棒极了的爱人。但突然之间，他就痿掉了。我呢，则让一个附鬼[1]给缠上了。"

"附鬼？"

"是呀，附鬼。有什么好惊讶的？你也经常写到附鬼呀。显然他们对你来讲不外乎是虚构，但他们真的存在。关于他们，你编造的一切其实都是真的。你身体里也住着一个附鬼，但你没有意识到。这样也好。你的附鬼是有创造力的，而我的只会折磨我。他留着我的一条命，只是因为他没法折磨一个死人。别这样瞪着我。我没有疯。"

"他对你做了什么？"

"做的都是你在小说里描述过的。我存了一点小钱，全花在看精神病医生和精神分析师上了。他们在巴西是稀有物种，而且可能是三流甚至十流货。但在你要淹死的时候，连一根十流的稻草都会抓住。帕蒂尔回来了。"

门开了，进来的是一个矮小的男人，穿着雨衣，戴着塑料壳的帽子，一手拿着伞，一手拎着手提箱。我想象中他是个高个子，可能是因为他的名字长吧。

1　在犹太神话里，附鬼（dybbuk）是一种来自死人的、怀有恶意的鬼魂，附在人的身上。可以通过满足其愿望而将其祛除。

他看到我，好像惊呆了。那时我的照片很少印在报纸和杂志上。他站在那里打量着我，上下左右，棱角分明的脸上带着冷笑。他高额头，尖下巴，双颊下陷。"是你。"他说。这语气好像说，你不是我想要的样子，但是我也姑且接受现实吧。接着，他说："列娜，今天是我们的节日！"

我们吃了一顿素食餐，喝木瓜汁和浓郁的巴西咖啡。甜点是列娜专门为我烤的蛋糕。

她推开后门，门外是个杂草丛生的宽敞后院。雨在昨天停了，清新的傍晚海风扑面，闻得到热带的气味。太阳像一块燃烧的炭球，向西边滚落，把飓风袭过留下的残云映成火的颜色。列娜打开收音机，播放了一会儿新闻。我则竖起耳朵，听到鸟儿归巢、挑拣树枝的声音。有的鸟一落下就安定下来了，另一些则上蹿下跳，传来翅膀扑棱、树叶窸窣的声音。我从没见过颜色这么鲜艳的鸟在自然中的样子。在这里，神创造世界的原始力量还不曾被扰乱。

帕蒂尔和我谈文学，还有他自己的写作。"一个创造者必须也是一个批评者，"他说，"但是批评要放在创作之后。我的问题在于，我哪怕只写了三个字，就开始质问自己写这些想要表达什么。我努力提前把所有事情都解释得清楚明白。你在一封信里问我，为什么用这么长的句子，为什么在括号里放这么多评论。这就是我沉迷批评的本性。说实在的，分析就是人的劣根性。亚当和夏娃吃了智慧树上的果实，才成了批评家和分析家，于是发现自己是裸着的。如今所有关于性的书，都散播着性无能的瘟疫。经济学家干预世界经济，直到他们给所有国家都带来了通货膨胀。所谓精确的科学也是一样。他们发现的所有原子里面的粒子，我都不信。人的脑子把自己的狂想强加给自然，要不就是自然也吃了智慧树的果实疯掉了。谁知道呢？可能上帝自己信了精神分析，于是——"

"帕蒂尔，你的理论我都知道了，"列娜打断了他，"我想听听我们的客人怎么说。"

"不，接着说。很有趣。"我说。

我望了一眼窗外。片刻之前还是白天，夜晚来得唐突，好像天上有盏灯灭了。屋里蚊虫乱飞，巨大的甲壳虫从墙缝和地板缝中钻出来。

列娜说："这儿的生命就是这么繁荣，捕虫网拦不下任何东西。我在读大学预科的时候学到，物质不能穿过其他物质。但那在波兰是对的，在巴西却不对。"

"给我讲讲你的附鬼吧。"我说。

列娜向帕蒂尔投去询问的目光。"我从哪里说起呢？如果你希望我们对他坦率，我们就得告诉他真相。"

"好的，告诉他吧。"帕蒂尔说。

"真相是，我们两个都被诅咒了或者施法了——不论你用什么说法，"列娜犹豫了一会儿说，"帕蒂尔从加拿大来。他为了我和之前的妻子离婚，也离开了两个孩子。我们在你的纽约相遇。他想靠写作维生，不再做律师。他到纽约是为了参加意第绪语运动[1]的某个会议。我运气好极了——你可以这么讲——能在大屠杀之前来到巴西。但是我在华沙的运气不好，在这里的运气也不好。你在华沙就知道我吧。我小时候成长的家庭说波兰语，不说意第绪语。我之所以到华沙，是要读一所波兰语的戏剧学院，不是去意第绪语剧院当一个趋炎附势的演员。你的朋友大卫·赫谢尔让我真正成为一个意第绪语的支持者。作家俱乐部的人肯定说了我很多难听的话。从一开始我就是一个外人，直到最终也没有改变。所有男人都追求我，他们的臭婆娘像讨厌蜘蛛一样讨厌我。大卫·赫谢尔对我做了什么，他是怎么玩弄我的，我还是不说的好，毕竟他已经身在另一个世界了，成了人类残忍的受害者。只提一件事——他只想等我结婚之后做我的情人。你说这是不是头脑有问题？首先，他盘算的是占有另一个男人的妻子。其次，他害怕我不在他身边的时候会和别人好上。他把所有的自由留给自己，但在我这里就是个醋坛子。他暗中操控我，一发现我和一位丈夫相处得越来越亲密，就设法使我离婚，再为我找一任丈夫。先不

---

[1] 从 19 世纪后期开始，一些犹太人发起了发展意第绪语的运动。该运动旨在从语言学、文化和文学上使意第绪语成为一种完善的语言，以此树立犹太人的文化地位，并且团结犹太民族。

说我是在什么机缘下、怎么来到南美洲的，这是另外的故事。我抵达这里的时候，身体和精神上都弱不禁风。一到这里，我又结了婚。名义上讲，这次结婚是出于我自己的意愿，但实际上也是为了嘴里的一口面包和头顶的一片屋瓦。我的新丈夫比我大四十岁。后来我遇见了帕蒂尔，让另一个女人遭了殃。"

"列娜，你跑题了。"帕蒂尔说。

"那又怎样？跑题就跑题吧。你开始写的是犹佩茨，结束时却到了博伯里克[1]，到我这儿就不让说了？就因为你离题万里的文风，帕内斯出版社都不再出版你的作品了。"

"列娜，怎么扯到帕内斯出版社去了。"

"要不，我闭嘴，你继续说。"

"事实是，大卫·赫谢尔接近她，挑逗她，猥亵她，逼迫她，令她窒息——这些事她讲着讲着就疯了。他住在她身体里，甩不掉。从我的书里你知道我不是无神论者。一个不可知论者容许各种各样的可能性，甚至能接受你写的那些魔鬼和地精。如果二十世纪出了一个希特勒，一个斯大林，还有其他类似的野蛮玩意儿，还有什么事不可能呢。但即使这样，你也得承认不是每个癔症都是鬼附身。修女们在耶稣受难周展示身上的圣痕，她们那个也不是因为鬼附身产生的。如今即便是教皇也赞同这个……"

1　犹佩茨（Yehupetz）和博伯里克（Boiberik）都是波兰地名。

"就在昨天你还说，我们的房子里闹鬼，还说我经历的这些没法用科学语言来解释，"列娜插话道，"这是你的原话。"

"任何事都是解释不清的，甚至是，为什么苹果会从树上掉下来，磁铁为什么能吸铁而不吸黄油。"

"你说只有我们尊贵的客人有能力驱赶这个附鬼。"

"我这么说是因为知道你仰慕他，你爱他，还有你其他的各种感情。我自己也仰慕他，如果他能来坐坐，看一眼我写的东西，我能高兴得飞上七重天去。不论如何，你的附鬼仅仅是癔症而已。"

列娜从椅子上跳了起来。她碰翻了一个玻璃酒杯，在它掉到地面前接住了它。她伸出一根涂着红指甲的手指，厉声说："帕蒂尔，你进门的那一刻我就觉得你不对劲。你还指望什么——我们的贵客头上能戴着王冠[1]？我当然希望他能和我们待一段时间，但他不能，这是我不走运。你可以让他带着你的书稿到船上去读。他还要坐六天船呢。但是我，他带不了。我倒希望他可以。你知道我在这儿也窒息得很。"

"你是一个自由的人。我从第一天就说过。"然后他们的对话就变成了葡萄牙语。

就这样，我夹在吵个不停的夫妇中间——多年的争吵消磨

1　指弥赛亚。

了夫妻两个的羞耻心，这次只是很平常的一次。在这里待了几个小时，我已经完全明白其中境况。帕蒂尔·格斯滕德雷舍尔是个学者，不是艺术家。他所写、所说的是一套地道的意第绪语，但他没有意第绪主义者的那种心性。他很可能小时候就去了加拿大。他属于这么一种人，从小就自我放逐到一个陌生环境，选了一个不适合自己的职业，往往还有一个不适合自己的伴侣。列娜也是这样。甚至他们住的房子——这个荒废的、非犹太的街区，也不适合他们。他们离开了自己唯一可能维持生活的圈子。此外，帕蒂尔陷入了艰涩的语言实验，沉迷于复杂的文字游戏和雕章琢句，既难吸引意第绪语读者，也不可能被翻译。

话虽如此，夫妻两人为什么要这样决绝地毁坏自己的兴趣？而且，他们指望我能做什么？我最多待一天，又能怎样？我一时冲动想给他们聊聊他们的处境，但我知道为时已晚，多说无益。听列娜解释她的附鬼，我感觉自己的好奇心遭到了愚弄。虽然癔症本身就意味着夸大和撒谎，但是她的癔症纯粹是凭空编造——一个名义上的附鬼，或许是从我的某篇短篇小说里借来的。我对自己说，帕蒂尔是这里真正的受害者。他垂着头，带着困惑的表情听列娜抱怨，不时朝我投来怀疑的目光。很明显，从我们见面那时起，他就对我感到失望。但依我自己的感觉，我还没有说过什么令他不快的话。可能只是我的相貌吧。尴尬间，我努力辨认他眼睛的颜色，它们不是蓝色、褐色或灰色，而是黄色，眼睛隔得很开。我想如果这是在美国，遇到这种事可以径直起身离开。但在这个远离城市的陌生地界，我无处可逃。

帕蒂尔站了起来。"那好，我走。"他用意第绪语说。不一会儿，他走出去，关上了门。

列娜又讲了一阵葡萄牙语，然后意识到自己搞错了，笑了起来。她说："我糊涂了，这都发生了什么呀。"

"大晚上的，他去了什么地方？"

"不用怕，他走不丢。你看到我那荒废的院子，可能以为我们住在丛林里。实际上，我们离大路只有几步远，离里约不超过二十公里。他不是第一回这么干了。每次我告诉他真相，他都会跑开。里约有个老寡妇，充当了他的赞助人。也是他唯一的读者，或者听他哀诉自己的命运。他拦下一辆车，就能搭车去。这不是纽约，人们不忌惮让人搭便车，特别是他这么一个小个子。"

"他和她私通了吗？"

"私通？没有。可能有吧。但愿上帝让他有，我也好清静清静。"

"万一他回不来，谁送我回桑托斯？"

"我来送。我有时刻表，该有的我都有。不要担心。我保证船在起航时你一定在上面。他们说下午四点开船，一定会拖到晚上十点。南美国家的整套生活方式就是这样，要敢于把所有事情推到明天，推到后天，推到明年。从你的表情能看出来，你还想听我的附鬼的事。没错，我身上的附鬼就是大卫·赫谢尔。他活着的时候带给我痛苦，如今死了，也想害死我。注意，不是一下子让我死，而是慢慢折磨我。他唯一放过我的时间，是我和我那个前夫老头结婚的几年。赫谢尔显然不嫉妒他。但自从我和帕蒂尔在一起之后，我就没有安稳过。大卫·赫谢尔直白地对我说，他要拖着我一起进坟墓，虽然他实际上没有坟墓。只有一抔骨灰。"

"他是用真正的声音和你说话？"

"是的，有一个声音，但我是唯一能听见他说话的人。有时候他发出的响动即使帕蒂尔也能听到，可他不愿承认。帕蒂尔装作理性主义者，可他连自己的影子都怕。他见过赫谢尔的鬼魂走下地窖的台阶，听到过他半夜关上房门，打开水龙头。大卫·赫谢尔住进了我的肚子里。我一直做健美操，腹部保持平坦。有天早上我起床，突然发现那里有一块巨大的隆起。那实际上是个头，他的头。别这样看我。帕蒂尔和本地医生异口同声说这是癔症，精神上的郁结。要是 X 光照不出来东西，它就不存在。但是我的肚子里住进来一个人头。我能感觉到他的鼻子、眉骨、脑门。他说话的时候嘴在动。他在下面的时候我尚可忍受，但他生起气来，就会往我的喉咙上蹿，让我呼吸困难。在老家，常听说如果你伤害了一个人，他死了，尸体会回来扼死你。但我没有伤害他。是他伤害了我。最初我把这当作老妇们的闲言碎语、民间故事。我实话和你说：如果在当时，有人向我讲我现在讲的故事，我会建议他去精神病院。你愿意的话，可以来摸摸这颗头。"

有一瞬间，我感到一阵幼稚的恐惧，一想到接触她的肉体我就反胃。对这个女人，我一丝欲望都没有。我回想起从前的传言：她患有性病。我自己遇到她也会变成性无能。我试图想出一个借口，好结束这难堪的暧昧，但我又不想暴露自己的胆怯。这是我第一次得到灵学家们称为"物理证据"的东西。我说："你丈夫可能回来，并且……"

"别害怕。他不会回来。他肯定去了她那里。即便他回来了，也不会找你麻烦。我们都决意向你展示真相。我有一个主意，外面有一张吊床。夜里黑得很。我们没有邻居。蚊子会咬我们，但是这儿没有疟疾。再说上面还有蚊帐呢。来！"

列娜挽住我的胳膊。她拨了一个电开关，所有的灯都灭了。她打开通往花园的门，热浪像刚打开烤箱冒出的热气一样击中了我。夜空低垂，布满了南半球的星座。星星像葡萄串长在宇宙葡萄园里。蟋蟀用无形的锯子锯着看不见的树。蛙鸣声仿佛人在打嗝。灼人的热气从香蕉树、野花和草丛中升起，像热敷一般穿透我的衣服，温热着我的内脏。列娜领着我穿过黑暗，就像我是个盲人。她说这里有蛇和蜥蜴，但不是有毒的品种。

我在船上听过一个笑话：白天巴西政府偷走的东西，夜里都会长回来。现在我仿佛听得到汁液在树根里潺潺流动，最后变成芒果、香蕉、木瓜、菠萝。列娜按下吊床，让我坐进去，然后轻浮地一荡。她轻巧地钻到我的旁边，掀起睡衣，露出赤条条的身体。她拿起我的手，放在她的下腹上。一切迅速、熟练，像降神会上的灵媒一样游刃有余。我确实摸到了她肚子里的某个东西，长形的凸起。列娜拿着我的手往上摸。她引导我的食指触碰一个小凸起，问道："摸到鼻子了吗？"

"鼻子？没有。有。或许吧。"

"别怕。我又不是女巫。我看过你写的附鬼故事，我猜你习惯了这种灵异事物了吧。"

"人不可能对灵异感到习惯。"

"真的吗？那你可真是童心未泯。或许这就是你的力量所在。大卫·赫谢尔恨的是我，不是你。他总是赞扬你的才华。我千方百计想见你，但是你像虔诚的犹太信徒一样躲着女人。在巴西我读起你的作品，不敢相信作者真的是你。"

"有时候我也不信那是我写的。"

"摸摸他的额头。这样的机会可不多。"

列娜抬起我的手。手碰到了她竖起的乳头。我猛地缩回手指，不让她误以为我想勾引她。事情到了这样荒唐别扭的地步，我提醒自己，大卫·赫谢尔——那个愤世嫉俗的人，愿他安息——还有他的魂魄，和这档子事一点瓜葛都没有。列娜得了肿瘤，或者是她长年自我欺骗落下的病。如果你对某样东西渴望得足够强烈，就能训练自己的肌肉拧成各种独特、扭曲的形状。不过她为什么强烈地渴望这个？

"现在你有什么想说的？"列娜问。

"真的，我不知道说什么好。"

"这么紧张干吗。帕蒂尔不会回来的。我怀疑他故意挑起争执，留我单独和你在一起。"

"为什么要这么说？"

"为什么？因为他已经半疯了，因为我们俩都被困在黑暗的角落——身体上、精神上，任何意义上。我有过很多丈夫，我懂。不论爱情有多么伟大，它总会带来一种危机，这危机和爱本身，或者和死亡本身一样神秘难解。你们依然爱对方，但是你们需要分开，或者需要一个新人，带来新方向。我告诉你一件事，你不要往坏处想——在我们的幻象中，你就是那个人。"

"哦，但不幸的是我明天一早就走。我有我自己的事情要忙。为什么你们非得住得离所有人和事都那么远？"我改变了自己的语气，问道。"帕蒂尔智力超凡，学问渊博。在纽约他可以毫不费力地当上教授。你们在那里也更容易过好日子。"

"你说得对。但是这个房子是我的。我前夫给我赡养费。这座房子很难卖出去。况且，它也不完全是我的。前夫不会把克鲁赛罗[1]给我汇到纽约去。帕蒂尔已经完全不理会我这些事了。他日日夜夜坐在那儿写他的小说。那些小说没有丝毫亮点。他努力想成为意第绪语中的乔伊斯，或者类似的角色。我听说纽约的意第绪语剧院要倒闭了。"

"很遗憾，是这样的。"

"有时我真希望附鬼卡到我的喉咙这儿，把我解决了。我太累了，不想再从头来了——尤其是从零开始的这种。我已经活够了，该死了。但我没有勇气去做。别笑话我，但我依然梦想爱。"

"我也是。我和病重的老人聊过天，他们在临死前一天还会说这样的话。"

"这有什么意义呢？我躺在床上，心里满是苦恼和对一场伟大爱情的幻想——一个很可能不存在的、独特的东西。不论我是被附鬼窒息而死，还是死于心脏病发作，有件事是肯定的：我会怀着这个梦想而死。"

"嗯，真的会这样。"

"那你是怎么理解的？"

我想说我并不理解。但我却这么回答："似乎生和死没有交界。生命是全部的真相，死亡是全然的谎言。"

"你是什么意思——我们会永生？"

1　克鲁赛罗（cruzeiro），巴西的旧货币单位。

"生命是上帝的马车，死亡只是他的马鞭的影子。"

"这话是谁说的？"

"不知道。可能就是我说的。我在胡言乱语。"

"我早就告诉过你——你身体里也有附鬼。让你的附鬼来吻我。我还没那么老那么丑。"

我不打算在她这儿牵扯任何事情，我意已决。这个女人是个骗子，一个暴露狂，彻头彻尾的疯子。她丈夫的敌意已经够明显的了。我从前和这样的人打过交道。他们前脚还崇拜着你，后脚就开始辱骂你。他们都是一路货色，拿不可理喻的借口向你寻求帮助。根本就是不可理喻的人。但正当我毅然决定要坐怀不乱时，我的手臂已经伸出来，抱住了列娜。那些自愿失败的人，在失败的困境中纵容自己、在失败的假象中牺牲自己的人，总能够引起我的好奇。这会儿，我在亲吻列娜，她含住了我的嘴唇。我听见自己亲昵地叫她的名字，告诉她我们的相遇是命运的安排。我们翻滚，扭动。她想把蚊帐罩严实，我们摸索着裹紧帐子。突然，系吊床的绳子从树干上脱开了，我们掉进了一片满是杂草、腐烂树根和污泥的坑里。我使劲想爬起来，却被蚊帐缠住了。列娜骇人地尖叫起来。像蝗虫群一样密实的蚊子找上了我们。我被蚊子咬过，但是如此众多而凶猛的蚊子，还是第一次见。我设法解开了网，扶列娜起来。我们奋力往屋里跑，却不断被带刺的灌木、树枝和草丛困住。这时我才意识到，列娜完全赤身裸体，并且丢了一只鞋。我想把她扛起来，但她推开了。

我们终于回到了屋里。打开灯，我看到我们身上布满了蚊子咬的包，还有像水蛭一样叮在皮肤上的活蚊子。我们开始一只只按死这些寄生虫，捏出了本属于我们的血。我们吓得像疯子起舞一样蹦跳。血浸透了我的衬衫。列娜把它撕扯下来，推着我进了浴室，里面有一个狭长的浴缸，上面挂着铜水箱和花洒。她打开淋浴，我们两个一起站在下面，互相扶着才不至于倒下。列娜打开医药箱，拿出一瓶液体往我们两个身上涂。我扫了一眼镜子，看到脸上的皮肤有一半剥落了。列娜此时还在哀号，她带我来到起居室，从箱子里抽出一条床单，在大睡榻上铺开，像裹尸一样把我裹了起来。然后她把自己也裹进一张床单里。她弯下腰对我喊道："上帝爱我们。他在我们犯罪之前就降下了惩罚！"

她哀叹了一声，倒在我身边，眼泪一下流到我的脸上，又湿又咸。她熄灭了灯，但灯又亮了——帕蒂尔回来了。

第二天早上，帕蒂尔送我上了开往桑托斯的客车。列娜卧床未起。我和帕蒂尔一句话都没有说，避免直视对方的眼睛。我太疲倦了，多数时间都在打瞌睡，头不时歪一下。我已经麻木到无心羞耻。上船之前，帕蒂尔递来两个巨大的信封，里面装满了手稿，说："我们两个都从您的来访中收获很多：我收获了一个真正的读者，列娜收获了一个真正的附鬼。"

　　我巴望这场荒诞的相遇就此终结。可是当我从南美回到纽约时，又收到了另外三份手稿，还有列娜寄来的两封四十页的信，一封意第绪语，一封波兰语。列娜告白说，她对我的爱情从我们还在华沙的时候就燃起了，早在帕蒂尔得知我的南美之行以前，列娜就通过情感共鸣和心灵感应预知了我的到来。我努力阅读他们两个写的东西，可是手稿和书信一份份接踵而至，我都没时间做任何别的事了。我时不时瞥一眼列娜的来信，得知那个寡妇，帕蒂尔的米西奈斯[1]，死了，给他留下了挺大一笔钱。帕蒂尔要用这笔钱在麦绍夫出版社出版他全部的作品。很快这些书一本接一本都寄到了，间隔时间短到不可思议。我再也提不起兴致打开他们的邮件了，但这在很长时间里，还是挡不住他们继续寄来书和信。几年后，我获悉列娜已经死于癌症，帕蒂尔被送进一所精神病机构。我专程把他们写的一大堆东西处理掉，只留下了帕蒂尔的一本文笔糟糕、难以卒读、疯子说梦般的大书，还有列娜的几封信。这是一份骇人的证据，诉说着孤独对这些人做了什么，他们又对自己做了什么。

1　指赞助人。米西奈斯是古罗马政治家，罗马诗人贺拉斯和维吉尔的赞助人。

尤哈娜和什梅尔凯*

雷布·皮尼尔·德卢什克把他全部的岁月都献给了哈西德教义[1]。他四处行走，参加桑兹拉比的讲堂、贝尔茨拉比的讲堂，还有特里斯克拉比的讲堂。[2]有哈西德信徒与他争论道，一个拉比就足够了。但是雷布·皮尼尔说："那么为什么一个母亲可以爱十个孩子？为什么一位富人又可以住很多房间？为什么皇帝可以拥有

---

* 本篇英语由约瑟夫·辛格（Joseph Singer）翻译。

1　哈西德派是犹太教的一个支派，兴起于东欧，在东欧有很多信徒。辛格的父亲是一位哈西德教徒。

2　桑兹（Zanz）、贝尔茨（Belz）、特里斯克（Trisk）是一些东欧城镇的旧名，位于今乌克兰的西部。它们也是三个哈西德派犹太人宗派的名字。

很多士兵？和这些奇迹拉比[1]相处是我的愉悦。"

雷布·皮尼尔每个节日都去拜访他的拉比们，甚至在逾越节也是如此，全然不顾最虔诚的信徒已经定下的习俗：逾越节晚餐要与家人一起吃。结婚第一年，他的妻子施普林察·佩莎反对他逾越节出门。她的母亲建议她离婚。眼看就要离婚了，施普林察·佩莎的一对双胞胎患猩红热夭折。她认为这是上帝降下的惩罚，因为她惹皮尼尔伤心了。之后几年，其他几个孩子也接连死去——得的是百日咳、白喉、麻疹。雷布·皮尼尔和施普林察·佩莎只剩下一个女儿，尤哈娜。她的名字随了施普林察·佩莎的姨奶奶。

尤哈娜健康地成长。她很少哭，永远在笑，显出双颊上的一对酒窝。施普林察·佩莎是家里挣面包的人[2]，她经营着一家布匹铺子，也卖一些针头线脑之类的零碎——粗麻布、衬里用的布料、线和纽扣。尤哈娜实际上从小到大都是自己照顾自己。雷布·皮尼尔希望，他唯一的孩子能出落成一个虔诚的犹太女孩。尤哈娜四岁的时候，他请来一位女家教教她字母，后来又教祈祷文，甚至还要教着写一两句意第绪语。可是尤哈娜没什么学习头脑。她吃得多，很快长得圆滚滚的。别的女孩玩捉迷藏，或者转圈跳舞，

1　拉比即讲授犹太经书的老师。"奇迹拉比"（wonder rabbis）是哈西德派信徒对拉比的敬称，据传，他们因对上帝极端虔诚而拥有行奇迹的能力。

2　在东欧犹太人的社会中，女人常常担起养家糊口的重任，而男人负责做学问、研究犹太教典籍。女人以嫁给学者为荣，即便学者不从事生产工作。

但尤哈娜每个夏天都坐在屋门口玩泥饼。开饭了，她母亲给她端来肥肉、燕麦饭、汤、蘸蜂蜜的面包，还有安息日曲奇。尤哈娜吃个精光，然后还要再吃。她头发金黄，像个外邦人[1]，发色浅得像亚麻，眼睛蓝得像矢车菊。

到十一岁时，尤哈娜长成了大姑娘，施普林察·佩莎送给她一个小口袋，里面装着一颗狼牙，这是一个护身符，可以抵挡邪眼[2]并且驱除入侵的恶灵。她有了成年人的乳房，施普林察·佩莎找一个女裁缝定做了女儿的胸衣和内裤。

尤哈娜始终没学会读祈祷书，但是她坚持每天起床后念诵祈祷文，餐前诵读谢恩祈祷文，以及其他一些祈祷文。尤哈娜喜爱犹太教。每到安息日，她要求母亲带她参加会堂的女性礼拜，而且像虔诚的中年妇人那样，当男性礼拜的司会在诵完《十八祷文》时，郑重其事地说出"赞美他并赞美他之名"与"阿门"。[3]她也聆听女性礼拜的司会给不识字的众人诵读祈祷文。碰上漫游的布

1　外邦人（Gentile），即非犹太人。

2　邪眼（Evil Eye），一只发出恶意凝视的眼睛，为西亚、东欧等地方传说中一种神秘诅咒的代表性符号。

3　司会（cantor）和拉比都是在犹太会堂主持礼拜的神职人员，司会常常受过宗教音乐方面的训练，可以将祈祷文唱出来。《十八祷文》（the Eighteen Benedictions），又称为"立祈祷文"或"阿米达"（Amidah），是犹太教最重要的祈祷文之一，犹太人每天的早中晚祈祷、安息日祈祷都要念诵。保守的犹太会堂都是男女分隔，男性坐在楼下大厅里，女性站在二楼回廊俯视着大厅。由于一些传统女性像尤哈娜一样不识字、无法完整背出祈祷文，她们就在司会或拉比领诵完祈祷文之后，念"阿门"结尾。

道人来镇上讲道，尤哈娜从不缺席。布道人说起地狱里的痛苦折磨：地狱里的钉床，复仇恶魔的鞭打，罪人在发红的炭火上面翻滚，尤哈娜跟着哭泣。布道人又说起天堂：天堂里，敬畏上帝的女人如何成为丈夫的脚凳，如何与男人们一起获得《托拉》[1]的秘密，令尤哈娜两眼放光。

尤哈娜到了十二岁时，媒人们把她团团围住，抢着给她介绍各种亲事。但是她的父亲雷布·皮尼尔从特里斯克给她找来了新郎，是个孤儿，每天苦读十七个小时的犹太学校[2]的学生。他的名字叫什梅尔凯，比尤哈娜大三岁。他睡觉和吃饭都在一家小旅馆里。夫妻俩第一次见面要等到婚礼当晚新郎揭开新娘的盖头。但尤哈娜关心她素未谋面的新郎，用金线和银线为他绣了一条天鹅绒祈祷巾，一个装经文匣的小包，一张盖安息日面包用的布帘子，一个装面饼的布兜。女家教教给她如何计算经期、计算何时可以和丈夫行房，如何按照经书要求行沐浴礼，以保持婚内身体的洁净[3]。尤哈娜全部学会了，女家教表扬了她的勤奋。

施普林察·佩莎给女儿定做了一套新娘礼服。给尤哈娜做衣服并不容易，因为她胖得像放多了酵母的面团。裁缝的助手

---

1 《托拉》(Torah)，犹太教的第一圣典，有时在狭义上指《摩西五经》，即《圣经》的前五章。

2 犹太学校 (Yeshiva)，十多岁的犹太男青年研习《塔木德》等犹太经典的学校。

3 犹太习俗认为经期女性的身体是不洁的。经期结束后，犹太女人要以一次沐浴礼恢复身体的洁净。

们开玩笑说，看她的乳房还以为是奶妈呢。她们还把尤哈娜的大腿比作肉铺切肉的圆墩子。但是她的脚还算小巧，漂亮的金发一直垂到腰间。施普林察·佩莎为了打扮女儿，用起羊毛和丝绸来毫不吝啬。

整个镇子的人都来参加婚礼，施普林察·佩莎烤了巨大的蛋糕，一锅又一锅地炖肉和汤。尤哈娜被领去受沐浴礼，乐队奏起了安眠曲的调子。酒席上无所事事的酒客能拿所有的事情当笑料。沐浴的司仪剪去了尤哈娜的头发，用剃刀刮净她的头皮，围观的女人们都落下了泪，可尤哈娜却说："有什么好哭的呢？是上帝要求这样做的，这很妥帖。"

婚礼进行到晚上，什梅尔凯撩起了尤哈娜的面纱。她抬起眼睛，满含爱意地看着他。他矮小清瘦，黑皮肤，鬓角的黑发像犄角一样蜷曲着[1]，双颊凹陷，没有一点胡须。他的袍子又宽又长，不配他瘦小的身材，毛皮帽也几乎挡住了他的黑眼睛。他瑟瑟发抖，一脸汗珠。"喔，他看起来饿坏了，我的珍宝，我头顶的王冠，"尤哈娜暗想，"上帝成全，我要让他胖起来。"

婚礼的帐子下，什梅尔凯礼仪性地踩了一下尤哈娜的脚——这象征着他将是一家之主——尤哈娜的全身一阵战抖。她差点叫出来："啊，主宰我吧，我的主人！请随心所欲对我做

1　犹太教义禁止信徒剃掉鬓发，于是正统犹太人的鬓发都很长，并且整理成各种样式。

任何事吧！"

跳过戒令舞[1]之后，新娘的两个女伴——她的母亲和姨母引导她进入洞房。两个女人命令尤哈娜要心甘情愿地把自己献给丈夫，因为《托拉》中第一条诫命就是要"滋生繁多"。黑暗中尤哈娜脱去了衣服，穿上长及脚踝的蕾丝睡裙。她躺上床，耐心地等什梅尔凯来找她。一阵从未有过的兴奋传遍了她的全身。她是一个结过婚的女人了。她手上戴了婚戒，头上戴了睡帽[2]。尤哈娜乞求主赐给她一屋子健康的孩子，她会将他们抚养大，让他们侍奉主。

过了一会儿，雷布·皮尼尔和另一位镇上的长辈把什梅尔凯送进屋来，关上了门。尤哈娜竖起耳朵，留意着任何响动。什梅尔凯像一只入笼的家禽一样被扔了进来。屋里漆黑一片。她心里担忧，一个陌生人该怎么在这里宽衣解带呢？又怎么找得到她的床呢？他就站在那里，嘴里咕哝着什么。她听见他撞上了内衣箱。他别伤着自己呀，上帝保佑，也别摔着了，尤哈娜想着，哆嗦了一下。她对他悄声讲话，让他把衣服搭在椅子上。他没有回应。她听得到牙齿打战的声音——他吓得发抖，这可怜的人。

尤哈娜不顾新娘必须行为节制的律令，她下床想帮他，但是

1　戒令舞（Mitzvah Tantz），哈西德派习俗的一种婚礼舞蹈，礼仪流程上在婚宴之后、入洞房之前。

2　睡帽可以遮住刚剃光的头。

当她触到他的时候，他吓得一个激灵后退了两步。尤哈娜对他说话，让他慢慢冷静下来。他脱下自己的长袍、祈祷巾、拖鞋，嘴里始终念叨不停。他在背祈祷文吗？或者在念咒语？一阵漫长的犹豫之后，他褪下裤子。她半引导半强推地把他弄到床上。结果，他在床上像疯了一样滚来滚去。尤哈娜刹那间差点哭出来，强忍住了眼泪。司仪告诉过她，教法允许丈夫和妻子同床共枕，甚至可以拥抱和亲吻。她伸出胳膊揽住他，亲他的额头，亲他的脸颊和喉结。她抓着他的手按在自己的胸上。他突然说："我的小圆帽哪儿去了？"

一定是他丢在什么地方了，尤哈娜在被面上摸了摸，又在床单上摸了摸，都没有。他要避免犯下暴露头顶的罪，用双手捂在头上。

"啊，他有一个神圣的灵魂，"尤哈娜暗自想，"我何德何能，配做这样一位圣人的妻子？"

她下床去寻找那顶帽子，像盲人一样四下摸索。"天堂的圣父啊，助我找到那顶帽子吧！"她祈祷，心里答应捐十八个格罗申[1]做慈善。这时，她踩到一个软软的东西。什梅尔凯的小圆帽。尤哈娜把它捡起来，吻了它，仿佛那是从圣书上掉下来的一页。"什梅尔凯，给你帽子。"

---

1 格罗申（groschen），波兰货币。

她几乎不敢相信自己有勇气做到这些，甚至直呼他的名字。

什梅尔凯戴上帽子，开始对尤哈娜说一些敬神的话。他说，丈夫和妻子的结合是为了把那些神圣的灵魂带到世间，他们在主的圣座旁边等待着净化，一旦他们得到身体，就有机会去做善事。什梅尔凯追忆了过去有德的女人。尤哈娜虽然听不懂他用的学术语言，但还是觉得这些话悦耳动听。说完后，他俩结合了。沐浴司仪和女伴都曾嘱咐尤哈娜，提防他弄疼自己，不过她必须怀着感激和喜悦之心接受这疼痛。但她没觉得疼。他骑在她身上，轻得像孩子一样。很快他离开她的床，躺到了自己的床上。这也是教法规定的。清晨，女人们来查看，在尤哈娜的床单上发现了血迹。她们挥舞着床单跳起了庆祝圆房的舞。

那天晚些时候，施普林察·佩莎和其他女人带尤哈娜去拜访镇上几位有名望的老妇。老妇们用蛋糕和葡萄酒，或是杏仁面包和樱桃白兰地款待她们。尤哈娜看到镜子里的自己，戴着坠有珠子的软帽，身穿裙摆拖地的长连衣裙，她的变化是多么大啊！没有了头发，头上有点不习惯。她感觉头顶清凉。一个已婚的女人不能冒险露出自己的光头，以免引发陌生男人的淫欲。

婚礼后的七天里，每天晚上都有宾客来拜访。新娘的父亲雷布·皮尼尔给每位客人斟一杯喜酒。什梅尔凯坐在岳父旁边。尤哈娜总是透过打开的门偷看他——他看起来瘦小而腼腆，像个犹太小学的男孩。男人们和他讨论学术。他用细小的声音简要作答。施普林察·佩莎给他端来开胃菜、汤面、萝卜炖肉，但他把大部分剩在了盘子里。他岳母斥责他，说他就算为了研究《托拉》也要多吃饭，多长力气。

尤哈娜还是单身的时候，不能和别的女孩交朋友。不过现在，年轻的妇人纷纷来找她讨论家务——怎样缝纫、缝补和编织，怎样在商店里买到便宜货，如何绣出树、花、鹿、狮子的图案。女人们教她玩抓子儿、狼捉羊，甚至跳棋。她们非要看尤哈娜的珠宝首饰，还有她嫁妆里的裙子。施普林察·佩莎把自己的首饰都给了女儿，自己只留下一个金制护身符圆章。年轻女人们称赞了尤哈娜的首饰，同时暗示它们过时了。她的项链、手镯、胸针，甚至耳环和戒指都太重了。轻盈的珠宝是时兴的潮流。尤哈娜微笑着点头。这些虚荣难道她在乎吗？什梅尔凯是她最好的珠宝。

婚礼举办的时间是七七节[1]之后那个安息日的晚上。到了以禄月[2]，雷布·皮尼尔就说自己要去和拉比一起过节——和一位过新

1　七七节，犹太人庆祝收获的节日，时间在逾越节49天后。

2　七七节在犹太历三月（即西弯月，公历五月、六月间），以禄月是犹太历六月（公历八月、九月间），犹太新年不在犹太历法的一月，而在犹太历七月（公历九月、十月间）。

年，和另一位过赎罪日，和第三位过住棚节[1]。他邀请什梅尔凯一起去。他想炫耀自己的女婿，一位学者女婿。但是什梅尔凯不愿意。什梅尔凯有自己的拉比。他的父亲，愿他安息，曾在瓦尔卡[2]的拉比那里求学。什梅尔凯犹豫了一些时候，告诉雷布·皮尼尔自己想和瓦尔卡的拉比共度新年。雷布·皮尼尔讨价还价：新年和赎罪日什梅尔凯陪他去贝尔茨和特里斯克，到了住棚节什梅尔凯去瓦尔卡。他们就这样说定了。

什梅尔凯几次过节都要出门去，这让尤哈娜难得想哭。其他年轻的丈夫都和妻子一起过节。但是犹太人的女儿要听从父亲的话，也要遵守丈夫的意愿。尤哈娜帮什梅尔凯打点出门的行李：衬衫、内裤、袜子、手帕、带流苏的礼服。住棚节天气会转凉，尤哈娜给什梅尔凯带上了羊毛衫和大衣。尤哈娜为什梅尔凯置办的，也是施普林察·佩莎为皮尼尔置办的。施普林察·佩莎已经习惯了，但尤哈娜没等什梅尔凯离家就开始想他。她乞求父亲照顾好什梅尔凯。皮尼尔回答说："不要担心，女儿。那些为了侍奉上帝而远行的人是不会受到伤害的。"

皮尼尔和什梅尔凯坐长途马车去了紧邻奥地利边境的一个村

---

1 住棚节（Feast of the Tabernacles），又称"结茅节"，始于赎罪日之后五天，为期一周，一般在公历九月、十月。住棚节期间，犹太人会住在棚子里，以香橼果、棕榈树枝、香桃木枝条和柳树枝条四种植物来庆祝节日。

2 瓦尔卡（Warka），波兰中部城镇。

子，那里有人帮他们偷渡到奥地利那边去。巡逻边境的人提前收了贿赂。弄到出国的护照和签证太花钱了，并且要等很长时间。俄国人、普鲁士人和奥地利人把波兰瓜分了[1]，俄国这边有信徒要去奥地利见拉比，奥地利那边也有信徒得来俄国见拉比。

男人们一走，施普林察·佩莎和尤哈娜便开始为节日做准备。新年夜，施普林察·佩莎和尤哈娜点亮了插在银烛台上的蜡烛。施普林察·佩莎对着一杯葡萄酒祈祷，然后切开了庆祝新年的鸟形面包。母女俩各吃了一块蘸蜂蜜的面包，一个鲤鱼鱼头，一些萝卜。尤哈娜这回没忘记新年夜要说的希伯来语祈祷文。

第二天早晨，尤哈娜穿上金黄色的连衣裙，戴上缝着宝石的发带，虽然她不识字，但还是拿了书去会堂，一本封面镶铜的希伯来语祈祷书，一本书名烫金的意第绪语祈祷书。施普林察·佩莎鞠躬、雀跃、哭泣，尤哈娜也跟着鞠躬、雀跃、哭泣。新年和赎罪日就这么过去了。所有女人都祝尤哈娜在新的一年里事事顺遂，最好办一场割礼庆典[2]。

住棚节期间突然刮起大风，吹跑了草棚顶上盖的杉树枝条，也刮倒了草棚的墙壁、桌椅和节日装饰。住棚节第七天晚上，闪电照亮了夜空，雷声隆隆，大雨夹杂着冰雹噼啪落下。在长辈们

---

1 俄、普、奥三国瓜分波兰的大致时间是 18 世纪末至 1918 年。

2 犹太教教义规定，男婴出生第八天行割礼。

的记忆中，没有哪一年在这个时候有过这么极端的风暴。洪水顺着街道呼啸而过，住在街边的穷苦人携家带口搬离那里，住进地势高一些的会堂或者济贫院。狂风裹挟着屋顶木板从城镇上空飞过。第八天中午，天色暗得仿佛世界末日降临。施普林察·佩莎和尤哈娜本来邀请了一些妇女和女孩一起过西赫托拉节[1]。母女俩准备了精致的炖白菜，里面加了鞑靼奶油和葡萄干，此外还有烧鹅、烧饼和水果馅饼。可是没人敢蹚过水淹的街道。坏消息从各个村镇传来，桑河、布格河和维斯杜拉河漫过了河堤，往但泽[2]运木材的筏子中途解体，船夫不知所踪。虔诚的妇女说这场灾害是神降下的惩罚，要负责任的是大城市里的异端信徒，还有那些放荡的女人，她们不戴巾帽就招摇过市，不行沐浴礼，穿袖子很短的衣裙，把自己的肉体暴露在外。

雷布·皮尼尔通常在节日过后第二天就回家，但现在已经过去两周了，还没有他和什梅尔凯的任何消息。雨已经停了，也降霜了。路上结了冰，农民没法把木柴和稻谷送到村子或者城镇里。之前的大风吹坏了水磨房的水闸和水车。孩子病倒了，母亲们跑到会堂，趴在约柜上祈祷，乞求孩子康复。

---

1 西赫托拉节（Simchas Torah），又称"诵经节"，是一个诵读《托拉》的犹太教节日，时间在住棚节后不久。

2 但泽（Danzig），波兰北部海滨城市，现名格但斯克。

一天夜里，皮尼尔回来了。施普林察·佩莎几乎没认出他来。他看起来很瘦，也很虚弱，一副颓败的样子。他带来了坏消息。在特里斯克，他把什梅尔凯挽留到了住棚节第六天。什梅尔凯在大和撒那日前一天启程去瓦尔卡。他坐的马车走上一座木桥，恰恰这时一阵强风刮来，桥塌了，什梅尔凯和其他乘客都掉进了河里。车夫和马都淹死了。镇里的人寻找了三天尸体，但是湍急的水流把他们都卷去了天知道什么地方。尤哈娜成了弃妇。她知道教法的规定：如果什梅尔凯的尸体找不到，确认不了死亡，她就永远不能再婚。

施普林察·佩莎悲愤交加，大声吼叫，尤哈娜也一起号叫。施普林察·佩莎拧绞着双手，尤哈娜也跟着做。母女二人哭号不停。皮尼尔絮絮叨叨说着什梅尔凯的好。去贝尔茨和特里斯克的路上，什梅尔凯在马车上整夜端坐，背诵《密西拿》[1]。他们拜访的两位拉比都很快注意到什梅尔凯对上帝的虔敬，把他称为圣人。雷布·皮尼尔每追忆一段，都能让母女俩崩溃一次。直到黎明，尤哈娜穿着衣服睡倒了，嘴一直张着。

上午，施普林察·佩莎把她叫醒。"算了吧，女儿，"她说，"这是上帝的意志。"

"我要开始七天哀悼吗？"尤哈娜问。

---

1 《密西拿》(Mishnah)，即《塔木德》的第一部分，《塔木德》是早期犹太圣人对《托拉》的注解辑录。

"是的，女儿，哀悼吧。"

"让我问问拉比的意见。"雷布·皮尼尔说。

雷布·皮尼尔出发去找拉比，要离开一段时间。尤哈娜脱掉鞋，穿着长袜坐在脚凳上。她的运气闪耀了一小段时光，然后彻底消失了。她做了什么，要受这等苦？她永远无依无靠了，也不想再结一次婚。她正哀哭着自己的苦命，突然察觉自己的月事在新年和赎罪日之间就该来了。怎么就忘记了这个呢？母亲怎么没有提醒呢？她通常都算着日子的。尤哈娜抬头看看窗子。天空灰暗低垂。街对面一只乌鸦攀在烟囱上。看不出是活的还是冻僵在那儿。几分钟过去，它的头没动，翅膀也没动。尤哈娜想，它完成了自己在地上的使命，已经安歇在主的手中了。她闭上眼睛，把自己完全托付给主的力量。她倾听自己的身体。什梅尔凯真的留下了继承人吗？主支配着生者和死者，还有那些将要出生者。

施普林察·佩莎从厨房出来，端着一片面包和混了菊苣的咖啡。"女儿，洗手吃饭，"她说，"你肚子里的小圣人要饿了。"

成双 *

雷布·约姆托夫和妻子梅努哈结婚十年了，还是没有孩子。流言在弗兰波尔[1]传开了，说梅努哈不孕，两人迟早要离婚。谁想到，她怀孕了，她和约姆托夫都用"她"来称呼这个即将诞生的孩子。

父亲之所以想要女孩，是因为《革马拉》[2]说"女孩是儿女兴旺的好兆头"。而母亲盼望女儿，是因为她心里已经想好了，要用

＊ 本篇英语由约瑟夫·辛格（Joseph Singer）翻译。

1 弗兰波尔（Frampol），波兰东部小镇。

2 《革马拉》（Gemara），《塔木德》的第二部分，是对第一部分《密西拿》的解释补充。

自己已故母亲的名字给孩子起名。她怀孕的后几个月，肚子没有变得高而尖，而是圆圆的，这是怀了女儿的预兆。于是她准备的一套婴儿用品都是带蕾丝边和刺绣的小衣裳、小外套，还有个缀着丝带的枕头。父亲则置办了一个嫁妆盒子，往里投了第一枚金币。

其实，雷布·约姆托夫想要女孩还另有原因。他虽是一位研究《塔木德》的学者，做着在屠宰牲畜过程中剔除不洁脂肪和筋脉的工作，但他却有一个女人的灵魂。他在祈祷的时候，呼唤的经常不是上帝，而是舍金纳[1]，与上帝对等的女性神灵。依据喀巴拉密宗，人的美德可以带来上帝和舍金纳的交合，还有天堂里的天使们，智天使、炽天使和圣者灵魂的交合。上天的完全统一的实现，要等到救赎的到来，也就是弥赛亚的降临。约姆托夫在背诵《十八祷文》中间，还会高呼："啊，天母！"他小时候在儿童宗教学校学《摩西五经》[2]，对女性先祖[3]更感兴趣。他更喜欢《采诺·乌莱诺》[4]和《光明灯》，而非《革马拉》、

1　舍金纳（shechinah），意为"上帝的荣光留存大地"。这是东欧犹太教的喀巴拉神秘主义中的一个理念，认为"上帝的荣光"存在于所有的生灵和物体之中。

2　《摩西五经》即《托拉》的前五篇。

3　犹太人的男性先祖指亚伯拉罕、以撒、雅各三代男性，而女性先祖是三人相应的四位妻子，撒拉、利百加、拉结、利亚。

4　《采诺·乌莱诺》（Ze'enah u-Re'enah），是17世纪一位拉比编写的、面向女性的每个礼拜讲解《圣经》的作品。书名是"你们出去观看"的意第绪语音译，来自《圣经·雅歌》"锡安的众女子啊，你们出去观看"一句。

各类注疏集和解答集。[1] 约姆托夫短小身材，胡子稀疏，手脚小巧。在家里，他穿丝绸的睡袍和带绒毛球的拖鞋。他把鬓发盘得蜷曲，还在镜子前搔首弄姿。他身上带着各种各样的小配饰——雕花鼻烟壶、螺钿手柄的折叠小刀、小手形状的象牙雕，还有祖母留下的一个护身符。西赫托拉节上或者宴会上约姆托夫不喝烈酒，只要甜味的白兰地。人们笑话他："你真是个软蛋，约姆托夫！比女人还柔弱。"

总之，梅努哈和约姆托夫想要个女孩。可造化弄人，硬是给了他们一个儿子。接生婆起先还真犯了错，向母亲宣布生了女孩。但她很快承认自己搞错了。改口之间，女孩变成了男孩，梅努哈沮丧极了。约姆托夫要亲眼看看孩子才愿意相信。一如往常，镇里的人见证了新生男孩的割礼庆祝，仪式上犹太小学的男童念诵《示马经》[2]。琪赛尔是个男女通用的名字，男孩随他的姨祖母叫了这个名字。孩子的睡衣、罩衫和帽子都是提前按女孩穿戴的样式备好的，也就穿了起来。母亲带琪赛尔上街，不认识的人都把他当女孩。

按习俗，男孩长到三岁要理发。家人给他披上祈祷巾，领去了犹太小学。但琪赛尔的卷发太美了，梅努哈拒绝给他理发。父母

1　注疏（commentary）和解答（responsa）是犹太宗教文学的两种形式。注疏在希伯来语中为"Meforshim"，指各类解释圣书的作品。解答在希伯来语中为"She'elot u-Teshuvot"，指关于犹太教法的各种问题与解答。

2　《示马经》（Shema），《圣经·申命记》的一些段落，包含犹太教信仰的一些基本原则。

两人把珍贵的独苗领到小学，可孩子一看到老教师的白胡子、体罚用的鞭子和长凳，就哭号起来。他印着字母表的写字板上撒满了糖果、葡萄干和果仁，大人告诉他这是天使留给他的，但他还是哭个不停。第二天早上上学，他得到了一个蜂蜜蛋糕。这回他还是哭，哭到昏厥，脸色发青。于是家里人决定先让他在家念一个学期。一个给女孩做家教的女人教他认字母。琪赛尔顺从地跟着她学。课余时间他和别的孩子玩。他不上犹太小学，而且留头发，所以男孩们都躲着他。他大多数时间都和女孩们一起，欣然接受她们的游戏和喜好。男孩玩的是棍子、木桶铁箍和生锈的钉子。他们打架，在灰尘里打滚，扯破自己的衣裳。而女孩在果园里采花、唱歌、转圈圈、摆弄她们的布娃娃，裙子和围裙总是干净的。

"为什么我不能做女生呢？"他问母亲。

"你本来应该是女生。"梅努哈回答。她亲他，爱抚他，顺手给他编一条小辫，又说，"多可惜呀，你要是个女孩子该有多可爱呀。"

一切还是要交给时间，命运早已注定，时间常常只是展开它。琪赛尔长大了些，不情愿地去上小学。大人脱下他的连衣裙，强迫他穿上长袍、裤子、法袍，戴上小圆帽。学校教他认字，读《摩西五经》、拉什注解[1]和《革马拉》。有媒人早早就想给他介绍亲事。但

1　拉什（Rashi）即拉比所罗门·依撒克（Rabi Shlomo Yitzchaki），是 12 世纪犹太神学家，注解了希伯来《圣经》和《塔木德》。他对《塔木德》的注解在后世也被纳入了《塔木德》之中。

琪赛尔始终都是女孩样。他受不了男孩们的喧闹、莽撞，他不会爬树、吹口哨、逗狗、挑衅镇子里的公羊。学校的同学与他吵架，他们叫他"姑娘"，还去撩他长袍的下摆，仿佛他是个穿裙子的女孩。老师和助教不愿鞭打他，因为只要一打，他就会掉眼泪。而且他的皮肤太细嫩了。哪怕琪赛尔比别人来得迟，或者走得早，他们也都宽容他。周五，男孩们陪他们的父亲去蒸桑拿。夏天他们去河里洗澡，学游泳。但琪赛尔害羞，从不当着生人的面脱衣服。其实他的内心满是焦虑和疑惑。他相信做男人是一种缺憾，显露男子气概是可耻的。

家里没人的时候，琪赛尔穿戴上母亲的连衣裙、吊带背心、高跟鞋和软帽，欣赏镜子里的自己。每逢安息日去祈祷所，他忍不住抬眼看女士们的坐席，羡慕她们可以在围栏后面观礼，盛装打扮，穿戴着毛皮大衣、罩衫、珠宝、彩色丝带、流苏和荷叶边。他喜欢女人的耳洞，摸索着用缝衣针给自己扎一个。父母发觉他们的琪赛尔不太对劲。他们开始责罚琪赛尔，骂他是个蠢货。这只是火上浇油。他经常把自己锁在房间里哭，念他母亲的烫金祈祷书里的意第绪语祈祷文[1]。他哭得眼睛酸痛，像女孩那样用手帕的边角擦去眼里的泪。

---

1 意第绪语祈祷书传统上是犹太女性看的。琪赛尔作为受教育的男孩，应该念希伯来语的祈祷文。

到了琪赛尔十五岁，人们郑重其事地为他说媒。一个安静、俊俏的男孩，家里的独生子，找上门的很多是大户大家的女儿。他母亲偶尔去提亲的女孩家查看，然后给琪赛尔描绘她们的身姿和容貌。有一个女孩又高又瘦，声音低沉，上唇长着一颗疣子；另一个又矮又胖，高高的胸脯，几乎没有脖子；还有一个红发女孩，有雀斑，生得一双猫一样的绿眼睛。每次琪赛尔都会找些借口不订婚。他害怕结婚，结婚第一天妻子肯定会弃他而去。突然间，他发现了自己的性别的美善。他看到自己童年时的那些小恶霸如今长成了体面的男青年，他们唱诵《革马拉》、拉什注解，一起讨论严肃的问题，一边沉思一边在读经室中踱步。女孩反而变得轻浮起来。她们放声大笑，调情，跳不雅观的舞，而且她们一举一动仿佛都在嘲笑琪赛尔。

在所有男青年中，琪赛尔最喜欢的是埃兹列尔·德沃拉斯。埃兹列尔来自卢布林[1]，举手投足有大城市人的风范。他高、瘦、黑，鬓发收在耳后，黑眼睛，两边的眉毛在鼻梁上方连在一起。他的长袍总是一尘不染，羊皮靴也天天擦得很亮。虽然他不曾订婚，但背心里已经揣着一只银怀表。向他求亲的媒人纷至沓来，学生们争着做他的学业搭档。埃兹列尔一开口，所有人都会停止朗读，侧耳聆听。如果他想去犹太会堂大街散个步，会有好几个

---

[1] 卢布林，波兰东部城市，是中欧地区的一个犹太宗教和文化中心。

男孩踊跃陪同。每当他路过集市，女孩们都跑向窗户，透过窗帘缝偷瞄他，就好像他刚刚从卢布林回来似的。

恰巧，埃兹列尔选了琪赛尔做他的学伴。他比琪赛尔长两岁。琪赛尔受宠若惊。他在安息日期待着工作日，期待和埃兹列尔一起学习。一天上午埃兹列尔没有到读经室来，琪赛尔满心渴望，坐立难安。有的早晨，埃兹列尔带琪赛尔去面包房吃李子卷，哪怕两人已经吃过了早餐。埃兹列尔和琪赛尔说悄悄话，讲又有什么人给自己提了什么亲，或者卢布林是什么样的地方。不过埃兹列尔有时和别的男孩亲近，这让琪赛尔饱受嫉妒之苦——他要埃兹列尔对他比对任何人都好。

过了一阵子，埃兹列尔换了别的搭档。琪赛尔一气之下同意了一门婚事，借此显示自己没有那么依赖埃兹列尔。未来的新娘来自托马舒夫，苗条貌美，蓝眼睛，辫子垂到腰间。琪赛尔的母亲对她的容貌赞不绝口。两家人在托马舒夫签了婚约。未来的岳父——一位木材商人——送给琪赛尔一块金怀表作订婚礼。

琪赛尔订婚回来，学校的年轻人友善地迎接了他。他按习俗用糕点和白兰地款待了大家。同学们祝贺他，小心翼翼地打听新娘的身世。他们听说新娘是个美人，纷纷嫉妒琪赛尔的福气。埃兹列尔也一起祝琪赛尔好运，但他没有问任何细节。他甚至没要求琪赛尔展示那块刻有铭文的金怀表。

不久，埃兹列尔自己也好事将近。新娘是位相貌平平的本地姑娘。她父亲颇富有，许诺了丰厚的嫁妆。不过，弗兰波尔人还是不明白，为什么埃兹列尔这么有天分的青年，就这样草率结婚。埃兹列尔明显也后悔自己的决定，他好多天没上学，甚至没按规矩给同学们准备糕点和白兰地。自从琪赛尔订婚以来，埃兹列尔对他越发冷漠，时时躲着他。

琪赛尔想推迟一两年再结婚。比起当上一位托马舒夫美人的丈夫，他更享受让埃兹列尔在嫉妒中煎熬。但是新娘的父母着急办喜事，因为新娘已经十八岁了。琪赛尔被带到托马舒夫，举行了婚礼。戒令舞跳完以后，新娘和新郎一前一后进了洞房。琪赛尔瑟瑟发抖，不能自持。他迟疑地找到躺在床上的新娘，但是完不成他该做的事。第二天早上，妇人们准备跳舞庆祝新婚夫妇圆房。她们进屋查看床单，却没有看到期待中的处女之血。

到了晚上，乐师和诗人演奏助兴，宾客们再次把新婚夫妇送上了床。在祝福的七日[1]里，这样的程序每天重来一遍。两家的父母都觉得他俩这是中了什么咒语，新郎母亲去求助拉比。拉比给了她一个下过咒的琥珀护身符，并且嘱咐了一通。新娘的母亲则暗地里咨询了一个女巫，女巫提供了自己的一套手段。其实拉比和女巫推荐的是同一套解法。

1　在一些犹太婚俗中，婚礼持续七天。

没过几周，埃兹列尔结婚了。不过他的结合同样没成功。婚礼后不久他和新娘就吵起架来。几个月过后，埃兹列尔搬回了他母亲家。一天，琪赛尔正住在托马舒夫他的岳父家里，收到埃兹列尔从弗兰波尔寄来的信。他读了信，惊喜万分。信是用希伯来语写的，言辞华丽，笔笔含情，抒发了埃兹列尔的苦闷，他把琪赛尔称为"我的钟爱，我灵魂的渴望"，回忆了过去的快乐岁月，他们一起研习《革马拉》，在会堂街上散步，在面包房吃李子卷，互相吐露心中的秘密。埃兹列尔在信中说，要是他有路费，会像出弦的箭一样奔赴托马舒夫。

琪赛尔读完信，满心荡漾着喜悦，原谅了埃兹列尔从前所有的漠视。他回了一封柔情蜜意的信，忏悔了自己的婚事给埃兹列尔带来的心痛，为此感到羞耻。他瞒着岳父从嫁妆盒里拿了些钱放入信封，这样埃兹列尔就可以到托马舒夫来。

埃兹列尔在托马舒夫没有事务，所以找不到亲身前往的借口，不过两位密友开始频繁地写信。埃兹列尔是位热情的通信人，他的文字常常满是暗示和双关。琪赛尔操起一样的文风，与他一唱一和。两人用《雅歌》抒发爱意，自比雅各和约瑟，或者大卫和约拿单。实际上，他们更渴望后一种关系。[1]埃兹列尔开始把琪赛尔唤作"琪萨"。

1　雅各和约瑟是父子，他们的故事见于《圣经·创世记》。大卫和约拿单则是有特殊情谊的朋友，他们的故事见于《圣经·撒母耳记》。

信件一来一往，两个人终于决定在托马舒夫和弗兰波尔中间的一家旅馆见面。埃兹列尔告诉母亲，他要出门考察一个教师岗位的情况。他带上了祈祷巾、经文匣和书包。琪赛尔想找个借口并不容易，所以他决定使一个花招。早上，他岳父出门做生意，岳母上干货店买东西，美貌的妻子去了肉店，琪赛尔趁机打开衣橱，穿上女式内裤、吊带内衣、连衣裙，踩上高跟鞋。他把一条纱巾披在肩上，又用方巾裹住头。他还没到长胡须的岁数。琪赛尔照了一眼镜子，几乎辨认不出原来的容貌，他确信没有人能认出他。邪灵[1]在他耳边絮语，让他不要做傻瓜——要从岳父和岳母那里带走点值钱的物件。他略一思忖，遵从了邪灵的指示。他把嫁妆盒从藏匿处取走，顺手拿上妻子的珠宝，把这些东西藏在提篮里，盖上布，然后出了门。街上的女人看见他，以为是个外乡来访的陌生女客。

就这样，琪赛尔路过集市，远远看见他的妻子穿过人群往肉店走去。琪赛尔为她难过，但现在的他已经打破了男人禁止穿女装和禁止偷窃的诫命。他匆匆离去。

琪赛尔在教堂街上遇见一个打算赶车去弗兰波尔的农民。他收了一点小钱，允许琪赛尔搭车到那个旅店去。到了旅店以后，琪赛尔自称是埃兹列尔的妻子，询问埃兹列尔的下落。旅店老板

---

1 《圣经》中引人作恶的灵。

惊道：“他刚刚告诉我，他马上要见自己的伴侣！”

"妻子不是最好的伴侣吗。"琪赛尔回答。店家把埃兹列尔的房间指给他。

埃兹列尔正不耐烦地在房间里踱步。琪赛尔进屋来，埃兹列尔困惑地看着这个年轻女人娇媚地朝他笑。"你是谁？"他问。"认不出我了吗？我是琪萨！"

他们投入对方的怀抱，亲吻，开心地大笑。两人发誓永远不再分离。待了一会儿，埃兹列尔说："这里不能停留太久。你做的这些事，等你的娘家人发现了，警察追到这儿来，我们两个都难逃一劫。"

所以，第二天早晨他们告别了旅店老板，说他们要返回弗兰波尔。但是他们溜到一条岔路上，雇了一辆马车奔赴克拉斯尼克，然后再从那里去了卢布林。

他们有钱，此外还有珠宝，在卢布林顺利租下了一间公寓，置办了家具和齐全的生活用品。卢布林是个大城市，没人盘问这对伙伴是什么人，也没人追究埃兹列尔的妻子结婚时有没有受过沐浴礼。两个人就这样度过了几年，生活得自由自在。两位丈夫失踪，弗兰波尔和托马舒夫的人寻了一段时间，徒劳无果。人们就当他们远渡重洋，音讯断绝了。拉比判定两位妻子被离弃。

琪赛尔现在以"琪萨"的名字为人所知，和邻里的妇女甚至未出嫁的姑娘成了朋友。她们教他做饭、烘焙、缝补和刺绣。她们也向他吐露女人的秘密。琪赛尔开始长胡子了，不过目前还只是些细毛。他有的时候拔胡子，有的时候烧，不时还犯下用刀片剃须的罪[1]。为了不让女伴们怀疑，琪赛尔推说自己很早就停经了，所以也不能生育。她们听了，连忙安慰这位可怜的姊妹，为她的苦命掉下几滴眼泪，然后亲了她。琪赛尔和闺密们非常融洽，常常忘记自己的真实身份。他成了厨艺专家，为埃兹列尔煮肉汤和燕麦粥，烤美味的点心。每到礼拜五，他烤制用来敬神的哈拉面包，向蜡烛念祝祈祷文。到了安息日他参加会堂礼拜，坐在妇女席上用意第绪语诵读《摩西五经》。

从岳父那里偷来的钱终于还是用完了。埃兹列尔开了一家店，看起来似乎会有一些生意。但他在柜台后面坐了几天，一个顾客都没有。然后确实来了一位，张口要了低于成本的价钱。不论埃兹列尔怎么努力，也挤不出一条生路来。他额头上起了皱纹，胡须里也泛出了灰色。他背上了债。情况越来越糟糕，琪赛尔发现他们甚至没钱过一个体面的安息日，他只能烹饪没有肉菜和布丁的安息日晚餐。礼拜五他在炉子上煮一锅清水，好让邻居以为家里在准备安息日晚餐。埃兹列尔做完礼拜五晚的礼拜回家，身上穿的是打补丁的长袍，戴着破旧的毛皮帽。他用忧伤的声音唱欢

1　犹太教义禁止刀片和面部皮肤接触。

迎天使的颂歌，又唱"贤淑的女人"的赞歌。[1] 琪赛尔点燃蜡烛，铺上桌布。他穿着饰有藤蔓花纹的连衣裙，白色长袜、拖鞋，戴着丝绸头巾，诵读意第绪语祈祷书。虽然他们打破了教规，但是并没有背弃对上帝和《托拉》信仰。

与琪萨关系亲密的女伴得知埃兹列尔挣扎在破产边缘，而且琪赛尔的食品柜已经空了。她们想办法帮助这对伴侣。她们筹了钱，想塞给埃兹列尔，但是他坚决不收。这是他骨子里的骄傲，宁愿受苦，也不愿伸出手让人拉一把。琪赛尔本来会收下钱，可是埃兹列尔严厉地禁止他那样做。朋友发现琪萨家不接受资助，于是又给他们出主意——琪萨可以挨家挨户卖东西，或者，既然琪萨的学问那么好，她可以去做家教，教小女孩写意第绪语，再或者，琪萨是个这样优秀的厨师，她可以开家汤厨。这个时候，当地的一个沐浴司仪碰巧死了，在琪萨的密友们看来，这似乎是命运在安排琪萨去做继任的司仪。她们向社区的长老们提出了这个要求，坚持之下，她们成功了。琪萨起先拒绝这门差事，可是埃兹列尔需要有人扶持呀。琪萨于是成了一名沐浴司仪。

在仪式浴池，司仪要负责给女人剃头，修剪她们的手指甲和

---

1 安息日晚餐是犹太人每周最丰盛的晚餐，时间是礼拜五太阳落山后。开餐前要唱两首赞歌，第一首欢迎安息日的天使进入家中，第二首感谢家中女人的劳动付出。

脚指甲，在浸礼之前给她们洗净身体。司仪还有一项职责是确保受浸礼的女人完全没入水中，哪怕她们新剃的头皮也不能丝毫露出水面。作为浴室的服务员，司仪不时还要给人做放血治疗、水蛭治疗和拔罐。因为沐浴的女客和司仪的接触非常私密，她们常常向司仪吐露最私密的事情，诉说她们自己、她们的丈夫和家庭。所以，做司仪最重要的是守口如瓶。在服侍新娘的时候要尤其小心，她们很容易羞怯或者受惊吓。

总之，事情的结果是琪赛尔成了卢布林最在行的沐浴司仪。女士们喜爱她的服务，和她聊家长里短。琪萨对待新娘尤其温柔。她很快名声在外，全城的人都来找她做沐浴礼。琪萨除了工资还赚小费，有时遇见富有的新婚服务，甚至能收到嫁妆的一小部分。埃兹列尔如今可以享清福了。他尝试靠玩牌消磨时间，但他的天性不喜欢玩牌。日来月往，他成了一个好吃贪睡的懒汉。他半夜必须起来再吃一顿晚饭。白天他躺在羽毛床上打盹。他懒惰到不再去会堂做礼拜。他还不到四十岁，就已经抑郁了。

琪赛尔从仪式浴池回家已经是深夜了，他好言和埃兹列尔聊天，讲女人们的故事，想让埃兹列尔高兴起来。可是这反倒令埃兹列尔更加沮丧。他指责说，琪赛尔内心还是接受了自己是个男人，而且背着他做了不可告人的勾当。有时候两人整夜争吵甚至动手打架。他们爆发，又和好，其间说出的话让两个人都很心碎。

一次，卢布林举办了一场重要的婚礼。新娘是一位貌美倾城的十七岁女孩，一个显贵人家的女儿。新郎是扎莫希奇的富有年轻人。据说，新郎收到的一个结婚礼物是一架巨大的银制九枝烛台，需要爬上梯子点亮上面的蜡烛，因为它实在太高了。不过，女孩害羞，她的母亲和姑嫂没法给她讲解为妇之道[1]。于是家人把琪萨请来，带新娘探索"纯洁之井"，并且指导她做妻子的职责。新娘很快对琪萨心生依恋，把她当作姐姐粘着她。婚礼前一天，她来礼仪浴池接受浸礼，琪萨做她的司仪。琪萨盯住浴室的老客，以免她们嘲笑或者逗弄妙龄的新娘。新人总难免遭到这样的嘲笑。按习俗，一个乐队要跟随新娘受沐浴礼，在这个特别的晚上为她奏乐不息。

新娘——她的名字是瑞泽尔——脱下衣服的时候，琪赛尔看到了她美得令人窒息的身体。琪赛尔人生中头一回感到对女人的欲望。他想对埃兹列尔隐瞒这种感情，不过埃兹列尔觉察到了他的变化。如今，琪赛尔数着瑞泽尔再次来浴池的日子，担心如果她怀孕了，就要挨到生产之后才会来。瑞泽尔沐浴的时候，琪赛尔长时间侍奉她，引起其他女客的不满。瑞泽尔自己对沐浴司仪的殷勤感到困扰，渐渐羞于在她面前袒露身体。《革马拉》中说：

1　除了行为举止规矩之外，需要讲解的还包括性知识。

"他人看不到，但他的星看得到。"瑞泽尔就是这样。

冬季的一天，一场暴风雪席卷了卢布林，就连年长的居民记忆中也没有这样强烈的风雪。狂风卷起沟壑中的雪，把它们堆在屋顶上。风敲打着窗子，在街角中哭号，仿佛一千个女巫一起吊死。烟囱倒塌，玻璃被从窗框上吹下来，百叶窗被风撕走。屋子里虽然烧着炉子，里面的人也毫不吝惜木柴，但还是和室外一样冷。原本因为经期结束该去沐浴的女客，都推迟了计划。埃兹列尔提醒琪赛尔不要出门，因为外面有魔鬼虎视眈眈，但是琪赛尔回答说一个沐浴司仪不能置职责于不顾。或许有新婚女人需要受礼。事实上，琪赛尔知道瑞泽尔要在这天晚上去浴池。

琪赛尔穿上厚重的冬衣，提上一根手杖，走进了风雪中，听天由命。风推搡他，最后把他举起，摔在雪堆里。他倒在那里，一辆马拉的雪橇正好经过。雪橇里坐着瑞泽尔和她的丈夫，两人用毛皮大衣和毯子裹得严严实实。瑞泽尔看到冻僵的司仪，叫车夫停车。闲言少叙，他们救了琪赛尔，灌了些烧酒，让他恢复了神志。三个人向浴池驶去。瑞泽尔的母亲恳求女儿不要冒生命危险出门，但瑞泽尔和丈夫不愿耽误哪怕一个良宵。丈夫和车夫去附近一个读经室等候，瑞泽尔则托付给了琪赛尔。

那一晚，瑞泽尔是浴池里唯一的女人。她畏惧笼罩着这种地方的阴沉力量，但琪萨渐渐让她平静下来，柔和地擦洗她，打肥皂，用了比平时更长的时间。司仪不时亲吻她，用亲昵的口吻称呼她。

瑞泽尔浸没水中之后，爬上台阶，准备让司仪用浴巾裹起她，为她擦干。撒旦的声音在琪赛尔耳中回荡："放纵欲望，莫管污脏。"这位诱惑者赋予他十足的力量，琪赛尔扑向瑞泽尔。瑞泽尔一瞬间因为恐惧而动弹不得，然后一个劲儿尖叫，可是没人能听到并且赶来救援。纠缠之中，两个人滑倒在台阶上，落进水中。琪赛尔奋力想挣开瑞泽尔，但瑞泽尔在疯狂之中死死抓住他。很快他们的头沉入浴池中，只有脚伸出水面。

车夫几次走出读经室去查看拉雪橇的马——它们披上了兽皮来保暖——也看看瑞泽尔有没有沐浴回来。风停了，一轮月亮露出来，像清洗过的尸身一样惨白，月光凝聚在夜的裹尸布上。

车夫盘算起来，时间已经过了瑞泽尔洗完的钟点，她还是不见踪影。车夫和她丈夫谈了谈。两个男人犹豫了片刻，决定闯进浴室查看。他们穿过前厅，呼唤着瑞泽尔的名字。叫喊声在厅里空阔地回荡，仿佛他们身处一栋废屋。两人进入仪式浴池所在的房间。陶土烛台上一根孤独的蜡烛火光闪烁，石板地面的小水洼倒映着烛光，此外房间里空无一物。突然丈夫望了一眼水底，失声惊叫。车夫发出一声凄惨的尖叫。他们把人从水中拖出来，瑞泽尔和琪赛尔都死了。车夫跑出去喊人，附近的街面上到处是喧闹和慌乱。丧葬协会有两个工人碰巧在读经室里烤火。他们在清理琪萨的尸体时，惹出了新的混乱。秘密传开了，沐浴司仪是个男人。

浴室附近一家酒馆里，几个莽汉得知了琪赛尔导演的这出无耻闹剧，抄起各种趁手家伙，去揍埃兹列尔。埃兹列尔此时正裹着卡夫坦长袍，惘然呆坐。屋里冷，蜡烛的火苗投出不祥的阴影。他虽然预料不到自己死期将至，却也被抑郁消磨得不成人样。忽然他听到了粗暴的声响，沉重的脚步走上楼梯，家里的门被撞开。他还没来得及站起来，就被众人揪住。一个人扯下了他一半胡须，另一个剥下他的法袍，第三个给了他一棒。他很快身体瘫软，向前倒在凶徒身上。

瑞泽尔的葬礼十分隆重，在卢布林也是前所未有。而埃兹列尔和琪赛尔的尸身被迅速清理，趁半夜埋在墓地的篱笆外[1]，没有人送灵车，也没人为他们祷告。只有掘墓人给遗体填土时，念了几段应景的祈祷文。说来也巧，琪赛尔像其他家庭主妇一样藏了备用钱，丧葬协会的人在逾越节餐具[2]中间发现了这些钱，正好抵上清理和埋葬的费用。

埃兹列尔和琪赛尔的坟头很快杂草丛生。但一天早上，看坟人发现他们的坟上多了块牌子，上面写着《撒母耳记下》里的

1　在犹太人的传统中，只有罪人、异端分子、自杀者和无名死者才会被葬在墓地的篱笆外。

2　在犹太教传统中，逾越节不可以吃任何沾过酵母的食物，所以犹太家庭通常为逾越节专门预备一套餐具。

话："生时相悦相爱，死时亦不分离。"牌子是谁立的？不得而知。如果雨不洗刷它，霉菌不侵蚀它，风不破毁它，狂徒不砸碎它，它或许至今还在那里。

通灵之旅 *

1

事情是这样发生的。一个大热天，百老汇大街上城区 [1]，我站在一片篱笆围起来的草坪前喂起了鸽子。这些鸽子认识我，通常它们一看到我带着一袋谷粒就聚拢过来。警察曾经禁止我喂户外的鸽子，但他们也就是说说而已。一次，一个魁梧的警察甚至凑过来说："为什么每个人都给鸽子拿吃的，却没人想到它们可能想喝一杯呢？纽约已经几星期没下雨了，鸽子们都要渴死了。"和警察这么聊天真是不凡的经历！我径直回家接了一碗水，但乘电梯

---

* 本篇英语由约瑟夫·辛格（Joseph Singer）翻译。

1 南北向的百老汇大街跨越了纽约曼哈顿的下城区和上城区。下城区是繁华的商业区，上城区是居住区。

时洒了半碗，剩下半碗让鸽子打翻了。

这天，我在去草坪半路上，发现报亭里陈列着《未知》新刊，立马买了一本，因为这份杂志在这个街区很紧俏，一出刊立即会被买走。不知怎么的，百老汇大街上城区的读者对心灵感应、千里眼、心灵致动、灵魂不朽等很感兴趣。

这是头一回鸽子们没有围上来。我抬头看见不远处站着一位女士，也在抛撒手里的谷粒。哈哈，她腋下也夹着一份《未知》的新刊。虽然是炎热的夏天，她还穿着黑色的连衣裙，戴着黑色的宽檐帽，鞋和长袜也是黑色。我猜她肯定是外国人，美国人在这种天气不会如此打扮，哪怕去参加葬礼也不会。她扬起头，亮出看似年轻的脸——呃，至少不算老。她皮肤黝黑，身材精瘦，窄鼻子，长下巴，薄嘴唇。

我说："抢生意，是吗？"

她笑了，露出几颗细长的假牙，但她黑色的眼睛还是很严肃。她说："别担心，先生。更多鸽子要来了，足够我们两个喂的。看，它们来了。"她像先知一般指着天空。

没错，一整群鸽子正从下城区飞来。空地一下子拥挤不堪，它们蹦蹦跳跳、扇动翅膀，奋力往有食物的地方钻。鸽子真是和同一教区里的犹太信徒一样，喜欢互相推挤。

我们两人把谷物袋子都掏空了，一同往垃圾箱走去。"你先请，"我说，"我看我们喜欢读同一份杂志。"

她用一种深沉的外国腔说："我经常看见你喂鸽子，我想告诉你，喂鸽子的人从来不知道什么是匮乏。为这些可爱的鸟花几分钱，能带来好多好运。"

"你怎么知道它们能带来好运？"

她一边给我讲解，一边同我离开了鸽群。我邀请她喝一杯，她说："很乐意，但我不喝酒精饮料，只喝果汁或蔬菜汁。"

"来吧。既然你读《未知》，那就跟我是一类人。"

"是的，我对通灵之类的事很感兴趣。英国的、加拿大的、澳大利亚的还有印度的这类出版物，我都读。我在匈牙利的时候就读这些东西，我来自匈牙利。但是在如今的匈牙利，信仰超自然力量会让你坐牢。希伯来语有类似的杂志吗？"

"你是犹太人？"

"我母亲这边是犹太人，但对我来讲，种族之分、宗教之分是不存在的，只存在一个物种——人。我们丢失了自己的精神能量的源头，这导致我们的通灵能力无法和谐进化，种族、宗教的分野就是不和谐的结果。我们放出手足情谊、互助、和平的波，这些波动在所有上帝的造物心中激发认同感。你看鸽子是怎么飞来的。它们在百老汇大街和第七十三街交叉口的中央储蓄银行聚集，第八十街之外的鸽子本应该不知道这里发生了什么，但是它们共有的宇宙意识是完美平衡的，从而能……"

我们走进一家开着空调的咖啡店，挑了个雅座。她介绍自己，名叫玛格丽特·富加齐。

"很有意思，"她说，"据我观察，你总是在一点钟吃午饭的时段喂鸽子，而我是早上喂它们。今天早上我在寻常时间出门。突然一个声音命令我再喂它们一餐。这会儿，到了六点，鸽子就不再热衷吃东西了。它们开始调整到晚上的节律。白天正越来越短，我们要进入黄道周期中的另一个星座了。但是那个声音重复着它的命令，这是来自世界统治力的启示。我来到这儿，发现你也正打算喂鸽子。你今天为什么来这么晚呢？"

"我也听到一个声音。"

"你也能通灵吗？"

"我开玩笑的。"

"你不能拿这种事开玩笑！"

接下来四十五分钟，我们聊到更具体的事。玛格丽特·富加齐是二十世纪五十年代来美国的，父亲是医生，如今双亲都不在了。在纽约她和一位九十多岁的老太太很亲近，她是位灵媒，眼睛几乎瞎了。她们同住了一些年。老太太一百零二岁的时候死了。现在玛格丽特靠教课为生，教瑜伽、意念集中、大脑激活、生物节奏、意识和自有永有[1]。

她说："我很早就留意你喂鸽子了，很久之后我才得知你是位作家和素食主义者。于是我去读你的作品。我们之间就开始了心

1　"自有永有"，出自《圣经·出埃及记》，神对摩西说"我是自有永有的"。

灵感应交流，不过只是单方向的。我甚至去你家拜访过几次——不是肉体，是魂灵。我很想吸引你的注意，但是你睡熟了。我通常在黎明离开我的身体。只有一次我遇见你醒着，你和我讲了喀巴拉的秘密。分别的时候你吻了我。"

"你知道我的住址？"

"魂灵不需要住址！"

我们俩沉默了一会儿。然后玛格丽特说："你可以给我你的电话号码。魂灵拜访要冒可怕的危险。万一灵线断了——"

她没说完，显然是害怕自己即将吐出的话。

2

凌晨一点时我还在回家路上，我告诫自己不要冒险和玛格丽特·富加齐走得太近。我一边忍着胃疼，肚子里都是晚餐她款待我的大豆、胡萝卜、糖浆、葵花籽和芹菜汁，一边忍着头疼，脑子里都是她嘱咐我的修行秘诀——如何避免精神紧张，如何控制梦境，如何在放松时发射 α 波、在思考时发射 β 波、在入睡时发射 θ 波。都是朵拉的错，我想。如果她没有丢下我，回合作农场[1]看望她第一次生孩子的女儿桑德拉，我现在可能和她一起在新

---

1 合作农场（kibbutz），以色列的一种集体农业社区，如今仍然存在。

罕布什尔州伯利恒某家旅店里，呼吸着没有花粉的清新空气，而不需要在污染严重的纽约受花粉热之苦。没错，朵拉曾经求我陪她去以色列，但我一点也不想去那个毗邻叙利亚边境的鸟不拉屎的农场，傻等着桑德拉生孩子。

　　从哥伦布大道和第九十六街的交叉口回到我一居室的公寓要走几条街，我害怕走这段夜路，但我也拦不下一辆出租车。我乘电梯上楼时心里充满了恐惧。我离开这段时间可能家里进了贼？可能他因为翻不到钱财或者珠宝而心生怨恨，把我的手稿都撕了？我打开门，一股热浪扑面而来。我忘了关上百叶窗，屋子被太阳炙烤了一整天。朵拉走后这里就没有收拾过，飘飞的灰尘已经开始让我打喷嚏了。我解衣躺下，但睡不着。鼻塞，胃绞痛，耳朵里仿佛灌满了水。我对朵拉的火气越来越大，心里预演了各种报复她的方法。或许可以娶了这个匈牙利施神迹者，然后把喜帖拍电报给她。

　　我睡着的时候已经晨光熹微。电话铃声吵醒了我。床头柜上的表显示十点二十。我拿起话筒，咕哝了一声："嗯呢？"

　　一个低沉的女生。"我吵醒了你？我是玛格丽特，玛格丽特·富加齐。莫里斯——我可以叫你莫里斯吗？"

　　"你叫我波提乏 [1] 都可以。"

1　波提乏（Potiphar），《圣经·创世记》中的人物，遭到妻子的背叛和利用。

"嚯，这是什么话！我想说，今天早上我得到了一个征兆，表明我们昨天的相遇不只是简单的巧合，而是命运的安排，是上帝之手的命令和布置。先让我告诉你，昨晚你走后我深深担忧。你答应我叫出租车回去，但我知道你没有，别问我怎么知道的。天亮前我发现自己又飘到了你的公寓。真乱啊。全是灰！我见你脸色苍白，呼吸不畅，你真的不适合留在城里了。不过话说回来，我们的情谊不能从一段漫长的分离开始。今天一早我接到一个老朋友的电话——莉莉·沃尔夫纳，也是匈牙利人。我一年多没有联系过她了，但昨天晚上我入睡之前，突然想到了她。对我来说，这就是征兆，意味着我马上要得到这个人的消息了。正好九点我的电话响了，我有十足把握，张口便说'你好莉莉'。莉莉·沃尔夫纳在旅行社工作，策划赴欧洲、非洲、日本和以色列的旅游线路。她安排的行程都附带一个文化课程。导游是心理学家、精神病医生、作家、艺术家或拉比。我也做过两次导游，带那些对心灵研究感兴趣的游客，有机会我给你讲讲这些神奇经历。

"我说：'莉莉，你怎么想起我来了？'她告诉我，她有一个团的客人，想在敬畏之日[1]去以色列，顺便学习意念集中的课程。她邀请我做这次旅行的导游。我不记得自己怎么说的了，但我和

---

1 敬畏之日（High Holidays，又作 Yamim Noraim），犹太人从犹太新年到赎罪日之间的十天，是犹太人一年最重要的节日。

莉莉提起了你的名字，还说你曾经答应给我传授喀巴拉的奥秘。我求你不要插话。她一听到你的名字就疯了。'什么？他真的存在吗？他就住在纽约这里？还和你吃了晚饭？'我长话短说，她提议我们两个一起做这个团的导游。她会满足你的任何要求。这个团里全是富有的女客，很多还是你的读者。我告诉她我去通知你，但她要先问问女士们的意见。还没过半个小时她就拨了回来。莉莉联系了她的客户，她们听到消息和她一样兴奋。亲爱的，一个人除非瞎了才看不到这里面全是命运的安排。莉莉是一个生意人，不是神秘主义者，但她说我和你能成为天造地设的一对！我不瞒你，过去的几个月我遇到了一生中的一次深重危机——既是精神上的，也是身体上的，还是金钱上的。我与自杀的距离有多近，你难以想象。昨天我来到你身旁的时候，我知道冥冥之中我的生命握在你手中，即使这听起来不可思议。所以我乞求你，我给你跪下了——不要拒绝，因为说'不'可能就是我的死刑判决。千真万确。"

玛格丽特没让我插一句嘴。我想告诉她我不是喀巴拉专家，我没兴趣和一群既要观光又想了解神秘主义的女人周游以色列。但不知怎么的，我迟疑了一下，被自己的软弱绊住了。

玛格丽特激动地说："莫里斯，等着我。我去找你！"

"你的魂灵来找我？"我问。

"少来！我身体和灵魂一起去！"

3

有人说——或许根本没人说过：每个人的人生都演成了情节剧。我既是这出戏的演员，也是观众。

我坐在一辆空调大巴车里，从海法向特拉维夫奔驰。我们在耶路撒冷过的新年。我们游览了索多玛、以拉他、萨法德、苏伊士运河周围的占领区、戈兰高地和一些合作农场。每停留一个地方，我就讲一些喀巴拉神秘学，玛格丽特则提供爱情、健康和商业上的忠告。她还会讲如何利用潜意识挑选股票、赌马、找工作、找丈夫，以及如何冥想。她还谈到深度睡眠的脑电波、密教灵修者的人格共振，香巴拉维度，以及程控招魂术全景。她通过星座化学的分析，解释如何找到天眼——也就是颅顶眼——的位置。她揭示利莫里亚大陆和沙斯塔山[1]的秘密。我参加了降神会，玛格丽特催眠了女士们，她们多数直接睡着了——至少装作睡着了。她信誓旦旦地说我母亲对她显灵了，让她关照着我。我作为一个射手座，即将有一个天蝎座的人和我发生致命冲突。

我困在这个令自己深感羞耻的境地。感谢上帝，我到现在为止还没有碰见朵拉，或者任何别的熟人，但以色列的旅程还有一

---

1 利莫里亚大陆是传说中与亚特兰蒂斯齐名的失落文明大陆。沙斯塔山位于美国加利福尼亚州，传说山中有失落的文明，或有利莫里亚的遗民。

整个星期。很可能我会被人认出来。而且，旅行团里经常吵架。女客们对宾馆、餐食和纪念品店的商品感到失望，对导游也越发挑剔。不少客人对玛格丽特和她的课程越来越冷漠，对喀巴拉的热情也减退了。一位女士指出，我对喀巴拉的解读过于主观，实际上是诗意的杂说。

根据计划，我们要在特拉维夫停留几天，给女士们购物的时间。她们将在赎罪日那天参观耶路撒冷，次日乘飞机回美国。我本打算在行程结束后去看朵拉，给她一个惊喜，所以从纽约出发之前我要求莉莉·沃尔夫纳不要给我订回程票，我不跟旅行团一起返回。我告诉她，我在以色列有一些写作上的事务要办。我没有把这些事告诉玛格丽特，免得麻烦。

明天就是旅行团的耶路撒冷哭墙祈祷之旅了，早餐过后，我必须揭开自己的秘密了。我想留在特拉维夫过赎罪日，还住在我们现在这家旅馆里。持续的赶路和众人的嘈杂让我身心疲惫，我想自己待一天。

不满是意料中的事，但我还是没料到玛格丽特会如此大哭大闹。她哭泣，指责莉莉·沃尔夫纳和我背着她搞阴谋，还威胁说我会因此遭到天谴，我的两面三刀还会招致灭顶之灾。

突然她又大声哭叫："如果你留在特拉维夫，我也不走了！我用不着在圣地过赎罪日。既然你收工了，我也收工了！"

"你必须和旅行团一起去，不然的话你的机票就作废了。"我提醒她。

"赎罪日第二天早上，我直接从这儿打出租车去卢德机场。"

女士们听闻两位导游要留在特拉维夫过赎罪日，冷嘲热讽了一番，但是没时间具体解释了，巴士已经等在旅馆门口。玛格丽特向旅行团保证，自己会在赎罪日第二天早上与她们在机场会合，然后送走了她们。我尴尬到羞于道歉。我不仅伤害了自己的尊严，也伤害了喀巴拉的尊严。

之后，我给玛格丽特看了自己的合同，上面写着我的工作在前一天晚上就结束了。在以色列待多久，都是我的自由。

玛格丽特根本不看它。"你在这里有女人，"她断言，"但是你的计划肯定会落空！"她用一根手指指着我，念念有词，我感觉她是想引导某些邪恶力量来收拾我。出于自己的迷信，我还是心生忌惮，想用一些承诺安抚她。但是她说她已经不信任我了，说了很难听的话。终于，她抽身去取行李，我趁机给朵拉所在的戈兰高地附近的合作农场打电话。电话没打通。

大多数客人都去耶路撒冷了，旅馆没有准备赎罪日斋戒前的大餐。玛格丽特和我只能找一家饭店吃饭。我虽然不去犹太会堂，但赎罪日还是要斋戒的。

"我和你一起禁食，"玛格丽特在得知了我的习惯后宣布，"如果上帝用这样的羞辱来责罚我，那么我一定是犯了严重的罪。"

"你说你有一半不是犹太人，但你一直像个彻头彻尾的犹太泼妇。"我没好气地说。

"我最小的脚指甲里面的犹太气质都比你整个人多。"

我们本打算买足够的食品，在斋戒开始之前吃饱，但是我们吃完午饭，商店都关门了。街上一个人都没有。甚至离旅馆不远的美国大使馆也一片寂静，似乎都在准备过节。玛格丽特来到我的房间，我们在阳台上看大海。太阳西沉。海滩上空空荡荡。我从未见过的大鸟在沙地上踱步。不论我和玛格丽特之间有过什么样的密切关系，现在都已经断了，我们仿佛一对已经决意离婚的夫妇。我们互相保持距离，各自看着落日，落日在海浪上布下火红的网。

玛格丽特黝黑的脸映成了砖红色，她黑色的眼睛渗出那种自我放逐者的忧伤，既无法回到故乡，又无法适应他乡。她说："这里的空气中满是鬼魂。"

4

这天晚上我们用通灵板占卜，熬到很晚，通灵板透露了一个又一个悲伤的预言。我或许是感觉太无聊了，或者希望把我们这段造作的关系一了百了，我向玛格丽特坦陈了关于朵拉的实情。玛格丽特实在太疲倦，无力再闹一场。

第二天早上，我们沿着本-耶胡达街散步，然后转到罗斯柴尔德大道。我们打算去会堂看一看，但路过的几座，都被信徒挤满了。会堂外面都站着身披祈祷巾的男人。十点左右我们回到旅馆。我们把话都聊开了。我躺下，读一本关于哈利·胡迪尼[1]的书，虽然他抵制通灵术信徒，但我总觉得他拥有神秘的力量。玛格丽特坐在桌前摆弄塔罗牌。她时不时皱皱眉，向我投来忧郁的目光。她说，由于我的卑鄙行径，她一夜没睡。她起身回房，还告诫我不要打扰她。

中午时分我听到了长鸣的警报。军方怎么还在赎罪日测试警报？我从昨天下午两点开始就没再吃东西，很饿。我读书、打盹，按照赎罪日自省的习俗，长久地发呆。我一生追求欢愉，但我的小情人们总是在感情上越来越认真，酸楚得仿佛自己成了弃妇。刚结束的这次旅程让我倍感羞辱、疲惫。我的花粉过敏都没有缓解。

我睡着了，太阳落山时才醒。据我推算，这会儿会堂里的礼拜差不多到了收尾的环节了。夜空中出现了一颗星，两颗星，三颗星——可以解除斋戒了。门开了，玛格丽特像幽灵一样飘了进来。我们禁食的时间不是二十四小时，而是三十个小时。玛格丽特看上去十分憔悴。我们乘电梯下楼。门廊里的灯熄了一半，入口的玻璃门被黑布挡了起来。柜台后面坐着一位不太像旅店雇员

1　哈利·胡迪尼（Harry Houdini, 1874—1926），匈牙利裔美国魔术师，享誉国际的脱逃艺术家，能不可思议地自绳索、脚镣及手铐中脱困。

的老头，他正读着一张破旧的意第绪语报纸。我走上前去，问："怎么这么安静？"

他不耐烦地抬起头。"你想怎样——难道应该办个舞会？"

"为什么不开灯？"

那人挠了挠头。"你是真傻还是装傻？我们打仗了[1]。"

他解释说，埃及人越过了苏伊士运河，叙利亚人入侵了戈兰高地。玛格丽特肯定多少听得懂意第绪语，她大声说道："我早就知道！天谴！"

我们打开大门出来。雅孔街完全被黑暗笼罩着，家家户户的窗户都蒙上了布。以往，特拉维夫赎罪日夜晚永远是一派欢畅场面，饭馆和电影院挤满了人，现在这里却像是圣殿被毁日[2]夜间的某个波兰犹太小村子。几辆车驶过，它们的车灯要么不亮，要么用蓝漆涂上。我们来到本-耶胡达街希望买些食物，但商店都关着。我们回到我的房间，玛格丽特打开了嵌在床头柜上的收音机。新闻播的都是战争的消息，民用的频道都停掉了。军队已经动员起来。广播员呼吁公众不要惊慌。我从旅行包里翻出了一包饼干和两个苹果，我和玛格丽特这才打破了斋戒。玛格丽特预约过一辆出租车，原计划明早五点把她送到卢德机场，但是出租车还会

1　这里指 1973 年的赎罪日战争。

2　圣殿被毁日纪念的是犹太历史上所罗门圣殿被新巴比伦帝国破坏，以及后来两度被罗马帝国破坏的历史。圣殿被毁日是犹太人最沉重的纪念日，需要全天禁食。

来吗？还会有飞往美国的飞机吗？根据戈兰高地前线的新闻，我预感朵拉所在的合作农场已经落到阿拉伯人手里了。谁知道朵拉是不是还活着？有可能叙利亚或者埃及的军队明天就会打到特拉维夫来。玛格丽特劝我，如果出租车应约而来，我应该和她一起去机场。但我不愿意在机场和这个国家各个角落汇聚而来的无数游客挤在一起耗上几天几夜。

玛格丽特问："死在这儿，就更好吗？"

"是的。"

我们听广播到夜里两点。对玛格丽特而言，似乎战争事小，所谓的我的卑鄙阴谋才真正让她震惊。她说，她唯一的慰藉是自己在灵魂深处已经预知了我的阴谋。现在她预测到，我和朵拉将再也不能相见。她甚至认为，这场战争就是上帝给我降下的灾难。她认为，时间只是幻觉，所有事都是命中注定，判决在犯罪之前就已经确定了。她人生中处处遇到这样的例子——她的敌人无法达到邪恶的目的，只因为她的守护天使提前数月、数年就设置好了阻碍。那些侥幸伤害到她的人，后来不是被杀，就是受残疾或疯癫之苦。玛格丽特回房就寝之前说，她会祈求我获得原谅。她和我吻别，道晚安，还暗示说，虽然赎罪日已经结束了，但赎罪的大门还是向我敞开着。

我沉沉睡去。有人摇我肩膀叫醒我。天还黑着，猛然间我都没意识过来自己身在何处，又是谁在摇我。

我听见玛格丽特用庄重的声音说："出租车到了！"

"什么出租车？噢！"

"和我走！"

"不，玛格丽特，我要留在这里。"

"那样的话，保重！原谅我。"

她用干燥的嘴唇吻了我一下，嘴里有股斋戒后的味道。她带上了门，我知道这是我们的永别。她走以后，我才意识到自己为什么决定留下。我没有像她那样预订好飞机，我的机票没有回程日期。况且，我对旅行团说自己要留下来，不然的话，我在她们眼中，或者在自己眼中就是一个临阵脱逃的懦夫，这就太难堪了。曾经有一次，我和朵拉玩味过一个假想的场景，我们被困在一艘正在下沉的船上。其他乘客尖叫、痛哭、争夺救生艇，而我们对餐厅恋恋不舍，享用葡萄酒。我们宁愿珍惜自己的幸福，和船一起沉没，也不愿去挤，去争，去乞求一点生机。现在，这个白日梦几乎成了现实。

晨光初现。太阳还没升起来，海滩上已经有人在做健美操了。天色还暗，他们就像一个个影子。我都想嘲笑这些乐观主义者了，死到临头还在锻炼肌肉。

我把手伸进挂在椅背上的外套兜里，拍了拍护照和旅行支票本。我没有必要带那么多钱，但我还是带了两千美元的旅行支票，外加一个银行存折。没被偷走，我又回到床上补觉。我在特拉维夫认识一些人，有些甚至算得上朋友，但我决意不露面。要是人家问我来做什么，我怎么解释？我是什么时候来的？只会把自己卷入新的谎言中罢了。我打开收音机。敌人还在推进，我们的伤亡很严重。其他的阿拉伯国家也摩拳擦掌，准备出兵。

我又试着给朵拉的合作农场打了一次电话，接线员说这是不可能接通的。电话信号和电还没有断掉，浴室里还有热水，已经很不错了。

我乘电梯下到旅馆大堂。印象中昨天这里还是空荡荡的，这会儿很多男人女人在用英语交谈。餐厅摆出了早餐。面包房夜里烤了面包卷——刚出炉，还是热的。我点了一份煎蛋饼，上菜的服务生说："用餐愉快，趁现在还有的吃。"虽然阳光明媚，但我想象着重重阴影落在大地上，仿佛日食一般。我没有找其他美国人搭话，没有心情开口，也没有兴趣听他们的评论。不过，他们说话声音太大了，不论想不想听，我都听得清楚——他们说，卢德机场外面全是拖着行李不知所措的人，没人帮得了他们。我仿佛在他们中间看到了玛格丽特，嘴里嘟囔着咒语，召唤着复仇的神灵。

早饭后我沿本-耶胡达街散步。满载士兵的卡车呼啸而过。一个白胡子、穿长袍、戴拉比帽的长者，抱着住棚节用的棕榈枝和香橼[1]走过。另一位老人吃力地在阳台上搭棚子。劣质的号外报纸被连夜赶印出来。我买了一份，在路边咖啡吧坐下，并点了蛋糕和咖啡。我一直觉得自己是个胆怯的人，而且多愁善感。我敢肯定，如果我此时身在纽约读到以色列发生的事，会发愁到魂不守舍。但此时我的心里没有一丝波澜。我一夜之间相信了宿命。我从美国带来了安眠药，我有刮胡刀片，如果走投无路可以割腕。我一边想着，一边品尝蛋糕，喝浓烈的咖啡。一只鸽子踱到我椅子边，我丢给它一些蛋糕渣。这是圣地来的鸽子——棕色、瘦小。它边走边点着小脑袋，似乎赞同着一个与这片土地一样古老的真理：如果你注定活着，你就会活着。如果你注定死去，那么死也不是厄运。死亡这件事真的存在吗？它只是怯懦之人编造出来的东西。

一天就这么过去了，漫无目的地散步，读胡迪尼的书，睡觉。本-耶胡达街上的超市开门了，挤满了顾客。长长的队排到了外面街上，家庭主妇见什么买什么。不过我在小商店里已经买到了不新鲜的面包、奶酪和不熟的水果。和平统治着白天，夜幕降临，战争就回归。全城漆黑一片，街道上空无一人。旅馆里，住客聚在酒吧看电视，紧张得一声不吭。危险远没有结束。

1　香橼，一种像柠檬的水果，是住棚节的圣物。

大概十一点，我回到房间，来到阳台上。大海摇荡、翻卷，像暂时镇定下来的狮子深沉低吼，随时可能暴跳起来。战斗机隆隆飞过。星空低垂，似有坏事将至。清冷的微风吹过，闻得到沥青、硫黄味，以及从未停息过的圣战的味道。那些战争都还在这里，以东和亚玛力，歌革和玛各，亚扪和摩押[1]——以扫的兵将、巴力的祭司[2]——异教信徒和主以及雅各的子民之间永恒的战争。我听得到他们的剑锋铮然相击，他们的兵车辚辚有声。我坐进一张柳条椅，呼吸中都是这永恒的刺鼻之味。

悠长、不间断的防空警报声打断了我的小睡。这声音就像一千只羊角号在狂响，但我知道，这家旅店没有防空洞。如果炸弹落到这里，谁也挡不住。回屋的门仿佛有意识一般自己开了。我进屋，坐到床上，准备好活，也准备好死。

5

八天后，我飞回了美国。又一周后，朵拉回来了。说来奇怪，朵拉在赎罪日那天带着她女儿和新生的外孙恰好躲到特拉

---

1 以东（Edom）、亚玛力（Amalek）、歌革（Gog）、玛各（Magog）、亚扪（Ammon）、摩押（Moab），都是《圣经》中出现过的与以色列人为敌的族群或国家。

2 以扫是以色列人先祖以撒的哥哥，被以撒骗走了继承权。以扫是前面提到的以东人、亚玛力人的祖先。巴力是《圣经》中的异教神祇。

维夫，住在艾伦比路的一家旅馆，距离我的旅馆就几条街。男孩的割礼在住棚节开始前一天举行。我给朵拉说的是，我在加利福尼亚的一个学院作为驻校作家待了几个星期。每当我旅行回来，朵拉习惯严密审问我，想寻找一些破绽。她深信我名义上去外地演讲，实际上都为了背着她幽会情人。这回她相信了我，没有怀疑。

我重拾每天喂鸽子的习惯，但再也没见过玛格丽特。她既没打电话，也没写信，据我所知也没有用她的魂灵拜访我。

十二月的一天，我和朵拉在阿姆斯特丹大街上走着——她要去买一个二手书柜——一个男青年塞给我一张传单。天很冷，还飘着雪，他没穿大衣、没戴帽子，衬衫领子也敞着。他看起来像西班牙裔或者波多黎各人。我通常不接这种传单。但这位青年的黑眼睛里闪烁的热切让我接下了这张湿漉漉的纸。这不是一个发传单的打工仔，而是一个有使命的信徒。我停下脚步，看到玛格丽特·富加齐的大名印在她的照片上方，这照片大概是她二十年前的长相。我读道："你害了相思之苦吗？你失去了亲近的家人吗？你生病了吗？你的生意、家庭遇到麻烦了吗？你正左右为难吗？来找玛格丽特·富加齐夫人吧，她是唯一可以帮助你的人。玛格丽特·富加齐，著名灵媒，曾于印度修习瑜伽，于耶路撒冷修习喀巴拉，专长超感知觉、潜意识祈祷、雅赫维力量、UFO秘密、自我催眠、宇宙智慧、精神疗愈、灵魂转生。全部私密咨询，保证效果。体验价两美元。"

朵拉拽了拽我的袖子："怎么停下来了？快扔掉。"

"等等，朵拉。他去哪里了？"我环顾四周。那个年轻人不见了。他是专门等我的吗？

朵拉问："你为什么对他这么感兴趣？玛格丽特·富加齐是谁？你认识她？"

"认识。"我说，一时没回过神来。

"她是谁——你的一个女巫吗？"

"对，一个女巫。"

"你是怎么认识她的？你们俩一起骑着扫帚去参加黑弥撒了？"

"你记得你在戈兰高地合作农场的那个赎罪日吗？你在那儿的时候，我和她飞去了耶路撒冷、萨法德、拉结墓，一起研究喀巴拉。"我说。

朵拉习惯了我信口胡诌的玩笑和荒唐话。"是吗？后来怎样？"

"然后就开战了，女巫受到惊吓，飞走了。"

"她丢下了你吗？"

"对，把我丢下了。"

"那你为什么没有来找我？我自己也算是个女巫了。"

"你也消失了。"

"我可怜的孩子，所有女巫都不要你了。但是你可以把她找回来呀。她都在打广告了。这难道不是个奇迹吗？"

我们站着陷入了思考。雪落下来，干冷而厚重，像冰雹一样打在我脸上。朵拉的深色外套变成了白色。一只孤单的鸽子想飞起来，拍了拍翅膀却又落下。这时朵拉说："那个年轻人有点奇怪。他一定是个巫师。所有这些只要两美元！走，我们回家吧——坐地铁，不是走通灵之旅。"

艾尔卡和梅厄[*]

梅厄·邦茨在不加班的晚上，一沾枕头就能沉沉睡去。如果没人叫醒他，他可以一觉睡十二个小时。但是这次，他在黎明醒来。眼睛一睁，就再也合不上了。他庞大的身体坐起来又躺倒。激情和忧虑让他无法平静。梅厄·邦茨可不是一个胆怯的人。年轻的时候他是个小偷，擅长撬保险柜。贼窝里狠人不在少数，他照样力量出众。他绷直胳膊，没有一个人能掰弯它。他吃得下半只鹅，外加一打的大杯啤酒。就算梅厄偶尔被警察抓到，他也能扯断手铐，并撞碎巡逻马车的门。

＊ 本篇英语由约瑟夫·辛格（Joseph Singer）翻译。

后来梅厄改过自新，结了婚，在华沙慈善丧葬协会找到一份工作。这个协会为当地的死者提供裹尸布和墓地。梅厄每周领二十卢布的工资——这是在俄国统治波兰期间，后来德国人来了，就换成等值的马克。他不再与盗贼、销赃犯和皮条客为伍。他爱上了一个美女，蓓尔卡·利特瓦克，她在马萨科斯卡路上的一个大户人家当厨师。但是过了些时日，他发觉这场婚姻是个错误。首先，蓓尔卡不能怀孕。其次，她时常吐血。第三，他永远习惯不了她的发音——"猪一样的利特瓦克"，他这么说蓓尔卡·利特瓦克的口音。她昔日的美貌也日渐不在。她发火骂他，他从来没听过那么难听的脏话。她识得字，每天读意第绪语报纸上的连载小说：受骗的女人、诡计多端的贵族、走入歧途的孤儿的故事。梅厄·邦茨喜欢吃饭的时候听留声机，放剧场音乐、二重奏或者赞美诗的曲子。但蓓尔卡说她一听留声机就头疼。他们礼拜五晚上总是吵架，因为梅厄喜欢甜味的鱼丸，他已故的母亲过去常这么做，但蓓尔卡做的都是胡椒鱼丸。有几回梅厄打了蓓尔卡，她一挨打就晕倒，梅厄只能喊泽塔格医生或者克尼亚斯特医生来救人。

如果上帝没有派来红色艾尔卡，梅厄或许就逃离华沙了。红色艾尔卡在丧葬协会的工作是料理女性死者，为她们缝裹尸布，在沐浴台上清洗尸身。红色艾尔卡不走运。她身陷一场不幸的婚姻，丈夫卧病在床，而且脾气不好，有点疯疯癫癫。丈夫叫荣切，是个装订匠，不过他懒得工作。一九〇五年的那个血腥星期三，哥萨克杀死了几十个聚集在市政厅请求沙皇颁布宪法的革命者，荣切脊柱上中了一枪。之后他住进齐斯塔街上的医院，切除了一个肾，再也没从伤病中完全恢复。艾尔卡给他生了两个孩子，但都死于猩红热。虽然艾尔卡已经年过四十，比梅厄大三岁，但看起来仍然像个少女。她一头红发剪成荷兰式的波波头，没有一丝白发。艾尔卡身形瘦小，眼睛是绿色的，鼻梁高耸，脸蛋像苹果一样红。艾尔卡嘴上功夫了得。她笑的时候，半条街之外都能听到。她骂人的时候，犀利的词句从嘴里迸出，让你听了不知想哭还是想笑。艾尔卡牙齿尖利，打起架来会像母狗一样咬人。

艾尔卡刚去丧葬协会的时候，梅厄·邦茨观察她古怪的举动，害怕她。她和尸体谈笑，仿佛它们还活着一样。"安静躺着，嘘！"她如此斥责一具尸体，"别耍什么鬼把戏。我们要把你用运输箱装起来，然后送走。你最后几年倒是过得逍遥，这下真要说再见啦。"

一次，梅厄看到艾尔卡把叼在嘴里的烟塞到尸体的嘴里。梅厄提醒她不能这么做。"别为这种事烦恼，"她说，"我反正要在地狱挨无数鞭子了，不过是多加一鞭而已。"她说着，猛拍了一下自己的屁股。

梅厄很快就爱上了艾尔卡，内心涌出的激情让他自己都觉得不可思议。每次共处，他都渴望得到艾尔卡。艾尔卡的污言秽语，梅厄越听越带劲。

梅厄小时候经常吹牛说，永远不会让女人绊住自己的手脚，成年之后他还常常这么想。如果哪个妇人和他玩欲拒还迎，或者唠叨他，他会对她们说去死吧。他曾说，黑夜里所有的猫都是灰色的，天底下所有的女人都差不多。但他就是无法抗拒艾尔卡。她嘲笑他的大块头、大胃口、大脚，还有低沉的嗓音——当然，都是些善意的玩笑。她叫他"水牛""熊""公牛"。艾尔卡和他玩闹，把他的一头乱毛编成辫子，就像大利拉对待参孙那样。艾尔卡和梅厄不能随心所欲地在一起。他们不能去对方的家里。他们寻找那种不用登记就可以过夜的旅店。有时这种办法也行不通，他们刚打算离开家去幽会，就又被叫去收拾惨剧现场——又有人被车碾死了，又有人上吊了，跳楼了，或者活活烧死了。这种情况下，警察会要求解剖和尸检。但是犹太教法禁止解剖，于是就要有人去说服或者贿赂警官。红色艾尔卡总有办法。她会说俄语和波兰语，一九一五年德国人占领华沙之后，她又学会了用德国味的意第绪语和德国的警察交谈。她和德国佬调情，灵巧地把钞票塞进他们的口袋。

终于，红色艾尔卡成功地让梅厄·邦茨当上了自己的助手和司机。丧葬协会弄来一辆汽车，用来从郊区以及华沙到奥特沃茨克之间的疗养院拉尸体。梅厄学会了开车。有时两人连夜开车穿过田野和森林，这是做爱的最好时机。红色艾尔卡坐在副驾驶座上，眼睛像鹰一样搜寻着他们可以不受打扰地躺下的地方。她说："尸体可以等。它有什么着急的？墓地又不会酸掉。"

艾尔卡嘴里叼着烟，梅厄亲吻她，有几次即使做爱的时候她还抽着烟。她已经过了怀孕的年纪了，但她的欲望却越来越强烈。梅厄和她私会的时候，想彻底把工作抛在脑后，可是艾尔卡偏要一直念叨。她说："啊，梅厄，你嗝屁之后得留下一具多沉的尸体啊！你得雇八对抬棺材的人。"

"闭上你的臭嘴！"

"你怕了，是吧？这事没人能躲掉的。"

红色艾尔卡逐渐散发出一种魔力，从前令梅厄厌恶的东西，现在都变得有趣起来。他开始模仿她的表情，跟她抽一样牌子的香烟，只吃她喜欢的菜。艾尔卡从不喝醉，但她只要喝上一杯就变得无比轻浮。她对神出言不逊，取笑死亡天使、恶魔、地狱和天堂里的圣人。一次梅厄听见她对尸体说："不要发愁，死鬼，安息吧。你给你老婆留下了大笔的嫁妆，你的接班人和她真是要享福啦。"然后她挠了挠死人的胳肢窝。

梅厄·邦茨不习惯想太多。他一想事情就犯困。他清楚地知道，艾尔卡对待死人的方式，是某种牢牢楔进她脑中的愚蠢冲动。与梅厄打过交道的每个女人都有这样那样的怪癖。有个女的甚至命令他用带子抽打她，吐唾沫在她身上。他蹲过几次监狱，从狱友那里听说的奇怪女人令他汗毛倒竖。

可是，自从他开始和艾尔卡偷情，混乱的念头像一群蝗虫一般向他袭来。这天夜里，他在家睡觉——他睡一张床，蓓尔卡睡另一张。睡了几个小时，他因为太焦虑而惊醒了，就是那种进退两难的感觉。蓓尔卡在一旁打呼噜，鼻子里打哨，还时不时叹气。梅厄提出过离婚——他愿意继续付她生活费——但是蓓尔卡拒绝了。黑暗中，他眼前只看得到艾尔卡。她和他开玩笑，用古怪的绰号称呼他。艾尔卡可不是什么贤惠的女人。她在格日博夫斯卡街上的一家妓院干过几年。她有过的男人，肯定比梅厄头上的头发还多。她曾经和一个皮条客爱得死去活来，利贝尔·马尔维赫尔，他后来被瞎子费弗尔捅死了。艾尔卡说起这个皮条客的时候还会落泪。无论如何，梅厄准备好了，如果艾尔卡能离婚，他就娶她。他听说，美国有私营的殡仪馆，做这种生意能发财。梅厄经常幻想：他和艾尔卡去美国开一家殡仪馆。得痨病的荣切死了，梅厄摆脱了蓓尔卡。在新世界，没人知道他的犯罪前科，也没人知道艾尔卡的卖淫经历。白天他们忙着处理尸体，晚上他们去剧院。梅厄将成为富人会堂的一分子。他们儿女绕膝，住在自己的别墅里。全纽约最有钱的人家家里死了人，都会送到他们的殡仪馆。一个狂野的念头在梅厄心头掠过——他们不用等了。他用半分钟就能打发掉蓓尔卡，只需要卡住她的脖子一使劲。艾尔卡可以给荣切下个药。既然他们都生着病，那么多活一年和少活一年有什么大的差别?

梅厄被自己的念头吓坏了,自己咕哝起来,手足无措。他猛地从床上坐起来,弹簧"吱呀"一声。

蓓尔卡醒了。"你怎么像蛇一样扭?我要睡觉!"

"睡你的吧,猪一样的利特瓦克!"

"你是心里又痒痒了吧?只要我还活着,她就永远别想做你老婆。她只能是个妓女、荡妇、乞丐、克鲁奇玛尔纳街六号的婊子,让她像火一样燃烧吧,亲爱的主!"

"闭嘴,不然你现在就死定了!"

"你要杀了我吗?拿把刀来呀。与其这样活着,去死简直是到天堂。"蓓尔卡开始哭、咯血。

梅厄下了床。他知道艾尔卡在格日博夫斯卡街上的妓院当过妓女,但克鲁奇玛尔纳街他可没听说。显然,蓓尔卡比他知道更多艾尔卡的事。他很愤怒,想大声喊,想抓住蓓尔卡的头发在地上拖行。他知道克鲁奇玛尔纳街六号的妓院——一个没有窗户的地窖,一个活生生的坟墓。不,这不可能——一定是她编的。他直想吐。

几年过去了,梅厄都不知道这几年是怎么过的。蓓尔卡一次又一次吐血,他只能送她到奥特沃茨克的疗养院去。医生说她将不久于世,但疗养院的新鲜空气让她那风中残烛般的灵魂一直燃烧着。梅厄还得负担她的住院费。他现在住上了独居的公寓，艾尔卡可以自由地来相会。艾尔卡的丈夫荣切一直生病在家。但是两个情人在一起的时间依然有限。自从一九一四年埃波月的那场战争爆发[1]，枪击、刀伤和自杀致死的人成倍增长。半个波兰的难民都汇集到了华沙。那辆黑色的汽车不停地有尸体要拉。梅厄和艾尔卡极少有过欢愉时光，哪怕只是一个小时。他们俩的爱情无非是聊天、亲吻、畅想未来。德军占领华沙以后，饥饿和斑疹伤寒让一栋栋公寓成为空楼。艾尔卡仍然没丢掉她的轻浮劲儿。她仍然把死亡视作一个玩笑——一个鄙夷上帝和人类的机会，她反复说道，生命悬于一发，希望只不过是缥缈的蛛丝，弥赛亚、末日审判、一切关于将来世界的许诺都是谎言，那些现在抓不住的就会永远失去。但是想去抓住就需要时间。艾尔卡心有戚戚："不信走着瞧，梅厄，我们连去死的时间都没有。"

艾尔卡几乎不吃饭了。她只是啃一些饼干、香肠、巧克力棒。她喝伏特加并且抽烟。梅厄也靠吃不熟的食物过活。电话铃声常常半夜响起，召唤他们去警察局、齐斯塔街的犹太医院、波科纳街的传染病医院或停尸房。他们甚至在安息日和其他节日都不得休息。丧葬协会的其他雇员夏天有暑假，但是谁也无法或不愿给梅厄和艾尔卡代班。只有他们两个有门路联络警方、政府、军方，

---

1 埃波月是犹太历五月，公历七月、八月间，第一次世界大战爆发于 1914 年 7 月 28 日。

以及格西亚和普拉加公墓的管理者。

梅厄的公寓无人打扫，满屋灰尘，石膏从墙面剥落下来。租客们不再付租金，房东也就不再修理坏掉的设施。水管冻裂了，厕所堵了，都没有人修。艾尔卡偶尔来梅厄家过夜，刚打算收拾屋子，总会被电话铃声打断。大街上又有了中枪的、烧死的、心脏病突发的需要去收尸，非要这对情人来处理不可。每当电话铃响，艾尔卡便大声说："恭喜，死亡天使来电话了！"没等梅厄问清事情的原委，她已经在匆忙穿衣服了。

俄国沙皇退位。德国军队开始在前线受挫。波兰不知怎么就独立了，但是疾病和死亡的脚步丝毫没有放缓。和平维持了一小段时间，接着，布尔什维克党人入侵了波兰，难民再度从外省涌进华沙。布尔什维克党人攻占城镇，枪决城镇中的拉比和富人。波兰人绞死布尔什维克党人。艾尔卡的丈夫荣切就这样死了。艾尔卡没有给他守七天丧。梅厄不识字，艾尔卡必须出面看文件、签字、记录名字和地址。两个人长时间工作，挣了很多钱，但是通货膨胀使这些钱一文不值。梅厄未雨绸缪存下来的几百卢布成了废纸，放在敞开的抽屉里——没有小偷愿意碰它们。艾尔卡买了些首饰，但没有机会戴。为什么不戴呢？梅厄问过。艾尔卡说："什么时候戴？你记得把它们放在我的裹尸布上的口袋里。"她指的是那句谚语，裹尸布上没有口袋。

梅厄很久之前就认识到，艾尔卡不仅取笑其他人的尸体——

她也把自己的死当作一个游戏、一个玩笑，或者鬼知道什么东西。梅厄不喜欢谈论死，但艾尔卡一有机会就说，她现在对别人做的，也将是自己的归宿。她在格西亚墓园预留了一块墓地——丧葬协会以优惠的价格留给她。她让梅厄起誓，他死后要和她埋在一起，而不是和蓓尔卡。梅厄总是生她的气：她才刚刚开始生活，干吗要说这种话？

但艾尔卡顶嘴说："梅厄，你怕了，是吧？没人知道自己明天会怎样。死亡不遵守日历。"她的家人都英年早逝——她父亲、她母亲、她姐姐莱莎、她哥哥哈伊姆·菲什尔。她又怎能指望自己比他们更幸运呢？

梅厄接到一个从奥特沃茨克打来的电话，告知他蓓尔卡死了。那天蓓尔卡像往常一样吃了早餐，甚至还拿报纸来读上面刊登的小说。但到了午饭时间，护士来给她测的体温，发现她已经死了。梅厄想自己一个人去一趟奥特沃茨克，但艾尔卡坚持要一起去。梅厄像往常一样顺了她的意。既然梅厄预留的墓地在艾尔卡的墓地旁边，蓓尔卡就被安葬在了卡尔切夫，奥特沃茨克附近的一个村子。艾尔卡细心地整理蓓尔卡的遗体，虽然卡尔切夫丧葬协会的女雇员们觉得这种事真是亵渎神灵，但艾尔卡径自用蛋黄擦洗蓓尔卡，为她缝制了裹尸布。

在蓓尔卡的墓前，她大喊："我们会来看望你的，你就不要来找我们了。希望你在主面前为我们说情！"

现在，梅厄和艾尔卡似乎可以立马结婚了。何必还租住在两处呢？何必操持两个家呢？但艾尔卡推迟了婚期。她要等一年过后才会同意结婚。她见过某本书上说，鬼魂会在亲近的人身边徘徊，满一年之后才离开。一年过去，艾尔卡又找新的借口。等搬个家再说，等买了新家具再说，等她有了自己的大衣柜再说，等休一个长假、去趟巴黎再说（她的假期攒起来有好几年那么长）。她每次变一种说法——一会儿严肃，一会儿又开玩笑。梅厄·邦茨不会忘记他的美国梦，但艾尔卡对他说："你去了美国又能怎样呢？在那里你也不能永远活着。"

　　一天晚上梅厄和艾尔卡下了班，在艾尔卡家过夜。艾尔卡拿起梅厄的手，放在她的左胸上。"摸摸，就这里。"她说。

　　梅厄摸到了硬硬的东西。"这是什么？"

　　"一个肿块。我妈妈也是长了这个之后死的。我吉塔尔小姨也是。"

　　"明天一早就到医院去。"

　　"医院？如果我妈妈没有火急火燎上医院，可能死得还好看点。那些屠夫把她砍成了碎片。我才不是个傻子。"

　　"但它可能不是什么大问题。"

　　"不，梅厄，这是天堂发来的传票。"

　　言语间她的欲望被点燃了，两人开始抚摸和亲吻。艾尔卡喜欢在床第之间拷问梅厄，问他之前的情人，还有他之前和有夫之妇偷欢的事情。艾尔卡喜欢让梅厄拿她和其他女人比较，让他描述她的好处。起初，梅厄并不喜欢，但像以往对艾尔卡一样，他已经习惯了这样的审讯。这次艾尔卡说，如果没有自己，丧葬协会和梅厄都无以为继。她本该培训一个替代自己的女人，教她做丧葬的生意。艾尔卡一边欢爱，一边说新的女人还可以取代自己和梅厄在一起。

梅厄伸出一只手粗暴地捂住艾尔卡的嘴，但她叫喊着"拿开你的爪子"，还咬了他的手掌。

从那时开始，每个晚上，甚至两人一起开车外出的白天，艾尔卡讲话句句不离死亡。梅厄抱怨说他不想听这些絮叨，艾尔卡说："我说两句怎么了？我不是害怕屠夫的小牛犊。"

艾尔卡是没法住嘴了。突然有一天，冒出来一位艾尔卡的表妹——小镇来的女孩，像乌鸦一样黑，长着一双鞑靼人一样的眯眯眼。她告诉梅厄，自己二十七岁，但是在梅厄看来她有三十出头。她和艾尔卡一样喝伏特加、抽烟。她的名字叫迪什卡。很难相信她和艾尔卡是亲戚。艾尔卡话多、爱开玩笑，而迪什卡说话惜字如金。她的嘴角从不露出笑意，黑色眼睛里带着愠色。梅厄第一眼看到她就讨厌她。艾尔卡带着她准备葬礼，她帮着洗尸体、缝裹尸布。迪什卡从前是她那片穷乡僻壤里的裁缝，不论撕亚麻布——剪子是禁止使用的——还是缝宽针脚，比艾尔卡还熟练。有一次艾尔卡要留在城里办事，迪什卡陪梅厄开灵柩车去郊区，给一个被杀的犹太人收尸。一路上，迪什卡没说一句话。突然她伸手搭在梅厄的膝盖上轻抚，挑逗他。他拿起她的手，放回她自己的大腿上。这天晚上，梅厄一直醒着躺到天亮。他琢磨了一整夜，头痛得要炸开，还出了一身冷汗，感觉背后一阵阵发凉。要不要强迫艾尔卡送走迪什卡呢？要不要抛弃一切，自己一个人到美国去？或者等艾尔卡上路了，在她的坟前自尽？要不要离开丧葬协会，做一个搬运工或者裁缝？没有了艾尔卡，计划任何事似乎都毫无意义。梅厄从未独自喝醉过，但此时他在黑暗中打开一瓶酒，灌下一半。他第一次感到了恐惧。他知道迪什卡将给他带来厄运。没有人能取代艾尔卡的位置。梅厄在窗前站住，望着夜色对自己说："再怎么折腾都他妈的没有一点用。"

艾尔卡开始卧床不起。她乳房中的肿块扩散了，另一只乳房里似乎一夜之间也长出了肿块。艾尔卡疼痛难耐，靠医生开的吗啡撑着。明茨教授劝她去犹太医院接受放射治疗。或许她可以动个手术，不至于很快死去。但艾尔卡对他说："在我看来，干脆的死好过没完没了的病痛。我已经准备好上路了。"

虽然病得这么厉害，艾尔卡在丧葬协会还有工作。梅厄要把每具尸体、每桩葬礼都报告给她。即便梅厄看不起迪什卡——那个乡野村妇——他也承认她的优点。艾尔卡卧床不起的日子，梅厄和她住在了一起，而迪什卡搬进了梅厄家里。她打扫了房间，不辞辛苦地把所有的旧碗碟和艾尔卡打碎的罐子都扔了。她甚至说服房东重新粉刷房间，修补天花板，还铺上了新地板。每当早上梅厄和迪什卡一起去丧葬协会或者出车，迪什卡都会给他带早餐——不是艾尔卡用来打发自己的饼干巧克力，而是鸡肉、牛排或者肉丸。艾尔卡只喝一杯酒就开始说胡话，但迪什卡不论喝多少都能保持清醒。梅厄搞不懂她。那种上帝都懒得管的地方，怎么出了她这么一个奇人？她的力量是从哪来的？照梅厄自己的经历看来，小镇里的男人都是不可救药的懦夫、愚蠢的娘炮，总是婆婆妈妈，鼻涕都擦不干净。

有一天，护理艾尔卡的女人自己生病了，本应代班的另一个女护士去了佩尔科维兹纳[1]看她的一个女儿。泽塔格医师给艾尔卡打了针，梅厄坐在她床边直到艾尔卡看起来没有大碍。艾尔卡睡着之前，强迫梅厄发誓，她死后梅厄要娶迪什卡为妻，但梅厄拒绝了。第二天早上他被电话声吵醒。一个住在奥特沃茨克的疗养院的男演员死了，遗体需要处理。这个演员在意第绪语戏剧圈演了很多年爱情戏，最早是在穆拉诺剧院，后来又去了别的剧院和巡回剧院。斯摩查街上一家人的酒精炉着火，烧死了五个孩子。诺沃利普基街上一个男青年上吊了，警察要求做解剖。于是梅厄起床洗脸，刮胡子。艾尔卡听到消息，还想了解细节。她认得这

---

1 佩尔科维兹纳（Pelcowizna），华沙的一个区。

个演员，并且欣赏他的表演、唱歌和讲的笑话。一天里的这几桩死亡事件，使她精神又振奋起来，像健康人一样聊了一会儿天。照顾她的女人一直到十点才回来，梅厄不想留下艾尔卡一个人。但是艾尔卡说："我还能有什么事呢？"她笑着眨眨眼。

梅厄和迪什卡忙得一整天顾不上吃饭。梅厄讲了孩子们的悲剧，迪什卡什么话也没说。梅厄记得，艾尔卡遇到类似的情况总能说出妥帖的评论。他没法和迪什卡这种呆子一起生活，他忍耐不了两周。

疗养院的惯例是白天把遗体保存在阴冷的储藏房里，晚上搬出来运走，免得惊吓到疗养院的其他病人。梅厄和迪什卡白天在城里忙活，直到深夜才启程去奥特沃茨克。夜很黑，还下着雨，没有半点月光和星光。梅厄一次又一次尝试挑个什么话头，好和迪什卡聊起来，但她从来都是用一两个字简短作答，很快梅厄就无话可说。他很想知道迪什卡成天都在想些什么。可能是纯粹的无礼。她能坐在你旁边就已经是给你脸了。

他们开车驶过普拉加公墓。在暗红色的城市夜空下，林立的墓碑就像毒蘑菇丛。梅厄突然用艾尔卡的口吻说："一个死人的城市，对吧？把自己耗尽了，躺下了。你信上帝吗？"

过了很久，迪什卡说："不知道。"

"那是谁创造了世界呢？"

迪什卡没有回答，梅厄生气了，他说："如果就是这么结束的，那为什么又要出生呢？卡梅利卡街上有一个'工人之家'，那房子就叫这个名字，有个大人物去那里讲话，我恰好路过，就进去听。他说，不存在上帝。一切都是自己形成的。万物怎么能出自自身？净胡扯。"

迪什卡没有回答，梅厄决定今晚再也不和她说一个字。他深深想念艾尔卡。"她怎么敢死！"梅厄喃喃道，"她不敢！如果命中注定要一个人死，就让我死好了。"

汽车驶过瓦韦尔，一个全是外邦人的村子，接着是米泽津，都是建了一半的房子。然后是法伦尼卡，拉比们、哈西德人和普通的虔诚犹太人消夏的地方，接着是马查林村、约瑟夫村和斯维德村，知识分子——锡安主义者，崩得党人，以及那些不想说意第绪语、只讲波兰语的犹太人——住的地方。

艾尔卡的病令梅厄·邦茨心神不宁，他忍不住思前想后。比如，这个迪什卡在她从前的村子做了什么？大战期间她肯定干过走私或者妓女的营生。突然他想到了蓓尔卡。她起先拒绝和他结婚，他跪在她面前发誓永远爱她。他发觉她的立陶宛口音尤其可爱。多年后，她生病之后，说什么话他都烦。他对她只有一个要求：安静。然而艾尔卡说得越多，就越让他听不够。

梅厄把车开到了疗养院的储藏室门口。一切工作安静、利落，就像一场密谋。一扇门打开，两个人把一个箱子抬上灵柩车。梅厄都没看清他们的长相。没有人说一句话。趁房门开着的时候，梅厄往里面瞄了一眼，看到另外两个一样的箱子。屋里还有一张长桌，许多蜡烛火光摇曳、淌着烛泪，一个老者在背诵《诗篇》。从房里涌出冷风，仿佛冰窖里的冷气一般。梅厄从衣兜里掏出一小瓶伏特加，一口喝完了它。回华沙的路上，他的眼前闪过自己的一生——贫穷破旧的房子，盗窃团伙，打斗，妓院，妓女，监狱。"这炼狱一场，我是怎么忍过来的？"他问自己，然后他回想起母亲的一句话："凡我们能习惯的事，主都保我们平安度过。"

汽车开进了一个树林。之字形的路，梅厄开得很快。他想让迪什卡求他开慢一点，但是她坐在副驾驶座上依旧一言不发，只是看着外面的黑暗。

梅厄说："别担心。出了车祸，尸体也不能再死一次了。"

一阵突然生出的恶意笼罩着梅厄，他也想试试自己的运气，像一个赌徒厌倦了计算风险，厌倦了揣摩人心，心中冒出了鲁莽的冲动。车灯发出的光扫过松树、房子、花园、水泵、凉亭。梅厄一次又一次用余光瞟迪什卡。"对她而言，生命显然连一小撮鼻烟粉都不值。"梅厄对自己说。

灵柩车冲出马路，穿过了一片空地。车好像溜下山坡一样，凭着冲力往前开。一时间梅厄觉得很痛快，忘记了忧虑。没什么好发愁的，他想，一切都自有安排。他几乎忘记了车上沉默的乘客。活着真好。总有一天，我甚至要到美国去。那里有的是女人，有的是尸体。他一边开车一边幻想。艾尔卡和他一起开着车，只是扮成了另外的人，她说笑、嬉闹，拿他床上的技巧打趣。突然他眼前一棵树冒了出来。路中间有棵树？不，他已经下了高速路的。这是艾尔卡搞的鬼，梅厄想。他想踩刹车，但一脚踩上了油门。"这就对了！"他内心某个地方叫喊着。他听到一声巨响，然后一切安静下来了。

第二天，一位下田的农民发现了撞毁的灵枢车，还有三具尸体。车后的货厢门撞飞了，装着演员尸体的箱子散落出来。现场围着一群人，警察也赶来了。丧葬协会从华沙派来另外两辆车把三具尸体运走。会长和主管打算不把事情告诉艾尔卡，但是一个女同事从广播里听到消息，告诉了艾尔卡。艾尔卡听了，开始止不住地大笑。她为了憋住笑，打起嗝来。平静下来后，她下床，说："把我的衣服拿来。"

安排葬礼的两天，艾尔卡找回了活力。丧葬协会的所有人用惊异的眼光看着生气勃勃的艾尔卡。她清洗迪什卡的尸体，给她和梅厄缝好裹尸布。她从一个屋跑到另一个屋，进进出出，大声发号施令。她像往常一样和尸体开玩笑："准备好上路了吗？准备好进入运输箱了吗？"

两场隆重的葬礼一起举办。演员、作家和剧院的忠实观众围着去世演员的棺材。迪什卡和梅厄的遗体周围则聚集着小偷、皮条客、妓女、销赃犯，他们来自克鲁奇玛尔纳街、斯摩查街、波采约街和坦基街。战争、斑疹伤寒流行病、饥荒几乎摧毁了这座城市的地下世界，布尔什维克党人控制了他们的贼巢、妓院和克鲁奇玛尔纳街上的广场，但还是有足够多的故人和梅厄做最后告别。艾尔卡也和他们一起哀悼。她一身黑衣，戴着黑色的面纱和帽子，看起来竟然年轻漂亮。人们都记得梅厄·邦茨和红色艾尔卡。送葬的马车队从艾恩街绵延到诺伊纳街。梅厄·邦茨曾给一个犹太学校捐过钱，一位老师和几十个学生在梅厄的灵车前边走边哭："正义将为他引路。"

到了墓地，两个马车夫把艾尔卡抬到了一块墓碑上，她说了一段简短的悼词："我的梅厄，你要安好。我会去追随你的。不要忘记我，梅厄。我们所共有的东西，没人可以夺走，即使上帝也不能夺走。"

她又对迪什卡的墓说："安息吧，我的妹妹。我本想给你一切，可惜命中无缘。"说完，艾尔卡倒下了。

她终于被送进了医院，但是癌症已经完全扩散，没有任何救治的希望了。她整日坐在床上，靠着两个枕头。丧葬协会的两位女同事常来探望她，并且负责传达消息。协会雇了新人，但是死亡天使还是老样子。亚麻布涨价了，墓园要为墓地收更多的钱，刻墓碑的石匠也提高了工价。犹太石匠开始为富人的墓碑雕各种花样——狮子、鹿，甚至鸟头，就像外邦人搞的那一套。艾尔卡听着，问着。她的脸变黄了，但是眼睛还像醋栗一样绿。如今梅厄已经去了那个世界，艾尔卡也没什么牵挂了。她已经准备好了：一块墓地、裹尸布、遮眼睛的瓷片，还有一根香桃木枝——有了这个，她和梅厄就能在弥赛亚降临的时候，挖开墓穴，划着小船到应许之地去。

迈阿密海滩的聚会*

　　我的朋友鲁本·卡扎斯基是个幽默的人，他打电话到我在迈阿密海滩的公寓，问我："梅纳什，这是你人生第一次，你想不想做一件 mitzvah[1]？"

　　"一件 mitzvah？"我顶了回去，"mitzvah 是个什么？希伯来语？阿拉米语[2]？中文？你知道我不会做的，尤其在佛罗里达这里。"

＊　本篇英语由约瑟夫·辛格（Joseph Singer）翻译。

1　Mitzvah，指犹太宗教义务上规定的善事。

2　阿拉米语，一种古犹太语言。

"梅纳什，这不是一件普通的 mitzvah。那人是个亿万富翁。几个月之前一场车祸带走了他全部的家人——老婆、女儿、女婿，还有一个两岁的小外孙。他整个人都垮了。他在迈阿密、好莱坞还有罗德岱堡盖了大概十几栋出租公寓。他是你的忠实读者。他想为你办一次聚会，如果你不想要聚会，他可以只和你见一面。他的老家和你的老家很近——卢布林，是不是这个地方？至今他英语还说得磕磕巴巴的。他从集中营出来，背上没有一点伤，不到十五年，他就成了大富翁。他是怎么做到的，我就无从知晓了。赚钱是个本能，就像母鸡下蛋或者你写小说一样。"

"多谢你的夸奖。做那件善事有什么用呢？"

"在另一个世界，会召唤出利维坦的身子，或者和萨拉·巴什·托温[1]来一场柏拉图式的恋爱。但在这个倒霉的世界，他或许能半价卖给你一套房。他钱多得发愁，又没有了继承人。他想写回忆录，需要你来编辑修改。他心脏不好，植入了一个心脏起搏器。他常去找灵媒，或者他们来找他。"

"他想什么时候见我？"

"明天就可以。他开他的凯迪拉克来接你。"

第二天下午五点，我房间里的座机响了，爱尔兰门卫说楼下有位绅士在等我。我坐电梯下去，看见一个小个子男人，穿着黄

1　萨拉·巴什·托温（Sarah Bas Tovim），生活在 17 世纪、18 世纪的犹太女作家。

衬衫、绿裤子，金色搭扣的紫色鞋子，他的头几乎全秃了，余下的一圈头发是银白色的，圆脸像红苹果一样，小小的嘴里叼着一根长雪茄。他伸出汗湿的小手，握着我的手摁了一下、两下、三下，然后用尖细的声音说："很高兴，很荣幸！我叫麦克斯·弗莱德布什。"

他同时用那双含着笑意的棕色眼睛打量我，这眼睛对他而言有些大了——女人般的大眼睛。一辆巨大的凯迪拉克，司机打开车门，我们钻了进去。座椅上铺着的红垫子软得像羽绒枕一样，我一坐就陷了进去。麦克斯·弗莱德布什按了一个按钮摇下车窗，把整根雪茄扔了出去，又按按钮关上车窗。

他说："医生给我限定抽烟量，少得像赎罪日能吃的猪肉[1]，但习惯是个强大的力量。我在什么地方读到过，习惯是第二天性。这是《革马拉》说的吗？《米德拉什》[2]？或者只是一句俗语？"

"我真的不知道。"

"怎么能不知道呢？你可是什么都知道的。我有一本《塔木德》词典，但是放在纽约了，不在这里。我会打电话给我的朋友斯坦普尔拉比，让他查查。我有三处房子——一处在迈阿密，一处在纽约，还有一处在特拉维夫——我的藏书分散得到处都是。

---

1 指几乎没有。犹太人不吃猪肉，而在赎罪日犹太人不吃东西。

2 《米德拉什》(Midrash)，一类解释《托拉》的犹太宗教文学。经典的《米德拉什》作品形成时间晚于《塔木德》，在中世纪后期。

我总是在这里寻一本书时，却发现它放在以色列。幸运的是我们有电话这个东西。我在特拉维夫有个朋友帮我看房子，他是巴伊兰大学的教授——当然是免费住在我的房子里。给特拉维夫打电话，要比给纽约或者迈阿密本市打电话更容易。发往特拉维夫的信号走的是一个小月亮，一个'小伴侣'[1]，反正是那种东西。对对，一个卫星。我总是开口忘词。我把书放下，然后就不记得放在哪了。我们共同的朋友鲁本·卡扎斯基肯定和你讲过我的近况。前一分钟我还家庭圆满，后一分钟——我就像约伯一样一无所有了。约伯破产的时候显然还年轻，上帝赔给他新的女儿、新的骆驼，还有新的财产，但是我已经老到不可能有这样的福分了。我还有病。每多活一天，都像是上帝赐予的奇迹。我每多吃一口饭都得小心着。医生允许我喝点威士忌，但只能喝一滴那么多。我老婆和女儿本来也让我上车来着，但我没有心情。他们去迪士尼。突然某个醉鬼开着卡车撞碎了我的世界。他断了两条腿。你相信天意吗？"

"我不知道怎么回答你。"

"从你的作品来看，你大概是相信的。"

"我内心深处有点信吧。"

"如果你经历了我这些事，你或许就坚定地相信了。唉，人就

---

1 "伴侣"号（Sputnik），苏联 1957 年发射的人类最早的人造地球卫星。

是这个样子——有所信仰，也有所怀疑。"

　　凯迪拉克到站停车，一位停车助手上前换下了司机。我们走进一个门厅，放眼看去就像好莱坞电影里面的宏大场面——地毯、大镜子、华灯、名画。我们来到弗莱德布什先生的家里，装潢也同样很有排场。地毯和车里的坐垫一样软。墙上的画全是抽象派，我在其中一幅前停下脚步，这幅画让我回想起华沙节日夜晚的垃圾桶，里面的废物堆成了山。

　　我问弗莱德布什先生这画画得是什么，谁画的。他回答说："垃圾，和其他垃圾一样的垃圾。毕萨卡，或者是其他骗子。"

　　"谁是毕萨卡？"

　　鲁本·卡扎斯基不知从什么地方冒了出来，说："他总是这么称呼毕加索。"

　　"有什么差别呢？他们都是骗子，"麦克斯·弗莱德布什说，"我妻子，愿她安息，她是专家，我不是。"

　　卡扎斯基朝我笑着挤挤眼。从波兰时起我们就是朋友。他写了几部意第绪语的喜剧，都不成功。他发表了一本杂文集，但批评家们把它批得一无是处，从此他不再写作。他一九三九年来到美国，后来娶了一个比他大二十岁的寡妇。寡妇死了，卡扎斯基继承了她的钱，混迹于富人之中。他染了头发，穿着灯芯绒夹克，系手工染色的领带。他向每一个女人倾诉爱意，不论对方是十七岁还是七十岁。卡扎斯基有六十多岁，但看起来不到五十岁。他留长发和连鬓胡子。他的黑眼睛里面闪烁着嘲讽和决绝，仿佛任何人和任何事都与他没有干系。在下东区的咖啡馆里，他活灵活现地模仿其他作家、拉比和政客。他对自己混吃混喝的揩油技巧十分骄傲。鲁本·卡扎斯基总是臆想自己有病，因为他热衷拈花惹草，他就坚信自己阳痿了。我们虽然是朋友，但是他从来不把我介绍给他的赞助人。似乎是麦克斯·弗莱德布什执意和我见面，他才牵的这个线。

这会儿弗莱德布什先生反倒埋怨我了："你都把自己藏哪里去了？我三番五次要求鲁本介绍我们见面，但是他说你总是在欧洲、以色列，或者谁知道什么地方。突然你现身迈阿密海滩。我这个样子，一分钟也不愿独自待着。我一旦独处，就得陷入比发疯还严重的忧郁情绪，你现在看到的这个豪华大厅眨眼就会变成葬礼大厅。有时我感觉真正的英雄并不是在战争中获得勋章的人，而是那些独居多年的单身汉。"

"这儿有卫生间吗？"我问。

"不止一个，也不止两个，也不止三个。"麦克斯回答说。他拽着我的胳膊，带我来到一个很大而且华丽得让我目眩的卫生间。马桶盖子是透明的，玛瑙装饰，正中嵌着一张两美元钞票。镜子对面挂着一幅画，画的是一个小男孩朝空中尿出一道弧线，旁边一个小女孩一脸钦佩。我掀开马桶盖，屋里就响起了轻音乐。完事之后，我走上阳台，俯瞰下面的海。夕阳的反光在海浪上欢快地跃动。海鸥仍然在捕鱼。远方，一艘船摇曳在地平线的边缘。我从十六层楼俯视沙滩，看到某个像动物的东西，一头小牛犊或者一条狗。不太像狗，但要是牛犊的话，又在迈阿密海滩上做什么？然后那个身影立了起来，原来是个穿着睡袍挖蛤蜊的女人。

过了一会儿，卡扎斯基也来到阳台上。他说："那边就是迈阿密。这个家里讲究装潢的不是他，而是他老婆。她精通商务，也是家里管事的。但话说回来，他也不是表面假装的这样无所事事、只会空想。他在赚钱上天赋异禀。他们什么买卖都做——房地产、股票、钻石，最后她也踏足了艺术市场。他说买，她就买；他说卖，她就卖。她把画拿给他看，他眼一瞄，嘴一撇，说：'这种破烂，他们会抢着买的。买下！'他们摸过的一切东西最后都成了钱。他们飞到以色列，建犹太学校，给各个领域捐助了很多奖项——文化界的、宗教界的。他们的女儿是个被宠坏的混账，半个疯子。弗洛伊德、荣格、阿德勒发现的那些精神病，她都有。她在德国的一个安置营里出生，父母希望她嫁给一位大拉比，或者一个以色列总理。但是她和一个外邦人好上了，是个已婚、有五个孩子的考古学教授。可他老婆不愿离婚，他们给了那个女人一套二十五万美元的房子，外加一笔可观的赡养费，才算搞定。结完婚一个月，那个教授就动身去发掘一个新的猿人。他喝酒就像鲸鱼喝水一样。喝醉的是他，不是那个卡车司机。来，我带你见识些东西。"

卡扎斯基打开客厅的门，里面全是人。麦克斯·弗莱德布什在一天之内攒起了一个聚会。这间大客厅装不下所有的客人。卡扎斯基和麦克斯·弗莱德布什领我进了几个屋子，里面都是闹哄哄的人。几分钟之内，可能有两百个人围拢了上来，多数是女人。这是个大型时尚秀，珠宝、长裙、裤子、长衫、发式、鞋、包、妆容，五彩斑斓。男人的上装、衬衫、领带也光鲜亮丽。每一幅画都有聚光灯照亮。侍者端来酒水，黑人和白人女仆送上小点心。

喧闹之间，我几乎听不到人们在和我说些什么。恭维、握手和亲吻让我猝不及防。一位肥壮的女士抱住我，把我拢在她巨大的双乳间。她对着我的耳朵喊道："我读你的书！我老家就是你书里写的地方。我爷爷是伊希绍克[1]人。他那时是个马车夫，到美国之后做运输生意。如果我父母想说点不想让我听的事情，他们就说意第绪语。我就这么学到了一点意第绪语。"

我扫了一眼镜子里的自己，脸上全是口红印子。即便在我忙着擦脸的时候，客人还不断过来搭讪。一个会堂领唱提议把我的短篇小说改成歌曲。一个成人教育机构的校长邀请我去他的会堂讲一年课，承诺给我颁一个纪念匾。一个留着齐肩长发的男青年请我给他推荐一家出版社，或者至少一家版权代理公司。他声

---

1 伊希绍克（Ishishok），今俄罗斯境内的一个小镇，镇上有一座犹太学校。

称："我必须创作。这是我的生理需求。"

所有房间刚刚还人头攒动，不一会儿却又全空了，只剩下鲁本·卡扎斯基和我。用人同样麻利地清理了吃剩的食物和喝了一半的鸡尾酒，倒掉所有的烟灰缸，把所有的椅子摆回原位。这样训练有素，我还是头一次见识。麦克斯·弗莱德布什从什么地方翻出来一条金色圆点图纹的领带，系在脖子上。

他说："到晚饭时间了。"

"我吃了太多点心，一点胃口也没有了。"我说。

"你必须和我们一起吃饭。我在迈阿密最好的餐厅预订了位子。"

片刻后，麦克斯·弗莱德布什、鲁本·卡扎斯基和我三个人坐进凯迪拉克，开车的还是之前那个司机。夜幕降临，我看不出自己被带到了哪里，也不再多想了。车只开了几分钟，停在一家华灯璀璨的酒店前。侍者清一色穿着制服，其中一个庄重地打开了车门，另一个恭敬地拉开酒店的玻璃门。这家酒店的大厅已经不只是排场，而是大气磅礴——大厅里灯火通明，华丽的花瓶、雕像分立两侧，硕大的花盆里种植着热带植物，一个笼子关着一只鹦鹉。侍者引领我们走进一间近乎漆黑的厅，一位恭候我们的领班向我们问好，带我们来到预约的桌前。他屈膝行礼，仿佛为我们的顺利抵达而喜不自胜。不一会儿，来了另一个侍者，两个人都身穿燕尾服、褶边衬衫，扎领结，脚穿漆皮鞋。他们简直是双胞胎。他们说话带外国口音，我怀疑是专门装出来的。我们围绕点菜和酒水讨论了许久。两个服务员听说我只吃素食，懊恼地对视了一下，但很快就藏起了自己的失落。他们向我保证，这里有最可口的素食菜。他俩一人听我们点菜，另一人记在单子上。麦克斯·弗莱德布什用他蹩脚的英语表达自己完全不饿，但要是有什么好菜能吊起他的食欲，他也可以考虑尝一口。他的话里夹杂着意第绪语，但两个侍者显然能听懂。他细致地交代了如何烤他点的鱼，如何处理他的蔬菜，连调味和佐料也得嘱咐清楚。鲁本·卡扎斯基点了一份牛排。而我要的菜，说白了，就是水果沙拉上放点农家干酪。

　　两个服务员终于走了，麦克斯·弗莱德布什说："如果以前你告诉我，我将来会在这种地方，吃这样的食物，我会觉得你是开玩笑。我只有一个梦想——哪天我能吃饱了干面包，就是死也值了。突然间我发财了，人们都向我献殷勤。但是，血肉之躯总是注定无法享受安宁。天堂里的天使嫉妒我。撒旦告了我一状，万能的主就轻信了。他还是不能原谅我们远古的先祖崇拜过金牛犊。我们来照张合影吧。"

　　一个举相机的人出现在我们面前。"笑一个！"他说。

　　麦克斯·弗莱德布什努力想笑，一只眼睛笑了，另一只却哭丧着。鲁本·卡扎斯基笑得很灿烂，而我根本没什么表情。摄影师说他这就去洗照片，三刻钟之后回来。

麦克斯·弗莱德布什说："我刚才说什么来着？没错，我表面上生活奢侈，但这奢侈蒙着悲哀。我那宅子即便华丽、高雅，它也是个炼狱。不瞒你说，在某种意义上，这里还不如集中营。那里至少我们都怀有希望。我们每天安慰自己一百遍，希特勒的疯狂不可能持续太久。我们一听到飞机飞过，就以为盟军攻过来了。我们那时都年轻，我们的人生都还有未来。自杀的人很少。如今在这里，几百个人坐着等死。每星期都有几个人撒手人寰。他们都是富人。他们攒了大笔的钱，把世界翻了个底朝天，有的靠坑蒙拐骗才赚到那些钱。现在他们不知道拿这些钱怎么办。他们都节食。也不打扮给谁看。除了报纸里的财经版，他们不读别的任何东西。他们吃了早饭就开始玩牌。你能玩一辈子牌吗？他们只能这样，不然无聊得要死。等他们厌倦了打牌，就开始互相辱骂。大仇小怨都挑起来了。头一天他们选了一个总统，第二天又去弹劾他。公寓一楼的大厅里，如果有人想挪动一把椅子，其他人都能闹出一场革命来。他们唯一的慰藉是邮件。邮递员到来前一小时，大厅里就已经站满了人。他们手握各自的邮箱钥匙，翘首以待，像等弥赛亚一样。要是邮递员迟到，众人便大吵大闹。如果有人打开邮箱，里面空无一物，他便开始又掏又抓，想从空气中凭空变出信来。他们都超过了七十二岁，社保局给他们寄支票。倘若支票没有准时到达，他们忧愁得好像真的需要钱来买面包一样。他们永远不信任邮递员。他们在寄信之前会把信封抖三抖。

女人们会对着信封轻声念咒。

"书上说，如果人知道自己的死期，他就不会犯下罪过。如今，你可以根本不操心死亡的事，就像你不费心去呼吸那样。可能今天我在游泳池旁边结识一个人，聊一会儿，明天我就听说他去另一个世界了。一对夫妇一旦死一个，剩下那个立刻开始寻找新的老伴。他们甚至忍不到七天哀悼结束。他们经常找自己楼里的人再婚。昨天还是各种脏话互喷的仇人，今天反倒成了夫妻。他们举办新婚聚会，迈起颤颤巍巍的腿跳舞。遗嘱和保险条款被重写，一场新游戏又开始了。过不了一两个月，新郎就住院了。不是心脏不好，就是肾不行，再不就是前列腺出问题了。

"在你们面前，我就不遮遮掩掩的了——我完全和这些人一样蠢，只是我还没有白痴到再娶一个老婆。我既做不到，也没那个念头。我有一个医生，他坚信散步有益健康，我每天早饭后都出去走一走。回家路上，我总是顺道光顾巴赫股票交易所。我推开门，那些老朽都坐在里面，盯着大屏幕，数字像小恶魔一样跳来跳去。他们心知肚明，自己要这些股票没什么用，都得留在遗产里，他们的儿女、孙子孙女会和他们一样有钱。如果一只股票涨了，他们就变得乐观，追着买进。

"我们的朋友鲁本建议我写一本回忆录。我有故事可以讲，没错，我有。我经历的不是一个炼狱，而是十个炼狱。这个在你们面前呷着香槟的人，曾经在酒窖里困了九个月等死。我不是一个人——我们有六个男人和一个女人。我知道你想问什么。男人终归是男人，即便一只脚已经踏进了坟墓里。她不能和我们六个同时交好，但她确实和其中两个一起睡觉——她的丈夫和她的情人——并且尽最大努力满足我们所有人。如果有个摄像机记录下那时发生的事，说过的话和宣泄出的欲望，相比之下，你们这些最伟大的作家就都成了没见过世面的小孩。那情那景，灵魂一丝不挂，还没有人充分描绘过赤条条的灵魂。那些波兰勒索犯[1]知道我们的藏身之处，我们只能不断贿赂他们，他们才不会向德国人告发。我们每个人都有一点钱或者值钱东西。只要他们还找上来，我们就掏钱续命。所幸这些波兰人拿给我们面包、奶酪，或者任何能吃的东西——比我们付的钱珍贵十倍。

"的确，我可以完全照实说，但要想说得绘声绘色，还是需要天才的手笔。况且，人老了会忘事。如果现在你问我这些男人都叫什么，要是我能答上来那就见鬼了。但那个女人的名字是希尔达。有一个男的叫埃德克，埃德克·萨珀斯坦，另一个叫西吉斯蒙特，姓什么我想不起来了。我躺在床上失眠的时候，这些记忆就会跑到我脑海里，清晰得就像昨天刚发生的一样。但你也别误会，我不是每一件事都能想得起来。

---

1 "二战"期间专门勒索犹太人的波兰人。他们以向纳粹告发为由，要挟，勒索藏匿中的犹太人。

"对，说到回忆录。可是谁愿意看回忆录呢？成百上千的普通人写了回忆录，他们不是作家。他们把书寄给我，我付给他们支票。但我不能读这些书。每本书都是一剂毒药，我又能扛得住多少毒药呢？我的烤鱼怎么上得这么慢？一定是他们要去海里现捞。你的水果沙拉大概也才刚刚种下呢。我告诉你个诀窍——如果你走进一家酒店，里面昏暗冷清，这只是骗人的表象。这里的领班是个波兰犹太人，但他装得像个土生土长的法国人。他说不定也是逃难到美国来的。你来这儿吃饭，必须安静地等着上餐，这样最后的服务费才不会太高。我既不是作家也不是哲学家，但是我夜里有一半时间都在失眠，睡不着的时候，脑子就像搅拌机一样翻腾，生出一些很狂野的念头。啊，摄影师来了。麻利点伙计。让我们看看照片！"

摄影师递给每个人两张彩色照片，我们安静地端详着照片。

麦克斯·弗莱德布什问我："为什么你一副受惊的样子？你的故事里写到鬼，我知道。但你看起来像真的见鬼了似的。你要是真看见了，我倒想听你说说。"

"我听说你常去参加降神会。"我说。

"没错。更准确地说，是降神会在我家里开。都是骗人的，但是我乐意受骗。那巫婆关上灯开始讲话，装作被我老婆附体。我又不是傻子，但我还是静静听她讲。他们要上菜了，这些迈阿密的敲诈犯。"

门开了，领班走进来，身后领着三个男人。晦暗的光线中我看到其中有一位又矮又胖，一头白发，宽阔的肩膀顶着一张方脸，没有脖子，肚子圆滚滚地挺着。他穿着粉色衬衫，红裤子。另两个人则显得更加瘦高。领班指了指我们的桌子，那个敦实男人率先靠过来，深沉的嗓音大声说："弗莱德布什先生！"

麦克斯·弗莱德布什赶忙从座位上站起来。"阿尔贝吉尼先生！"

他们开始互相吹捧。阿尔贝吉尼说着意大利口音的英语。

麦克斯·弗莱德布什说："阿尔贝吉尼先生，你认识这位，我的好友卡扎斯基。而这位是作家，意第绪语作家。他的作品都是用意第绪语写的。我听说你懂意第绪语。"

阿尔贝吉尼打断了他："A gezunt oyf kepele……Hock nisht tcheinik……A gut boychik[1]……我父母住在利文斯顿路，我所有的朋友都说意第绪语。安息日，他们邀请我吃鱼丸、布丁、土豆炖牛肉。你给哪里供稿，报社吗？"

"他写书。"

"书呀？很好！我们也需要书。我女婿有三间屋子的书。他懂法语和德语。他是个治脚病的医生，但他先得研究数学、哲学，还有其他的学问。欢迎！欢迎！我要回去找我的朋友们了，失陪，但我们之后再……"

1　这三句是阿尔贝吉尼在显示自己会说意第绪语。

他向我伸出一只汗津津的大手。他呼哧带喘，气息带着一股酒精和生发油的味道。话音从他喉咙深处磕磕碰碰地冒出来。

他走之后，麦克斯说："你知道他是谁吗？他是'家族'的成员。"

"家族？"

"你不知道'家族'是什么？唉！你终究是个菜鸟啊！就是黑手党。迈阿密海滩一半都是他们的。别笑，他们是这里管事的。山姆大叔让自己担负起了一百万部法律，不仅没能保护得了人民，反倒保护了罪犯。我还是个孩子的时候，在犹太小学听了索多玛的故事，当时不理解为什么整个城市、整个国家就这么堕落了。最近，我开始明白了。索多玛有一部宪法，然后我们的侄儿，罗得[1]和其他的律师修改了它，把对的颠倒成错的，错的颠倒成对的。阿尔贝吉尼先生其实和我住一栋楼。我家的悲剧发生的时候，他反倒送给我一大捧花，大到拿不进我家的门。"

"我还想听听地窖的故事，你和其他人还有那个女人是怎么过来的。"我说。

"噢？我就猜你会感兴趣。我和另一位作家聊过写回忆录的想法，一提这件事，他就说，'上帝呀，但愿这一切没有发生！你必须略去这一部分。殉道不能牵扯性事。你必须只写他们的义举。'

---

1 罗得（Lot），以色列人先祖亚伯拉罕的侄子。

我就是因为这个，才失去了写回忆录的冲动。波兰的犹太人是凡人，不是天使。他们和你我一样是血肉之躯。我们饱受磨难，但我们也是有欲望的男人。五个男人中有一个是她的丈夫。西吉斯蒙特。这个西吉斯蒙特负责和波兰人联系，他与他们有各种交易。他有两把左轮手枪，我们说好了，如果那些杀人狂攻进来，我们就尽可能多杀他们几个，然后自杀。这是我们的一个幻想。这种事果真发生的话，不可能如你的愿的。西吉斯蒙特一九二〇年在波兰的军队里面当过中士。他志愿加入了毕苏斯基[1]的军队。他因为枪法好，得了一枚勋章。后来，他经营一家修车行，并且进口汽车零件。他是个巨人，身高超过一米八。有一个波兰人曾经是他雇的车行伙计。我要是原原本本给你讲一遍我们是怎么困到酒窖里的，估计咱们能在这儿坐到明天早上。他的老婆，希尔达，是一个体面的女人。她曾坚称，自己对丈夫忠贞不贰。现在我告诉你，谁是她的情人。我从未向别人这么坦诚过，只对你。她比我大十七岁，够当我妈了。她对待我也真的像母亲一样。她说起我时也总是这孩子长这孩子短的。她丈夫嫉妒得发狂，威胁要阉了我。这对他来说轻而易举。但她渐渐把他的嫉妒消磨得一干二净。她是怎么做到的，我说不清，也写不明白，即使你有托尔斯

1　约瑟夫·毕苏斯基（Pilsudski，1867—1935），第一次世界大战后新生的波兰国家的军事统帅和实际领导者。

泰或者热罗姆斯基[1]的天分也不行。她巧言哄他，吹耳边风，就像大利拉对待参孙那样。我一点也不想让这种事发生。其他四个男人也对我怒气冲冲。这同样不是我的错。我成了一个性冷淡的人。一天二十四小时，和五个男人一个女人挤在一间阴冷潮湿的地窖里，这是什么滋味，语言很难形容。我们只能把羞耻心丢得一干二净。夜里我们连腿都伸不直。由于只能一直坐着，我们都患了便秘，一切事情都得在众目睽睽之下完成，这是连撒旦自己都忍受不了的痛苦。我们只能做自私愤世的人，说粗鄙的话，以此掩盖我们内心的羞耻。就是在那个时候，我发现亵渎上帝的言行也有其意义。我得喝一点儿了。来……

"嗯，事情并不容易。首先她要消磨他的抗拒之心，然后还要唤起我的情欲。我和她趁他睡着的时候搞起来了，或许他只是装睡。有两个男的成了同性恋。生而为人的耻辱在那里暴露无遗。如果人是按照上帝的样子创造的，那么我一点也不羡慕上帝……

"我们忍受着所有的你难以想象的低贱，但从未放弃希望。后来我们离开地窖，各自逃命。那些杀人狂抓住了西吉斯蒙特，把他折磨至死。他的老婆——也算是我的情人——逃到了苏俄，在那里和另一个难民结婚，最后患癌症死在以色列。另外四个人中，

1　斯特凡·热罗姆斯基（Stefan Zeromski, 1864—1925），波兰作家、诗人。

有一个现在是布鲁克林的富豪。他无时无刻不在忏悔，资助博博瓦[1]拉比或者其他拉比。我不知道剩下三个人怎样了。如果他们还活着，我早就该联系上他们了。我刚才提到的那个作家——他算是一位批评家——声称我们的文学应该只注重神圣和殉难。这是什么鬼话！愚蠢的谎言！"

"要写就写全部的事实。"我说。

"首先，我不知道怎么写。其次，我精神也不行了。总之我不会写作。我一拿起笔就手腕子疼，还会打瞌睡。我更愿意读你写的。好几次我甚至觉得你偷偷读了我的心。

"我不该说这些，但是我还得说。迈阿密海滩一线住着很多寡妇，她们一听说我独身一人了，我的电话和客厅就没清净过。她们到现在还没放弃呢。一个单身汉，而且家财万贯！我这么受欢迎，这让我打心底觉得羞耻。我想有另一个人陪着。人啊，看着别人的葬礼，等着自己的葬礼，这之间你也想偷尝一点卑微的奢侈，一点快乐。但那些女人不适合我。有个矫情的女人曾经对我说：'我不愿像我母亲那样带着女人的罪恶感活着。我想尽我所能获取生命中能获取的一切，甚至更多。'我回答她说：'问题在于，你得不到一切……'男人和女人，就像雅各和以扫那样，一个发达了，另一个就得倒霉。当女人变得放荡，男人就成了处处担惊

---

1 博博瓦（Bobow），一个波兰城镇。

受怕的童男。正如先知所说，'在那日，七个女人必拉住一个男人'[1]。我们今天的结局又会怎么样？比如，五百年后的作家会怎样写我们？"

"基本上和今天写的差不多。"我回答说。

"哦？那一千年后呢？一万年后呢？一想到人类物种会延续那么久，还挺瘆人的。到时候迈阿密海滩会成什么样子？一套公寓会卖多少钱？"

"那时候迈阿密就沉到海底下了，"鲁本·卡扎斯基说，"一套给热带鱼住的一居室，卖五万亿美元。"

"那纽约呢？巴黎呢？莫斯科呢？犹太人还能活到那时候吗？"

"那时候就只剩犹太人了。"卡扎斯基说。

"什么样的犹太人？"

"疯子一样的犹太人，就和你一样。"

1　出自《圣经·以赛亚书》，讲的是耶路撒冷的妇女过于骄纵，上帝从而威胁降下惩罚，让男人们大量战死，让女人懂得谦卑。

两桩结婚和一场离婚 *

一个秋日，克鲁奇玛尔纳街上一位鞋匠学徒自杀了，因为他的未婚妻，一个裁缝，背叛了他，嫁给了一个丧妻的老男人。克鲁奇玛尔纳街上的住户抓住这件事议论个没完。拉济明[1]的一所读经室里的信徒也在聊这件事。参与聊天的有三个人——"阉人"迈耶尔，他每个月有两星期是正常的，剩下两星期精神错乱；老列维·伊扎克，他患有沙眼，不论白天黑夜都戴着墨镜；玻璃匠扎尔曼，一个单纯的男人，每天背诵五十页《佐哈尔》，即便他不

---

* 本篇英语由艾萨克·巴什维斯·辛格和阿尔玛·辛格（Alma singer）翻译。

1 拉济明（Radzyminer），距离华沙不远的一个波兰城镇。

懂阿拉米语。[1]一个男青年曾经评论说："这些风流事的罪恶之源，无非是那些亵渎上帝的书——小说。从前这种异教徒的书还不存在的时候，也不会发生这种不幸。"

"根本不是这样的，"列维·伊扎克说，"《塔木德》里面讲到异端者以利沙·本·阿布亚[2]的故事，世俗书籍从他的袍子里掉出来。渎神和媚俗的人甚至从亚伯拉罕的时代就存在了。"

玻璃匠扎尔曼举起他的食指，亮出他厚实的指甲。"即使在敬畏上帝的人中间，也会发生不伦之爱。在我们拉多希采村，一个哈西德派男孩疯狂爱上了一个各方面都配不上他的姑娘。他是一个有钱人家的独生子，他父亲雷布·施拉格·库特纳是个虔诚的信徒。雷布·施拉格其他的孩子都夭折了，妻子也去世了。他晚年娶了一个十七岁的孤女，孤女死于难产，生下来的就是这个男孩，亚伦·大卫。雷布·施拉格身体一天不如一天，他渴望在死之前能亲手领着儿子走进婚礼大堂。他要求媒人为他儿子物色合适的女孩，即使亚伦·大卫还没到结婚的年纪。

"在那个年代，订下婚约之前，女孩的父母要先派老师来考考男孩对《托拉》的理解。亚伦·大卫是出了名的好学生。拉比预测他总有一天会当上犹太学校的校长。但不知为何，亚伦·大

---

1 《佐哈尔》（Zohar），犹太教喀巴拉密宗的重要典籍，用阿拉米语写成。

2 以利沙·本·阿布亚（Elisha ben Avuyah），生活在公元前1世纪耶路撒冷的犹太拉比，后成为异端。

卫总是答错老师提出的问题，好像他对圣书一无所知。他在解释《密西拿》和《革马拉》时犯了明显的错误。一开始，雷布·施拉格还以为儿子害怕考官和他们的裁决，因此才脑子发昏。他于是请求考官再耐心些。他也开导亚伦·大卫说，考官们都是好心人，并不希望学生不及格。如果一切顺利，他们还能拿到一小部分嫁妆钱，所以他们希望他通过考察。但这一切都是徒劳。有几个考官对这个小男孩反感至极，把他犯的愚蠢错误讲给镇子上的人听。雷布·施拉格一家人大受讥笑和诽谤。

"后来，亚伦·大卫在一次考试中翻译希伯来语，错得荒唐，雷布·施拉格开始怀疑儿子是故意犯错的。但是为何一个年轻学生甘愿装傻充愣，甘受旁人耻笑呢？他把儿子叫到书房里，锁上门，说：'孩子啊，你的父亲年老体衰，他一只脚已经踏进了坟墓。他此生余下的唯一愿望，就是从你身上获得些许满足。现在，实话告诉我，为什么你要搞砸每一次相亲？'

"男孩听到这些话，大哭起来。他向父亲承认，自己爱上了一个女孩，如果不能娶她，他宁愿单身。一个还不到十四岁的男孩竟然说出这种话——雷布·施拉格不敢相信自己的耳朵。'这个女孩是谁？'他问。儿子回答说：'你要是知道了她是谁，你一定以为我疯了，我也确实疯了，但我就是止不住地想她。'

"我就长话短说。亚伦·大卫爱上了一个送水工的女儿，一个残疾，天生没有手和脚，只长着像鱼鳍一样的残肢。她的名字是芙拉德尔。她拄不了拐，一步也无法挪动。她只能让一个带轮子的小车载着走。我很熟悉她的。她的父亲，'冰碴'希梅尔是雷布·施拉格家的送水工，也给我父母家送水。冬天降霜的时候，他胡子上结了冰碴，掉到他的桶里或者顾客的水桶里，这就是他的绰号的来历。众所周知他是个粗人，有一点精神失常。他老婆出走了，自己一个人把畸形女儿抚养大。她的脸蛋还算漂亮，长着一双热情的黑眼睛。她说话刻薄，常常爆粗口。他们住在桥街上一间残破的棚屋里。

"事情是这样发生的。有一年的普林节[1]，'冰碴'希梅尔给雷布·施拉格带去了普林节礼物。当时雷布·施拉格不在家，亚伦·大卫以为礼物是镇上哪个业主送给他父亲的，希梅尔只是捎东西的。亚伦·大卫要给他一分钱的小费，但希梅尔说：'我的孩子，这是我可爱的女儿送给你的礼物。''为什么给我礼物？'亚伦·大卫惊讶地问。希梅尔回答说：'因为她喜欢你的蓝眼睛，还有两鬓的卷发。'我之所以知道这些，是因为亚伦·大卫后来和我的叔叔莱布什说过。她的礼物是一个红苹果、一些角豆[2]和一块薄荷糖。希梅尔说：'别告诉你爸爸——他可能会拿鞭子打你。你要

---

1 普林节（Purim），犹太人的一个狂欢节，最早为了纪念以斯帖拯救以色列民族于危难。《圣经·以斯帖记》记载，波斯帝国的官员哈曼计划杀光犹太人，该计划遭到波斯王后、犹太女英雄以斯帖的挫败。

2 角豆，原产于南欧的一种豆类植物，果实磨成粉之后可以替代可可粉。

一声不吭。不然的话，你会落下个没出息的名声。'希梅尔走之后，男孩考虑再三。一个女孩给一个素昧平生的男孩送礼物，谁听说过这种事？过了一会儿他决定回赠给芙拉德尔一份普林节礼物。但怎么送给她呢？如果他派一个仆人送，那样整个镇子的人都会知道。于是他把一个橙子、几块曲奇饼和一块蜂蜜蛋糕摆在一个盘子里，上面盖上餐巾，亲自去送给芙拉德尔。或许那个诡诈的娘们儿向他说了什么撩人心神的话像咒语一般迷住了他。有句谚语说，送上门的，恶魔来者不拒。谁知道是怎么搞的？也可能她喂亚伦·大卫喝下了令他热血沸腾的药剂。女人用兑水的安息日葡萄酒洗自己的奶子，然后把这酒给一个男人喝，就能点燃他的情欲。很多爱情都是这么弄出来的。

"不用我说你就能猜到，雷布·施拉格大惊失色，警告儿子说这是个陷阱。男孩没告诉他普林节礼物的事，他只说自己透过窗户看到的她。这件事给了雷布·施拉格沉重一击。希梅尔是个出了名的无赖、碎嘴子。雷布·施拉格前去咨询了拉比，希望找到把儿子从迷狂中拯救出来的办法。拉比祝福了雷布·施拉格，给了他一个护身符。但一点用也没有。亚伦·大卫仍坚持要娶芙拉德尔。雷布·施拉格感到自己死期将至，这孩子又不可能回心转意。他认定，这可能是上帝给自己的惩罚，或者是一个他必须接受的诅咒。那句俗话是怎么说的？'如果你跨不过去，就挨过去。'他抛下自己的羞耻心，通知亲戚们准备举办婚礼。

"拉多希采村的村民听说了这桩婚事，炸开了锅。有人哭泣，有人嘲笑，有人怒骂。所有女人都坚信，狡猾的芙拉德尔用巫术迷住了一个纯洁的男孩。不过，时间会抚平一切，哪怕最奇怪的事，人们都会慢慢适应。婚礼办起来了，人们在会堂前的场地上支起婚礼的华盖。只要新娘是初婚的处女，婚礼都在这儿办。需要人们抬着的不只芙拉德尔，还有雷布·施拉格，他悲伤得双腿瘫软不能行走。跟往常一样，乐队奏乐，小丑逗乐。男女老少都把这场婚礼当作自己一生的高潮。他们跳舞、唱歌，喝得酩酊大醉。雷布·施拉格给济贫院的穷人订了一席大餐。他们围坐在长桌前，吃犹太面包和鲤鱼，喝蜂蜜酒。希梅尔拎起呢子大衣的衣摆，跳了一支哥萨克舞。

"婚礼之后不久雷布·施拉格就死了。人们断言，像芙拉德尔这样的残疾是不可能怀孕的。但她很快怀上了孩子。没过几年，她生了五个女儿，一个比一个好看。她俨然成了一个勤勉的家庭主妇。亚伦·大卫给他雇了两个女用人，芙拉德尔倚在沙发上发号施令。她家里的一切都要擦得锃光瓦亮。芙拉德尔的女儿们长大些之后，对她言听计从。住在桥街的女人常常探望她，告诉她村里家长里短的事。她们带她上集市。她很喜欢集市上卖的便宜玩意儿，给自己身上挂满了小饰物。她有的是钱。雷布·施拉格即使在晚年依然是个能干的商人。他曾经经营着一家大型的木材店，远赴卢布林、那文莱、伦贝格的集市做生意。而亚伦·大卫呢，始终是一个不问世事的《塔木德》学者。他靠父亲的遗产生活。他一定真的爱自己的妻子，因为她死后他没有再婚。

"芙拉德尔的死法令人匪夷所思。我已经说了，她没有手和脚，只有鳍。她身上突然开始长鳞片。亚伦·大卫从卢布林甚至华沙请来医生。来诊病的医生们想弄清疾病的源头。他们试图通过动手术把鳞片除去，但是新的鳞片很快又长了出来，不久芙拉德尔全身都长满了鳞片。村里的闲人开玩笑说，依照犹太教规，她成了一条可食用的鱼，因为鱼必须有鳍和鳞片才可以食用。[1]她生病不到三个月就不行了。我没见过她浑身鳞片的样子，但我知道一些好奇的人从邻近的村镇赶来看她。据说，她母亲和一条鱼搞上，生下了她。"

"什么？"列维·伊扎克惊道，"这种放荡之举，连被大洪水毁灭的那一代人都没有过。"

读经室里的三个人沉默了好一阵，只听到窗外的风声。"阉人"迈耶尔抚着自己的下巴，似乎在摸索一根胡子的毛根。列维·伊扎克把鼻子伸进鼻烟盒，轻轻吸了吸，然后说："这样的激情纯粹是幻觉，是一种钉在脑子里的愚蠢执念。或者它可能是撒

1　相应的教规见《圣经·利未记》："水中可吃的乃是这些，凡在水里、海里、河里，有翅有鳞的，都可以吃。"同理，犹太人不吃贝类、虾蟹、鱿鱼和鳞片不明显的鱼。

旦干的。恶魔自有它们的力量。莉莉丝的女儿们像蝙蝠一样在夜空中飞舞，引诱男人做出罪恶的勾当。即使圣人也饱受肆虐的夜间恶魔的烦扰。可是，真爱是有神圣源头的。

"帕里索夫镇住着一位《塔木德》学者，富有的雷布·品丘斯·埃德尔魏斯。他身世显赫，祖上有摩西·伊塞莱斯拉比[1]和拉什这样的大哲。城里的老者想推举他做拉比，但他拒绝了。他何必去当那个拉比呢？他拥有树林、锯木厂，我记得还有一座水磨坊。他通过维斯杜拉河水道把木材运到但泽去。雷布·品丘斯把每一天分成两半。从日出到中午研究《塔木德》《解答集》《米德拉什》和《佐哈尔》。清晨他和最早的祈祷班一起祈祷，午饭后开始处理生意上的事。他像地主一样乘四轮马车四处巡视。他雇了一位书记员、一位出纳员，还雇了很多伐木工负责把树切割成原木。他的妻子阿达·齐拉的家世背景比他还要显赫。她说波兰语和德语，并且会用希伯来语写信。夫妻两个唯一没享到的福，就是孩子。我忘记说了，雷布·品丘斯有一个不成器的弟弟。他伪造签名，搞诈骗，最后只能逃到美洲去。那个时候，家里有一个美洲的亲戚，就像有一个叛教或是自杀的亲戚一样。

"有一天雷布·品丘斯生病了，吃什么药都不见好。他远赴维

1　摩西·伊塞莱斯拉比（Rabbi Moses Isserles），16世纪波兰的犹太神学家、法学家。

也纳去看名医，但他们也没办法。雷布·品丘斯知道，如果他死时无后，他的寡妻就必须与他弟弟举行利未婚的开脱礼[1]，然后才能再婚。这种时候，把一个身在美洲的人找回来可不是一件容易的事——况且他弟弟还是个爱闯荡的人。所以雷布·品丘斯决定，在死之前和妻子离婚，这样她就不用顾忌他弟弟而可以直接再婚了。这对夫妻深爱着对方，阿达·齐拉听了丈夫的打算后，悲伤地哭着，并坚定地说自己绝不可能再嫁给另一个男人。雷布·品丘斯说：'你何必孤苦伶仃地度过余生呢？你还年轻，再嫁一位丈夫说不定还可以生孩子。'但她依然不肯。雷布·品丘斯感觉她是不会动摇的，所以自己偷偷去了拉比那里，要求一位文书写了一份离婚书。他也写下一份遗嘱，把自己一半的财产留给了阿达·齐拉，另一半分给几个慈善机构。这一切都是秘密安排的。第二天，他叫来两个雇员，为他和他的妻子做遗嘱的证人。他把离婚文书交给她，口中念叨着祈祷文。阿达·齐拉听着祈祷文，展开了文书，然后昏死过去。等她苏醒过来，立即从书箱里面拿出一本《摩西五书》，举起右手说：'品丘斯，我向上帝和圣书发誓，我不会再委身于另一个男人。'说完，她泣不成声。

"你们知道，按教规，离婚的男人和女人不能待在同一个屋

1　利未婚，古代犹太婚俗，犹太男人死时如果无后，妻子应该和死者的兄弟结婚，生下的第一个孩子算作死者的孩子。如果双方不愿意举行利未婚，需要通过开脱礼来取消这一义务。

檐下。雷布·品丘斯准备搬到另一幢房子里。阿达·齐拉悲伤至极，她拿上祈祷书，收拾行李，去了济贫院。济贫院里的穷人看到阿达·齐拉拎着她的铺盖卷前来，说要住下来，大家都痛惜不已。谁都知道阿达·齐拉。她每天都给生病的穷人送来鸡汤和燕麦粥。她还常常亲自去慰问失意的人，捐钱给慈善机构。现在，镇上有头面的男人和女人都赶来看她，恳求她不要毁掉自己的生活。阿达·齐拉用《约伯记》里的一句话回答他们：'我赤身出于母胎，也必赤身归回。'她把她丈夫最后的愿望都砸得粉碎。

"济贫院的陪侍看阿达·齐拉是铁了心要住下来，于是用亚麻布为她铺了床，可阿达·齐拉说：'我的床应该只有一捆稻草，和其他人一样。'陪侍给了她一个稻草做的枕头，一卷草垫子。她坐进稻草里，身上穿的还是丝质长裙，然后背诵起了困苦和生病时才用的祈祷文。'救赎我的主啊，我在您面前日夜哭泣……因为我的灵魂饱经挫折，我的生命行将就木……请怜悯我，主啊，我如此脆弱，主啊，请治愈我，我的苦难已经深入骨髓。'

"这种情况下，一个祈祷可以直达天堂。或者上帝早已决定解救他们了。当天，雷布·品丘斯的病情峰回路转。他喉咙里生了溃疡，不住地猛烈咳嗽，把嗓子里什么东西咳破了，吐出了脓水，雷布·品丘斯的命就这样捡回来了。人们开始议论，雷布·品丘斯要重新和阿达·齐拉结婚了。可是大家接着又意识到，雷布·品丘斯属于祭司支族——他是一位亚伦子孙[1]，不可以和离过婚的女人结婚，哪怕是自己的前妻也不行。雷布·品丘斯绝望至极。一个朋友来拜访他，祝他早日康复，而他却说：'还不如祝我早日死掉。'但是上天才不会理睬一个男人想死还是想活。雷布·品丘斯完全康复了。镇子里的医生因为见证了这个奇迹，从一个异端转变为一个虔诚的信徒。

"雷布·品丘斯来济贫院见阿达·齐拉，跪在她脚下，恳求她接管自己的别墅，并且嫁给另一个人。拉比很乐意取消她的誓言，毕竟那是在绝望的时刻许下的，很可能当时她的头脑并不清醒。但是阿达·齐拉说：'我的宣誓不变，而且我也不需要房子。你，品丘斯，去再婚吧。很可能无法生育的是我，而不是你。上天希望你延续香火，于是给我们降下了磨难。我真心愿望你找到一个可以生育的年轻女人，娶她为妻。我会怜爱你的孩子，视若己出。'"

"他再婚了吗？"玻璃工扎尔曼问。

"没有。事实上，他违背了教规。一个尚未实现'滋生繁多'诫命的男人，是不能没有妻子的。拉比提醒雷布·品丘斯，说他的行为不当，但他回应说：'炼狱是为人准备的，而不是动物。'

1　亚伦是《圣经·出埃及记》中摩西的哥哥，属于利未支族，按传统属于犹太人的祭司阶层。

他退出了所有的生意，成了一名隐士。他把自己大多数财产都捐赠出去，只留下了别墅和花园，依然希望给阿达·齐拉一个家。他甚至提议送她去圣地，或许她能从圣迹中得到一些安慰。可是阿达·齐拉说：'虽然我不能和你待在同一片屋檐下，但我至少可以和你共处于同一片天空下。'雷布·品丘斯去找拉比说：'拉比，只要我活着，就无法接近阿达·齐拉。我有一个愿望，既然我们都来自这片大地，那么让我们的坟墓紧挨着彼此。'拉比自己拿不定主意，于是把事情提交给三个拉比的会议。经过会议裁决，前夫和前妻在死后可以葬在相邻的坟墓。

"后来的事也是这么发生的。雷布·品丘斯先于阿达·齐拉去世。那时我已经不在镇子里住了。但我听说雷布·品丘斯生病的时候是阿达·齐拉照顾的，她喂他吃药，按照医嘱给他做饭。我不清楚她是不是严格按照教规来的。但是，每一条教规背后其实都藏着仁慈。雷布·品丘斯先走的那几年，她除了安息日之外天天去他扫墓，不论寒暑。在他的坟旁边，她也立起了自己的墓碑，上面刻着'这里躺着阿达·齐拉，虔诚的雷布·品丘斯忠实的妻子'。碑上专门为她的死期空出了位置。我听说，她埋葬后不久，一棵柳树就从她坟头冒了出来，很快长成一棵大树。柳枝垂下来，掩上了两座坟，使它们看起来像是合为一体了。离婚的教规限定的只是身体，灵魂永不相离。"

迈耶尔似乎走了一会儿神。他坐在那儿陷入了沉思。他一会儿撇撇嘴，一会儿摇摇头，似乎心里有什么既想不透又忘不掉的事情。然后他说："扎尔曼，你讲的故事每天都在发生。有的人结了婚，才发现另一半是瞎子、哑巴、驼背，甚至麻风病人。人出生前四十天，天使就宣布了这个人的女儿要嫁给那个人的儿子，剩下的事都是水到渠成了。[1] 上帝把最怪异的男女配成夫妇，像是媒人做的事情。如果上帝不隐藏在一切自然之法背后，那么所有人都能成为圣人，也就没有了自由选择。列维·伊扎克，你的这个故事里，我最喜欢这句话，'炼狱是为人准备的，而不是动物。'炼狱净化灵魂，而净化是一种仁慈。人爱自己的身体，但身体只是虚幻。血肉之躯就像衣服，当灵魂需要新的衣服，那旧的衣服就化为尘土。这就是轮回的奥秘。我们从前都当过男人、女人、牛、树、草。人们叫我'阉人'。我不是阉人，而是男女同体。亚当是依照神的样子创造的，他就是男女同体。《创世记》里面有相关的暗示，亚当和夏娃是内部交配。

"这个故事是从爷爷那里听来的，而爷爷是从他的爷爷那里听来的。布拉格城里住着一位绅士，雷布·贝扎雷·阿什克纳齐，他的独生子伊莱基姆是个神童。小神童四岁的时候已经读了《圣经》《密西拿》和一部分《革马拉》。七岁时，他在布拉格

---

1 《革马拉》中说，一个人的"灵魂伴侣"在他或她出生前四十天，就由天使规定好了。

犹太会堂做了一场布道，吸引了很多学者来听。这样的天才经常是雌雄同体的，而且根据喀巴拉密宗，所有伟大的灵魂都是两性的合体。因为伊莱基姆天资聪颖，很多媒人给他提亲。但他说："时间到了，合适的伴侣自然会来到我身边。"他留着长发，没长胡须。他用两种声音——男声和女声——唱着这个世界上从未有过的动听曲子。一个天才之所以降临大地，是为了纠正前世犯下的某个错误。一旦他的使命完成了，就会飞回天堂。有一天伊莱基姆黑色的头发隔了一夜就全白了。他没有妻子，单身汉也没有穿戴祷告披肩的习惯，但他全身裹着祈祷披肩，胳膊上和头上戴着护经匣，打扮得像一位古人。他的父母已经死了。此时已经没有纯粹虔诚的犹太信徒了，尤其是在布拉格，人们把他看作一位奇迹拉比并争相拜访。他对着小块的琥珀念咒语，把它们制成护身符。初为人母的女人等在他的屋外，希望他祝福她们新生的孩子。有人亲眼看见，当神童阅读《创世记》的时候，书自己翻页。当他想在卷轴的边缘写点注释，羽毛笔自动跳到他的手上。那种扎根于古老生活方式的人，可以让他们身边的一切东西都活过来。到了冬天，助手不需要点燃火炉为他取暖，因为他身上会发射火热的光芒，仿佛炽天使一般。

"他几乎不吃东西。他睡觉的时间也从未超出过六十次呼吸的时间。他更像是活在天堂，而不是人间。

"一天，神童宣布他要结婚了。追随者们都很震惊。一个雌雄同体的人怎么能结婚呢？而且世上有哪个女人配得上他呢？他只邀请了十位老人参加他的婚礼——他们都是喀巴拉信徒、上帝忠实的仆人。到了约定的那天，助手一直盯着窗外，留意着哪辆马车会把新娘和她的亲属送来，结果什么人也没来。即便如此，婚礼还是开始了。晚祷过后，十位老人汇集到神童的家里。其中一位写下了婚书，在新娘名字那里留了空。又有四个老人用四根柱子支起了婚礼帐篷。他们点起蜡烛，在一个金杯里装上葡萄酒。神童全程把自己关在房间里。有人在房门边偷听，但什么声音都没有。他们开始怀疑，这位圣人或许因为不谙世事，忘记了结婚的事。就在这时，房门开了，神童走出来，身穿白色长袍，头戴白色大兜帽，像个裹着白布的尸体。新娘就站在他身边，穿着婚礼长裙，戴着厚重的面纱，人们看不到她的脸，但她的华服闪着耀眼的光。几位老人惊叹得腿都站不直了。即便这样，写婚书的那位壮起胆来，问了新娘的名字。'伊莱基姆，'她说，'贝扎雷的女儿。'新娘和新郎的名字一样，连父亲的名字都一样。

"婚礼按照教规的流程举行。婚礼的主持人朗读了婚书，诵读了第一祈祷文[1]。新郎把戒指戴在新娘的食指上，说：'依据摩西和以色列的律法，戴上这个戒指，你就成为我的合法妻子。'当新娘

---

1 《十八祷文》中的第一段。

去喝金杯里的酒时，她掀起了盖头，人们看到了两个神童，他们的脸像珍珠一样白，眼睛里闪着爱的光芒。他们长得像双胞胎一样。念过第二祈祷文之后，众人向新人道贺，但新人一言不发回到了房间里。"

"从教法的字面意义上讲，这样的婚姻岂不是违法了吗？"列维·伊扎克问。

"天堂里是交合，放在俗世就成了乱伦。"迈耶尔回答。

"之后事情怎样了？"

"那天晚上，神童就去了天上的神学院。"

"那位新娘呢？"玻璃匠扎尔曼问，"她也死了吗？"

迈耶尔耸耸肩。他闭上眼睛，好像睡着了。接着他站起来，在读经室里来回踱步。他搓着手，自言自语，还不时大笑。煤油灯已经灭了，烛台上只有一支蜡烛还在烧着。烛火跳动着，噼啪作响。屋子里阴影交错。

扎尔曼看了看窗外。"满月了，"他说，"迈耶尔发疯的半个月开始了。"

关撒旦的笼子*

1

四十年来，纳夫塔利·森西明拉比一直和魔鬼战斗，他与精灵、恶魔、附鬼和女妖较量，他迟早会把它们统统消灭——用咒语、护身符，用他的声音或者手杖的力量，或者用脚踩。他仍然有一个执念——抓住其中一个不洁的精灵，绑住它，把它像野兽一样关在笼子里。拉比家里的阁楼上有一个可以关魔鬼的笼子。拉比的信徒，一个铁器商人秘密为他做了这个笼子。笼子用沉重的铁条做成的，外面有厚厚的铁丝网，还有一个带两把锁的门。拉比在铁丝网上粘了几张写有咒语的羊皮纸，挂了一只羊角，还

＊ 本篇英语由约瑟夫·辛格（Joseph Singer）翻译。

有一件科杰尼采传道者[1]披过的祈祷披肩。笼子下面的地板上布置着圣人约瑟夫·德拉·雷纳[2]用来捆撒旦的铁链。约瑟夫拉比没有成功困住撒旦，因为他起了怜悯之心，给了撒旦一点鼻烟。结果撒旦的鼻孔里喷出两团火球，然后挣脱了铁链。纳夫塔利拉比决心对恶魔绝不手软。他计划把撒旦关在黑暗中，断绝食物和水，用上帝和天使的圣名困住他。世界各地的拉比甚至正直的外邦人都将来到森西明所在的村子，见证纳夫塔利拉比的胜利。

只是，不管纳夫塔利拉比布下多少陷阱，撒旦和他的主人都能一一躲掉。有一次他抓住了一只鬼魂的胡子，另一次他抓住了莉莉丝的头发，但他们都挣扎着逃脱了，纳夫塔利拉比无法把他们锁进笼子。这些恶魔到了夜里会回来骚扰纳夫塔利拉比，在他的耳边怪叫，往他身上吐口水。一个长着公羊脸的鬼魂在拉比的圣书上拉屎，擦干净的圣书还有一股子臭味。

当拉比年过七旬，他开始绝望了。他的妻子已经去世了。阁楼上的笼子结满蜘蛛网，铁链锈迹斑斑。

但是埃波月[3]的一个夏日晚上，发生了一件在拉比看来是奇迹的事。事情是这样的。拉比的助手雷布·格罗南·盖茨——一位

1　指伊沙雷尔·本·沙贝塔伊·哈夫斯坦（1733—1814），犹太学者，由于他在波兰城市科杰尼采的传道而出名，开启了科杰尼采的一个传道宗派。

2　约瑟夫·德拉·雷纳（Joseph della Reyna），喀巴拉传说中的人物。

3　犹太历五月，相当于公历的七月到八月间。

侍奉过纳夫塔利拉比父亲的元老——生病了，这是他八十七年来第一次生病，被送进了医院。自从拉比鳏居以来，格罗南·盖茨一直在拉比的卧室里守着，保护他不受前来复仇的恶灵的侵扰。现在，拉比要一个人睡了，他信不过年轻助手们。那一晚，在上床睡觉之前，纳夫塔利拉比不仅像往常一样念了伊萨克·卢里亚[1]的祈祷文，而且还加了数首保夜间平安的颂诗。他在枕头下藏了一本《创世之书》和一把长刀——孕妇常常把这种刀放在枕头下，以抵挡杀婴鬼，它们是新生儿最大的敌人。他还在烛台上留了一支燃着的蜡烛。

拉比睡下的时候，穿着一件白袍，腰上系着束带，脚穿白色长袜，头上戴了两顶小帽——一顶盖住前额，一顶戴在后脑勺上——还戴了一条缀着八节流苏的祈祷披肩。拉比一枕着枕头，念道："主啊，让睡眠之幕落我眼上，让睡眠降在我眼睑。"接着便睡熟了。

他在半夜惊醒，蜡烛已经熄灭，他听到附近有脚步声。一时间他想要喊："全能的主，消灭撒旦！"突然意识到天堂可能已经回应了自己的祈祷——这或许是活捉邪恶入侵者的好机会。纳夫塔利拉比身上充满了力量。他从床上猛地跳起来，把草垫子下面的床板条都踩断了。一个黑影站在百叶窗前。拉比像狮子一般怒

---

1 伊萨克·卢里亚（Isaac Luria, 1534—1572），喀巴拉学者。

吼一声，闪电般冲过去抓住了它，用力把它压在身下，因用力太猛拉比觉得自己的肋骨都快断了。这时那恶鬼才开始反抗。它喊着一些拉比听不懂的话，拉比把它丢到地上，用双膝夹住它，一只手捂住它的嘴，另一只手卡住了它的喉咙。它身体一挺，堵住的嘴试图说什么，喉咙里发出咯咯声。接着它停止了挣扎，安静了下来。纳夫塔利拉比制服了这只恶魔。他一边用腰带把它捆住，一边喘息、战抖，嘴里还念着咒语："上帝彰明……一支箭刺进撒旦的眼睛……雅赫维和亚玛力人的战争……你要决然厌恶它，你要决然憎恨它。"

虽然这只地狱来的生物躺着不动，但纳夫塔利拉比知道它的顺从只是假象。除非把它铐住关进笼子，不然它还能恢复力量，伸出长及肚脐的舌头，疯狂怪笑着像蝙蝠一样飞走。

拉比尝试站起来，但他的腿感觉就像被砍掉了一样。他眼冒金星，耳朵嗡嗡作响。"我不能放弃！"他提醒自己，"阿斯摩太[1]和他的帮凶正在窥伺着我的弱点。"

纳夫塔利拉比应该把这个毁灭使者偷偷拖到阁楼上去，不惊动任何人。如果格罗南·盖茨在就好了，可以帮把手——格罗南·盖茨对喀巴拉很熟悉，知道所有的魔法和咒语。而年轻助手们晚上都回家睡觉了，即便他们在外面守着，拉比也不放心他们

---

1 阿斯摩太，犹太教中的一位恶魔。

来完成这么重大的任务。

过了一会儿，纳夫塔利拉比恢复了一点体力，可以站起来了。他俯下身，拽起那个黑暗生物，把它扛在肩膀上，走向前厅，那里有上阁楼的楼梯。他很明白自己在透支身体的力量，可是有时人不能向自己的身体屈服。他慢慢地通过走廊，祈祷着自己不会因为负重倒下，上帝保佑，别让它的同伙发现这里，被包围就不妙了。有好几次，他撞上墙壁和门。他的袍子被钩子挂了一下。当他到达上阁楼的楼梯口时，已经满身大汗，还能听得见自己鼻子呼哧的喘息声。但他拒绝休息。稍一松懈，他的敌人们就可能找到这里，把他拖到那无边的黑暗领域，到地狱之门、索多玛的废墟、西珥山[1]去，那是纳玛、马哈拉丝、莉莉丝[2]统治的土地。拉比已经想不起任何颂诗或魔咒了——他大脑一片空白，舌头僵得像木条。

等他终于爬上阁楼，天已经亮了，初升的太阳从东边屋顶的瓦缝里透出光来。光柱照亮了空气中的灰尘，泛着紫色，也照亮了那个铁笼。拉比朝铁笼走去，但撞在一个装满旧书的木箱上，仰面向后倒下。在他昏过去之前的一秒，他看到自己一直扛着的那个家伙——一个穿着短上衣的男孩，嘴里和鼻子里流着血。"糟糕，这是一个人，我杀了他！"拉比想着，眼前一黑。

---

1 《圣经》中以色列人的敌人以东人的领地。

2 喀巴拉密宗中的三大女魔。

2

纳夫塔利拉比再睁开眼睛时，阳光依然从屋顶的缝隙漏下来，但已经不是从东边而是从西边的屋顶。他花了好长时间才回过神来。他浑身像散了架，头针扎一样疼。身边躺着一具尸体，眼睛瞪着，嘴巴张着，嘴里满是血，脸像土一样黄。拉比这才明白发生了什么——一个年轻人夜里来偷东西。纳夫塔利拉比平时主持仪式从不收纸币，只收银币或者金币。他把这些金银存在陶罐里，藏在一个橡木保险箱里，箱子有毛皮衬里，外面用铁箍锁上。多年来，拉比始终在计划到圣地去，并且在那里建一所读经室、一家仪式浴池和一座犹太学校，并且在他祖父雷布·梅纳赫姆·金兹克尔的墓上修建一座会幕[1]。雷布·梅纳赫姆四十年前在耶路撒冷去世。"全能的主，为什么这种事会发生在我身上？"拉比喃喃说，"我已经不堪承受自己的罪过。"

他伸出手摸了摸尸体的前额。落日的亮光很快暗淡下去，阁楼里黑影幢幢。恐惧袭上心来，拉比颤颤巍巍地爬起来，笨拙地向门口走去。我怎么没有一起死掉呢！他想。但天堂已经下令，他要承受该隐的惩罚。[2]在楼梯口，他又不由自主地坐了

---

1 会幕（tabernacle），犹太教的一种小型圣所，建造传统可以追溯到犹太人居无定所的时代。

2 《圣经·创世记》中记载，亚当之子该隐是人类第一个杀人犯，他杀了弟弟亚伯，神向该隐降下惩罚："你必从这地受咒诅。你种地，地不再给你效力，你必流离飘荡在地上。"

下来。他必须考虑清楚自己的处境。他的助手肯定已经找了他一天了，但他们必然想不到拉比在阁楼上。他们一定已经放弃了寻找，或者可能认为他升天了，像以挪士那样。[1] 纳夫塔利拉比饱经风霜，到了垂暮之年妻子去世，没有儿女，但是他每当经历苦难都会祈祷，都会找到自己所受惩罚的原因。今天，他自打十三岁以来第一次忘记按时戴上护经匣，已经到了晚祷的时间，他却不能允许自己用杀人犯的嘴唇吐出神圣的语句。在一切可能的灾难中，他遭遇了最严重的灾难——还是在自己行将进入坟墓的时候！

通常，善与恶的念头会在纳夫塔利拉比内心争斗不休，但此时双方都沉默了。夜幕降临，拉比瘫坐在被黑暗包裹的绝望中，仿佛进入了深渊地狱。"我往哪里去躲避你的灵？我逃往哪里去躲避你的面呢？"他背诵道。他要不要了结自己的生命？他想。既然他已经失去了天堂，早死晚死又有什么区别呢？他要不要出走外地，就此消失？可是，如果这个贼是犹太人，他必须接受犹太的葬礼。一具尸体不能就这么留在阁楼里腐烂，不经净化，没有裹尸布，没有人为他念诵送终的祈祷文……

拉比的头越埋越深。和他的痛苦相比，约伯那点事根本不算什么。纳夫塔利拉比对上帝只有一个愿望——让自己死。

1　以挪士是亚当之孙，活了905岁。

现在他明白了先贤为什么会说："'非常好'——这说的就是死亡。"

拉比就这样坐着睡着了，然后又被人声、嘈杂声和脚步声惊醒了。助手们爬上楼梯来找他。灯笼的光晃花了他的眼睛。他们架起拉比的胳膊，把他抬走了。他听到女人的哭声和男人的喊声。我死了吗？拉比想。这是我的葬礼？人们把他抬到一个房间里，放在床上，往他脸上洒了点冷水，唤醒了他，还用醋擦拭他的太阳穴。大家争着和拉比讲话，但拉比一声不吭。突然人群中爆发了新的骚动，拉比立即意识到发生了什么。他们发现了阁楼里的尸体。有人叫出了一个名字：哈伊姆·凯克。

怎么可能呢，拉比对自己说，哈伊姆·凯克没有这么年轻吧。很快，又有人说了另一个名字：本策尔·利普。悲痛万分的拉比也意识到这些名字之间的关联。哈伊姆·凯克是一个偷马贼，被警察痛打成残废，偷不了马，然后就做起了小贼的老师。他一定派了他团伙的成员本策尔·利普来盗窃。拉比纳夫塔利·森西明，没有捉住撒旦，却杀死了一个小贼——可能还是一个孤儿。一片混乱之中，拉比自言自语道："撒旦抓住了我。"

这是拉比的追随者听到他说的最后一句话。在接下来的三周，拉比生命的最后时光，他不对访客说一句话。助手们帮他穿戴上祈祷披肩和护经匣，他喃喃自语。他们递给他书，他冷眼看看，也不翻开。拉比死的前两天，格罗南·盖茨从医院回来，一个人陪拉比走完最后的时间。拉比命令他烧掉自己所有的手稿，一张纸片都不留。格罗南·盖茨照做了。拉比向他口授了自己的遗嘱，把全部的遗产留给社区。同时也留下一笔钱，足够给本策尔·利普立一座墓碑，雇一个人在他下葬的时候念祈祷文，并且资助人们以本策尔的名义研习《密西拿》。拉比要求把自己葬在篱笆外的墓地里，那是异端和自杀者长眠的地方。他警告说，违抗他遗愿的人将受到严厉的惩罚。纳夫塔利·森西明拉比杀了人，他放弃与正直的犹太人葬在一起的权利。不过，虔诚的信徒和丧葬协会的人勇敢地违抗了拉比的要求。葬礼上来了几位拉比，他们考虑到纳夫塔利拉比的所作所为并非故意，并且他深深后悔，甚至苦行致死，所以他应该得到一个尊严十足的葬礼，他的荣耀累积起来，可以比拟圣徒和殉道士。其中来了一位最德高望重的拉比，好几本圣书的作者，八十岁的长者，他说："那些爱上帝超过爱自己的灵魂和心智的人，会心生毁灭世界之念。只要这个世界还在，撒旦必然同在。"

甲壳虫兄弟*

1

从五岁起，我就开始梦想踏上这次旅程了。我当时的老师摩西·阿尔特，把《摩西五经》里雅各只拿着一根手杖渡过约旦河的故事讲给我听。五十岁的我来到以色列，只用了一周，就看尽了几乎所有圣迹。我游览了耶路撒冷、以色列议会、锡安山、加利利基布兹、萨法德遗址、阿卡要塞遗迹，以及其他一些古迹。我甚至从别是巴去了索多玛，那段路在当时还是很危险的，路上还看到阿拉伯人用骆驼耕地。以色列的国土比我想象中还要小。我乘坐的旅游车就像在一小片地方不停地打转。有那么三天，我

---

* 本篇英语由艾萨克·巴什维斯·辛格和伊丽莎白·舒布（Elizabeth Shub）翻译。

们不管去哪里，总是不经意间看到加利利海[1]。白天车里酷热难当。我戴了两副太阳镜，一个套一个，才挡得住刺眼的阳光。到了晚上，热风扑面而来。在特拉维夫的旅馆里，他们教我使用百叶窗，但我只是开门去了一趟阳台，埃及吹来的南风[2]就裹挟着细沙撒了我一床。随风吹来的还有蝗虫、苍蝇、大小颜色各异的蝴蝶，以及甲壳虫——我从未见过这么大的甲壳虫。扑扑棱棱的声音异常大。飞蛾用不可思议的力量撞击着墙壁，仿佛按捺不住要挑起人与昆虫之间的战争。微热的海风混杂着烂鱼和粪便的臭味。夏末时节，特拉维夫经常停电。郊野似的黑暗笼罩了全城。漫天繁星，太阳已经落下，在天边留下一抹天堂的残红。

街对面的阳台上，一个老人半坐半倚在床上，他留着一缕花白的小胡子，一顶丝质的小帽戴在脑门上。他用放大镜读着一本书。一个年轻女人不时给他送来小吃。他在书的边缘空白上记笔记。楼下的街上，几个女孩又笑又叫，和男孩们打闹。就跟我在布鲁克林、马德里停留时看到的景象一模一样。她们用希伯来俚语互相嘲弄。我作为一名游客已经看够了圣地，再也不想有任何神圣情怀了。我想来点不那么神圣的冒险。

我有很多华沙的故旧现今住在特拉维夫，甚至还有一个老情

1　加利利海，以色列最大的淡水湖。

2　音译为"喀新热浪"（khamsin），指每年三月到五月在埃及、红海沿岸盛行的热气流和沙暴。

人。从前的好友大部分都死在了希特勒的集中营里，还有一些流离到苏联统治下的中亚，死于饥饿或者伤寒病。还有一些朋友幸存下来了。我可以在露天咖啡座看到他们。他们一边喝着柠檬水，一边聊着亘古不变的老话题。十七个年头，算得了什么呢？男人的灰发多了些。女人染了头发，用浓妆遮住她们的皱纹。炎热的太阳没有晒蔫他们的欲望。寡妇和鳏夫重新成双配对。夫妻一旦离婚，就马上寻找新的伴侣或情人。作家仍然写书，画家仍然画画，演员仍然寻觅着新的角色，笔杆子为五花八门的报纸和杂志写稿。所有人都想法子学了希伯来语。在流浪的岁月里，他们还自学了俄语、德语、英语，甚至匈牙利语和乌兹别克语。

他们一看见我，立马在桌边给我腾出位置，开始和我聊那些难忘的往事。他们向我请教怎么办美国签证，怎么找剧院经理和出版代理。我们甚至可以拿那些早已尸骨无存的友人开玩笑。一位女士不时用手帕的边角拭去一滴眼泪，以免泪水弄花了睫毛膏。

我没有刻意寻找朵莎，但我知道我们终会见面。我怎么能躲得开她呢？一天晚上我来到一家咖啡馆，这里的顾客商人居多，画家倒很少。周围桌子的人都在谈生意。宝石商人拿出装满宝石的小口袋和高倍放大镜。他们把一颗宝石从一桌传到另一桌，端详它、触摸它，然后点一点头，传给下一个人。我感觉自己仿佛在华沙，克罗列夫斯卡街。突然我瞥见了她。她正左顾右盼，在寻找什么人，好像已经有约会了。我瞬间把一切看在眼里：她染过的头发、眼袋、两颊的腮红。只有一样东西没变——她纤细的身材。我们拥抱彼此，互道了一句谎言："你还是老样子。"她在我的桌旁坐下，她曾经的样子和现在的样子开始合为一体，仿佛某种隐秘的力量正迅速地修饰她的脸，让她变回我记忆中的样子。

　　我坐在那儿，听她东拉西扯。她提到一个又一个的国家、城市、年份，还有婚姻。第一任丈夫死掉了，然后她和第二任丈夫离婚了，他如今与别的女人住在附近。第三任丈夫和她聚少离多，住在巴黎，不过马上要到以色列来。他们是在塔什干[1]的劳工营认识的。没错，她还在画画。她还能做什么呢？她改变了自己的风格，不做印象派画家了。如今，老派的现实主义还有什么前途呢？画家必须创造新的东西，属于自己的独特风格，不然的话，艺术就会破产。我提醒她，可别忘了她曾说毕加索和夏加尔[2]是骗子。是的，确实这么说过，但后来她自己灵感枯竭了。现在，她的作品和从前不一样了，更具有独特风格。可在这个鬼地方，谁需要画呢？萨法德有一个艺术家村，但她不习惯那里的生活方式。以前她从一个俄国乡村流浪到另一个俄国乡村，她已经受够了。她希望呼吸城市的空气。

1　今乌兹别克斯坦首都。

2　马克·夏加尔（Marc Chagall，1887—1985），生于俄国的犹太人，著名画家。1910 年夏加尔来到巴黎，后一生辗转于法国、美国和以色列之间。

"你的女儿在哪儿？"

"卡萝拉在伦敦。"

"她结婚了吗？"

"是的，我现在当了外婆了。"

她害羞地笑了，好像在说："为什么不告诉你呢？反正我也骗不了你。"我注意到她新装的假牙。服务生经过的时候，她点了一杯咖啡。我们沉默了一会儿。时间对我们真够狠的。它夺走了我们的父母、亲友，摧毁了我们的家。它嘲笑我们的梦想，嘲笑我们梦想中的伟大、名誉和财富。

我在纽约的时候，就得到过朵莎的消息。我们的几个共同的朋友写信告诉我，朵莎的画没有被展出，她的名字从没在报刊上出现。她曾经精神崩溃过，好像在一家医院或是精神病院待过一段时间。

特拉维夫的女人不怎么戴帽子，到晚上更不会戴。但是朵莎戴着一顶宽边草帽，帽子用紫罗兰色丝带锁边，倾斜着，几乎遮住一只眼睛。虽然她的头发染成了棕红色，但夹杂着一些其他颜色，甚至几缕发丝还带着蓝色。她有一张如同年轻姑娘一般的小脸，窄鼻梁，下巴棱角分明。她的眼睛有时绿色，有时黄色，闪着未被消磨的年轻活力，好像仍然准备着抗争，怀着希望直到最后一刻。是啊，不然她怎么会活下来？

"那你有男人吗？"我问。

她的眼里充满笑意。"重温旧情？"

"我有什么好矜持的呢？"

"你一点儿都没变。"

她呷了一口咖啡，说："我当然有男人。你知道，我没有男人就过不下去。可是，他是个疯子，这不是打比方。他太疯狂了，破坏了我的生活。他在街上尾随我，半夜敲我的门，当着邻居的面给我难堪。我甚至报了警，但就是甩不掉他。所幸，他眼下在埃拉特。我认真考虑过拿把枪杀了他。"

"他是谁？做什么的？"

"他说他是个工程师，但其实只是个电工。他很聪明，但是精神有问题。有时候我想，我非得自杀才能解脱。"

"至少他还能满足你吧？"

"能，也不能。我讨厌粗野的人，对他厌倦了。他太乏味了，而且搞得别人都躲着我。我肯定，他有一天会杀了我。我很确信。就像我确信现在天是黑的一样。但我又能怎么办呢？特拉维夫的警察就和全世界其他警察一般蠢。他们说：'要是他真的把你杀了，我们就把他关到牢里去。'他应该被关到精神病院。如果我有别的地方可以去，我早就离开了，可是外国领事馆不发签证。至少我在这儿还有一间公寓。就算是公寓吧！好歹是个睡觉的地方。那些画，我拿它们怎么办呢？只能落灰。即使我想离开，也没盘缠。我前夫，一个医生，他付给我的生活费，每次只有几英镑，并且总是拖欠。他不知道这里的情况。这里不是美国。我正在挨饿，多么辛酸的事实。别掏你的钱包，还没有那么严重。我一个人活着，也会一个人死。我为此骄傲，况且这也是我的命运。我目前的遭遇和我曾经的遭遇，没人知道，即使上帝也不知道。没有一天安生的日子。但我今天突然走进一家咖啡馆，你在这儿。这真的很可贵。"

"你本来不知道我在？"

"我知道，但这么多年过去，我又怎么能确认你的样子呢？我一点没变，那是我的悲剧。我和从前一样。我还怀着一样的欲望，一样的梦想。这里的人们找我麻烦，就和二十年前在波兰时如出一辙。他们都是我的敌人，我想不通这是为什么。我读了你的书。每一句话都记得。我总是想着你，即便我在哈萨克斯坦饿得身体浮肿、看到死神向我眨眼的时候，我仍然在想你。你写过，如果人在前世里犯过罪，那此生就是地狱。这话对你来说或许只是一个警句，但对我而言就是事实。我就是另一个世界的恶人投胎到了这个世界。地狱就在我身体里。以色列的气候让我难受。男人一来这儿就阳痿，女人会感到欲火焚身。为什么上帝把这片地许给犹太人？每当沙暴吹起来，我脑子里就嗡嗡作响。这里的风不是在吹，而是像豺狼一样呼号。有时候我整天躺在床上，因为我没有力气爬起来，而在晚上我就像野兽一样四处游荡。我还能撑多久呢？但是今天我看到你，仿佛过节一样。"

她把椅子从桌边蹬开,差点把椅子推倒。"这些蚊子要把我逼疯了。"

2

我虽然已经吃过晚饭了,但还是和朵莎又吃了一些,并且和她喝了些卡梅尔葡萄酒[1],然后去她家。一路上,她不停向我道歉,说自己的公寓实在太寒酸了。我们经过一个公园。虽然有街灯照着,公园里还是笼罩着一股灯光穿不透的黑暗。树上的叶子一动不动,仿佛石化了一般。我们走过阴暗的街道,每条街都用一个希伯来语作家或学者的名字命名。我打量每一家女装店的招牌。希伯来语现代化委员会[2]给胸罩、尼龙、胸衣、头饰和化妆品创造了新词。他们从《圣经》《巴比伦塔木德》《耶路撒冷塔木德》《米德拉什》,甚至《佐哈尔》中为这类世俗词汇找到了词源。时间已经不早了,不过建筑物和柏油马路仍然散发着白天集聚的热量。潮湿的空气中弥漫着垃圾臭味和鱼腥味。

1　卡梅尔酒庄是以色列最大的葡萄酒酒庄。

2　1948 年以色列建国以后,以古老的希伯来语为官方语言。为了让希伯来语适应现代世界的需要,以色列对希伯来语做了现代化的改造。本章故事发生在 20 世纪 60 年代初,也就是新希伯来语刚刚普及不久的时候。

我感到脚下土地的古老，失落的文明层层积淀在地下。地底的某处埋藏着金牛犊、神庙妓女[1]的珠宝、巴力和阿施塔特女神[2]的画像。古代的先知在这片土地上预言灾祸。约拿从附近的港口出发，没有去尼尼微预言他们的毁灭，而是逃往了他施。白天，这些事件似乎很遥远，但到了夜晚，死者又活跃起来。我听到幽灵的低语。一只苏醒的鸟儿发出了尖锐的警报声。昆虫撞击着街灯的玻璃灯罩，被欲望冲昏了头脑。

　　朵莎忠实地挽着我的手臂，仿佛从未有过背叛。她领我走上一幢建筑的楼梯。她的公寓其实是楼顶加盖的。打开门，一股热气夹杂着颜料味和酒精炉的气味扑面而来。只有一个房间，既是画室，也是起居室和厨房。朵莎没有打开灯。过去我们习惯了在黑暗中穿衣和脱衣。她拉开百叶窗，夜色透进来，街灯和星空的微光也照进来。墙边立着一幅画。我知道，白天的时候，它那奇怪的线条和颜色对我来说没有什么意义。这会儿我却对它兴致勃勃。我们什么话也没说开始接吻。

　　我在美国居住了这么多年，已经忘记原来住宅里是可以没有厕所的。朵莎的公寓就没有厕所。屋里只有一个洗手池。厕

1　神庙妓女，指某些古代宗教中生活在寺庙中、为朝圣者提供性服务的妓女。《圣经》中也提到过庙妓。

2　阿施塔特女神（Astarte），腓尼基人的性爱和丰饶女神。金牛犊、庙妓、巴力、阿施塔特女神都属于异教信仰。

所在屋外天台上。朵莎打开了一扇玻璃门，告诉我厕所怎么走。我找不到任何开关或者灯绳。黑暗中我摸到一个挂钩，上面卡着一些碎报纸。回屋的路上，我透过窗帘看到朵莎已经打开了台灯。

突然，一个男人的影子出现在窗帘上。他人高马大，肩膀宽阔。我听到说话声，立即意识到发生了什么。她的疯子情人回来了。我虽然害怕，却又想笑。我的衣服都落在了房间里，我是光着身子出来的。

我逃不掉了。这座建筑和其他建筑并不相连。即便我能设法从四层高的楼房爬下去，没有衣服我也回不去旅馆。我想，说不定朵莎听见情人上楼的脚步声，仓促间把我的衣服藏了起来。但他随时可能出来。我开始在天台上寻找棍子，或者别的可以防身的东西。什么都没找到。我贴着厕所外墙站着，祈祷他看不到我。但我要在这儿站多久呢？再过几个小时天就要亮了。

我蜷缩着，像一头困兽，等着猎人结果我的小命。海上吹来阵阵凉风，交织着房顶蒸腾的热气。我浑身发抖，牙齿不住打战。我意识到，逃跑的唯一路线是顺着一层层阳台爬下去。可是我往下看了看，哪怕是最近的那一层阳台，我都爬不下去。如果我直接跳下去，会摔断腿甚至摔破头，而且，可能会被逮捕，或者被送到精神病院。

我虽然心里着急，但也知道自己的处境是多么荒谬。我仿佛能听到特拉维夫的咖啡馆都在嘲笑我这次倒霉的约会。我开始向上帝祈祷，我犯了忤逆他的罪。"父啊，请宽恕我。不要让我以这么荒谬的方式死去。"我许诺如果自己能够脱困，就捐一笔钱做慈善。我抬头仰望数不尽的星星，它们仿佛触手可及。我仰视广袤的宇宙，那无穷的恒星、行星、彗星、星云、星尘，还有无人知晓的力量与精神，它们或许是上帝自己，或许是上帝幻化而成。我想象着，午夜享受欢愉的繁星盯着我看时也会有一丝怜悯之心。他们似乎在对我说："姑且等等，亚当的孩子啊，我们了解你的困境，我们正商议着呢。"

我久久望着星空，还有特拉维夫高地起伏的房顶。沉睡的城市偶尔冒出一声号响、几声狗吠声或者人的喊叫声。我似乎还听到了涛声和电话铃的声音。我发现昆虫是不睡觉的。它们从我耳边飞过，有的长着一对翅膀，有的长着两对。一只巨大的甲壳虫爬到我腿上。它停下，换了个方向，似乎意识到自己在这片奇怪的屋顶上迷路了。我从未像此时这样与一只爬虫惺惺相惜。我与它命运相通。我们两个都不知道，自己为什么会出生，又为什么必须死。"甲壳虫兄弟，"我小声咕哝着，"他们究竟要我们怎样？"

一股强烈的宗教热情在我心燃起。我站在屋顶上，下面这片土地是上帝赐予的，还给那一半幸存的子民。我四周是无垠的宇宙，万千的星系。我站在两个永恒之间，一个已经逝去，一个尚未来临。或许，什么也没有逝去，已经成为过去的和即将成为过去的如一幅广阔画卷在宇宙间慢慢展开。我向我的父母致歉，不论他们此时身在何方，我曾经叛逆，现在又让他们蒙羞。我渴求上帝原谅。我回到这应许的土地，却无意研习《托拉》，遵守他的戒律，反倒追随一个在艺术的虚荣里迷失自我的荡妇。"父啊，请帮助我！"我绝望地呼唤着。

我疲惫地坐到了地上。夜里越来越冷了，我把身体紧紧贴在墙上。我嗓子沙哑，鼻子干涩难受，这是即将感冒的前兆。"还有人像我这么惨过吗？"我自问。我在这危机四伏的寂静中渐渐失去知觉。或许我就要冻死在这炎炎夏夜了。

我迷迷糊糊打起盹来。我埋头坐在地上，下巴抵住胸口，手掌抱住两肋，样子如同发誓要保持这种姿势直到死去的苦行僧。我时不时向膝盖哈气，妄图暖和一点。我侧耳倾听，却只听见旁边楼顶上的猫叫。它先用婴孩般尖细的声音叫了几声，后来又发出女人分娩般的哭号声。我不知道自己睡了多久——可能只有一分钟，可能二十分钟。我的大脑一片空白，什么也不愁了。我发现自己身处一片墓园，孩子们从坟墓里爬出来玩耍。有一个穿百褶裙的小女孩。透过她金色的卷发，可以看到她头皮上的脓包。我认得这个女孩，约基别，她是克鲁奇玛尔纳街十号邻居家的女孩。她是得猩红热死的，一天早晨，她的家人把她抬进儿童灵车。灵车由一匹马拉着，像柜子一样有很多抽屉。我四周的孩子有的在围成圈跳舞，有的在荡秋千。我从小就常做这个梦。孩子们似乎知道自己已经死了，既不说话，也不歌唱。他们蜡黄的脸上带着冥界特有的忧郁神情，只在梦中方得一见。

我听到一阵窸窸窣窣的声音，然后有人拍了拍我。我睁开眼睛，看见朵莎穿着家居服和拖鞋，拿着我的衣服，我的背带和外套袖子拖在地上。她放下我的鞋，然后食指在嘴唇上比了比，示意我不要出声。然后她做了个鬼脸，吐了吐舌头奚落我。接着她退开几步，掀开一扇通往楼梯的活板门。我大吃一惊。我的眼镜从兜里掉了出来，差点被我踩个粉碎。慌张之间，我都没有发觉朵莎丢下我回去了。身边地上放着一个小册子，那是我的美国护照。我开始翻找我的钱和旅行支票。我利索地穿上衣服，忙乱中把外套的里外穿反了。我两腿发抖。我爬过活板门，来到楼梯上。

我下到一楼，发现大门用铁链锁上了。我像个贼一样撬着链锁。终于，锁打开了。我轻轻掩上门，快步离开了，一眼也没有回望这个囚禁了我一夜的地方。

我抄小路走入一条小巷里，巷子似乎是新修的，路面还没有铺好。我随便选了条路走着，只求远离那个地方。我边走边自言自语。我拦住一个路过的老人，用英语向他问路。他说："说希伯来语。"然后给我指了指回旅馆的路。他眼神里有种父亲般的责备，就像他认识我并且猜到了我的窘境。我还没来得及谢他，他就消失在黑夜中了。

我站在问路的地方，思考着整晚发生的事情。我一动不动，在冷冽的晨风中瑟瑟发抖。这时我感到裤脚里有什么东西在动。我弯下腰，看到一只巨大的甲壳虫，它立刻逃走不见了。它和我在天台上看到的甲壳虫是同一只吗？它困在我的衣服里，成功逃了出来。主宰着宇宙的力量给了我俩又一次机会。

孩子知道真理

　　加布里埃尔·克林塔继承他父亲的拉比职位时，告诉助手们说，他不接见女人，也不会为她们在上帝那里说情，让她们免开尊口。确实，他父亲、祖父和很多奇迹拉比都接见女信徒，但加布里埃尔无法把自己和那些心灵纯洁的圣人相提并论。加布里埃尔有个欲火难耐的身体。他血管中的血液一直在熊熊燃烧。他在祈祷的时候，不洁的思想像蝗虫群一样侵扰他。万恶之源撒旦在他耳边轻慢地说："没有什么法官，也没有什么审判，要尽你所能，抓住欢愉的机会。"加布里埃尔拉比把指甲都咬秃了。他攥紧拳头捶自己的前额，扯着自己的鬓发，把自己称作迷途的人、背叛上帝的人。他不断从圣书中寻求建议，但最终得出结论，自己是被一个小恶魔缠上了。多么讽刺！虔诚的犹太人向他学习敬畏神，学者们抄下他的讲义，他每天给犹太学校的优等生讲课，与此同时，他自己却在近乎没顶的肉欲之海中挣扎。他读着《智慧的开端》《生命树》《敬奉之柱石》，心里想的却是妓女喇合[1]和书念少女亚比煞[2]。喀巴拉密宗的书里说，天堂之中亚当和夏娃、雅各和拉结、大卫和拔示巴[3]仍在交欢。当然，喀巴拉密宗所指的是灵魂，而非肉体。但拉比在打盹的时候，总能在梦中看见这些古代女人一丝不挂的样子。她们唱着淫荡的歌，跳着魅惑的舞。拉比胆战心惊地醒过来。"我好苦哇！我在邪念中越陷越深了，"加布里埃尔拉比对自己说，"这真是一个虚伪的世界，邪恶的力量掌握着权柄。"他好几次想要召集他的信众，宣布自己不配做他们的精神指引者。但是拉比知道，自己一旦辞去了拉比的位置，就会堕入撒旦设计的罪恶深渊里。而他这样的人，畏惧社会上的风言风

---

1 喇合（Rahab），《圣经》中的人物。妓女喇合居住在耶利哥，曾经帮助流亡中的以色列人攻占耶利哥，以此在城破之后保全了家人性命。在犹太宗教文学中，喇合被称为历史上最美的女人之一，念到喇合名字的人就会对她产生欲望。

2 《圣经》中记载，大卫王年老之后，睡觉时总觉得冷。臣子就为大卫寻了一位少女，名为亚比煞，与他共寝。亚比煞为大卫王暖床，但是并不发生性关系。书念是古代以色列的一个城市。

3 拔示巴本是大卫王手下将军的妻子，和大卫通奸，后被大卫纳为妃子。拔示巴是所罗门的母亲。

语要甚于畏惧神。

拉比有一位妻子，梅努哈·阿尔特，名字取自罗普奇采[1]一位著名拉比的女儿。加布里埃尔的天性有多放荡，梅努哈·阿尔特的天性就有多圣洁。加布里埃尔个子很高，宽肩膀，有雄狮般的嗓音和一颗争强好胜的心。虽然他已经五十七岁了，但他的胡子仍然是亮红色，没有一点变白的迹象，一口好牙嗑得开核桃。有一次加布里埃尔拉比的讲坛失火，他赤手空拳砸开了会堂的大门，拧掉门锁，抢救出所有的经卷，又从读经室抱出所有的书。他的助手阿维格多吸入浓烟晕了过去，加布里埃尔拉比扛起他下了两段楼梯，接着跑到水井旁，用水泵抽了几个小时的水，帮助消防员把火扑灭。

梅努哈·阿尔特是个小个子，而且像得了肺痨一样骨瘦如柴。她必须天天吃药、念咒语才能活下去。每过几个月，她都要大病一场。很多敬奉的守则，哪怕最严谨的犹太人都已经放弃了，只有她还在遵守。她有三间厨房，一间做肉食，一间处理乳制品，一间做中性食品[2]。她戴两顶软帽，保证不让男人看到自己的一根头发。逾越节的时候，她给她的猫穿上袜子，免得——愿上帝制止这种事——它爪子上沾着有发酵面的饼渣进屋来。梅努哈·阿尔特还年轻，没有停经，她始终对沐浴仪式不放心，整月整月地

---

1 罗普奇采（Ropczyca），波兰城市。

2 指犹太习俗中除了肉制品、奶制品以外的洁食。

拒绝与拉比行房。终于有一回可以接近她了，她却浑身冰凉，而且散发着牙痛酊的药味。她哭哭唧唧地说他太重了，压得她太疼。加布里埃尔拉比常常安慰她说，即使最严厉的教法也允许夫妻拥抱和接吻，《托拉》和《密西拿》里面记载的圣人也会和伴侣在床上嬉戏，但梅努哈·阿尔特只会哀怨和叹气。

可真奇怪，这条破船还是生了五个孩子。其中一对双胞胎死于伤寒。剩下三个存活的孩子中，两个女儿继承了父亲的特点：高大，蓝眼睛，红头发。她们两个都已经嫁作人妇，生了孩子，住在远离克林塔的地方，维斯瓦河的另一边。什马雅，唯一的男孩，患了佝偻病和脑积水，矮得像侏儒。什马雅十五岁的时候，加布里埃尔拉比给他招了个妻子，但他的妻子后来受了启蒙，走掉了。什马雅没有再结婚。他二十九岁的时候还是不长胡子，像个太监。他黑色的眼睛向外鼓出，眼里透着疯狂。

什马雅决定，他服侍上帝最好的方法就是做一名隐士。他深夜把自己浸在仪式浴池的凉水里。他专攻《佐哈尔》。每隔几星期他就癫痫发作一次，复苏他的唯一办法就是让他攥住一把钥匙，然后念这么一段咒文："你不必怕黑夜的恐怖，也不必怕白天横飞的箭矢……虽有千人扑倒在你周围，万人扑倒在你手边，这灾却不得临近你。"加布里埃尔拉比的信众知道，什马雅不会活太久，他父亲要后继无人了。

白天，加布里埃尔拉比尽职尽责。他是犹太学校的校长，对每个学生都格外照顾。他教给他们的，不是细枝末节问题上的诡辩，而是经典释经者们的准确解读。加布里埃尔拉比很久之前就让大家明白，和撒旦讲道理是没有用的。人必须用善行来降服撒旦，不让撒旦有机会诱惑自己。夜晚对拉比而言则越来越难熬。他总是睡一个小时，然后便被自己的淫欲惊醒。最近他根本碰不得梅努哈·阿尔特。她得了一身病，不停地呻吟，低声祈祷。她已经把自己的裹尸布准备好了，放在枕头下面。此外，枕下还藏着一包从圣地带回来的白土，她下葬时要把这一抔土垫在头底下。她写好了自己的遗嘱，把她饱经虫蛀的嫁妆留给镇上的孤女出嫁时用。但是好多年过去了，梅努哈·阿尔特一直活着。一次在普林节上，拉比多喝了点酒，就开玩笑地说，梅努哈·阿尔特是没有力气死——等不到她死，末日复活[1]就已经来了。

加布里埃尔的智慧是出了名的。他甚至拿上帝打趣。他的仇人把他视为一个渎神的人、半个疯子。就像很多天性幽默的人一样，拉比也容易陷入忧郁。一次，他把自己锁在房间里抑郁了很多天，然后他走出屋子，叫住了一个上小学的男孩，问："你知道全能的上帝为什么创造世界吗？"男孩答不上来，拉比凑到他耳边说："因为他创造出世界来，就有了我这种傻子

---

1 即世界末日到来时，所有的亡者复活，接受审判。

来问问题了呀。"

夏末的一个下午，加布里埃尔拉比坐在书房里读《石榴园》[1]，门开了，助手阿维格多走了进来。

"拉比，您的一位女亲戚来访。她说她是某位拉比的遗孀。她就是不走。她想见您。"

"她想见我？你知道我不见女人。她是谁？很可能是个乞讨的。"

"她是乘着自己的马车来的，有她自己的车夫。"

拉比一手将着胡子，一手摸着额头。"谁啊？怎么会是我的亲戚？"

"她说她是您父亲的侄女，或者类似的亲戚。她说有急事。"

"让她进来，不要关门。"

还没等拉比把话说完，那女人就已经迈进门槛了。她身材高瘦，披着丝质的斗篷，穿着百褶长裙，脚上的漆皮鞋只露出鞋尖。她金色的长发上搭着一件黑色薄纱。她一只手拿着一把华丽的阳伞，另一只手挽着一个缀着珠子和流苏的提包。她的面容看起来很年轻，甚至算得上是个姑娘，但拉比看得出，她并不真的年轻。她有那种大城市的市井气息。他转过头不再看她。"有事？"

"拉比，我是比内尔，您的姑姑特默尔的女儿。"

1　14世纪西班牙犹太哲学家伊本·沙普鲁（Ibn Shaprut）解释《塔木德》的作品。

拉比心里一颤。他都忘记了特默尔姑姑有个孩子。三十多年前，特默尔精神失常。她的丈夫，加利西亚[1]的一位有钱人，把她安置在维也纳的一家私人医院里。他想得到再婚的许可，要经过一个一百位拉比组成的会议的同意。加布里埃尔拉比说："你母亲还活着吗？"

"为她哀悼吧……"

加布里埃尔拉比低下头。这些年，他就没想起过特默尔姑姑，任她的生命在一所精神病院里朽坏。他脑中响起先知以赛亚的话："……亲人同胞来求助的时候，你们不应该故意躲避。"他感到眼眶和喉咙里一阵温热。他问："你父亲怎样了？"

"我父亲去世了。上周他去世刚满一年。"

"他和第二任妻子生过孩子吗？"

"我有三个妹妹和两个弟弟。"

"呐，岁月流逝，一切都归于无用和徒劳。"拉比自言自语道。他完全明白，不应该委屈比内尔站着，但是让她坐下意味着给她逗留的机会。阿维格多那个马大哈把门关上了。拉比问："你丈夫生前过得如何？"

"我已经寡居了三年了。我丈夫是一位拉比、一位学者，此外也获得了荣誉博士的学位。我们住在卡尔斯巴德[2]。"

---

1 旧地区名，在今波兰的东南部。

2 今捷克城市。

"有孩子吗？"

"没有。"

拉比端详着她。她狭长脸，黑皮肤，黑眼睛。她戴着珍珠项链，耳垂上的钻石耳环闪闪发光。她像她的母亲，从前她的母亲是有名的美人。拉比犹豫了一会儿，指了指一把椅子。"呐，坐吧。"

"谢谢。"她把提包和阳伞放在拉比的桌子上。她用平静的语调继续说："我的两个弟弟都当了医生。一个在伦贝格[1]做外科大夫，另一个在费兰兹贝德[2]做心脏内科的医生。我的妹妹们都嫁了人。我的继母和她的大女儿一起住在多罗毕其[3]。我的一个妹夫是开油田的。我是家里唯一一个嫁给拉比的。他去世时留下了三本注解《塔木德》的作品和一篇用德语写的迈蒙尼德[4]研究论文。"

加布里埃尔作为克林塔镇的拉比，听说过外面的广阔世界——拉比们修剪自己的胡子，犹太会堂改革以后改名为寺院，富有的犹太人去泡温泉，和外邦人交朋友，犹太学校的男孩学成了教授——但他从未想过，自己真的会和那些人扯上关系。现在，撒旦把那些人中的一个送到了他的家里。拉比倒是想起身送

1　今乌克兰城市利沃夫。

2　今属捷克。

3　今乌克兰城市。

4　迈蒙尼德（Maimonides，1135—1204），犹太神学家、医学家。

客，但是他害怕尴尬，没有这么干。他问："那你为何到这穷乡僻壤来呢？"

"因为您是我母亲这边最近的亲戚了。我想看看您。"

"这地方有什么好看的呢？身体化作泥土，灵魂摇摇欲坠。不用多久，我自己也要去天堂的法庭上为自己说情了。"

"您也害怕为自己辩白吗？"

"天堂的审判不优待任何人。"

"您还有很多年要活呢。感谢上帝，您看起来是个强壮的男人。"

拉比沉默了。从没有人这么和他讲话。他站起身拉开门，但是一阵强风瞬间把门吹得关上了。

比内尔笑了。她从皮夹里翻出一块丝绸手帕，拉比看到她修长的手指和鲜亮的指甲油。她说："您不要紧张。我是正派犹太人的女儿。您的夫人好吗？愿上帝保佑她。"

拉比告诉她梅努哈·阿尔特生病的事。比内尔说："如果您早些送她去维也纳，他们或许能治好她。可惜现在已经太迟了。"

"这病一开始就没得治。你去看过你的母亲吗？"

"我去过，但并没有什么好看的。她还是那个美人，却像鱼一样一声不吭。她不认得我。她直勾勾盯着我脑后的什么地方。除了在我们家，这种悲伤真是人间少有。她眼睛里流露出几代人的苦难。"

"很可能她看到了真相。"拉比说。这话把他自己都惊吓到了。

"或许吧。但一个人活着，就必须活下去。我丈夫去世的时候，我只有一个愿望：他能带我走。他曾经是我理想中的一切——英俊、善良、智慧，一个哲学家。大学邀请他去演讲。男女修士请求他的教导。可是，再好的人，一旦埋了，就得忘了。他弥留之际把我叫到床边，说：'比内尔，我希望你再婚。'这是他死前最后的话。"比内尔忍不住，抽泣了一声。她的脸红了，亮晶晶的眼泪滑到腮上。她打开皮夹，想再找出一条手帕来。

加布里埃尔拉比说："这世界不是我们的。主的心意，我们永远不得而知。"

就在这天晚上，梅努哈·阿尔特又犯了一次癫痫。女仆在她肚子上敷了热毛巾，但她还是不停地呻吟。客厅另一头，拉比躺在自己的卧室里。"天父啊，请治愈她，不然就带走她！"拉比在内心里呐喊。他深知自己不能要求上帝去做这做那，可是她为什么必须这样无谓地遭罪呢？她是一个圣人，一个圣洁的受难者。拉比心中充满怜悯之情的同时，一个邪恶的声音也在说：梅努哈·阿尔特应该死，他应该迎娶比内尔。拉比揪着自己的鬓发。"卑鄙的色魔，你尽管肮脏地做梦吧！梅努哈·阿尔特会活到一百二十岁！"

他用羽绒被子蒙住自己的脸，想尽快睡着，但他浑身燥热。他幻想比内尔在仪式浴池沐浴，准备为他献身，她和他站在华盖下，她和他共赴床笫。"你比我的丈夫还好，"她快乐地呻吟，"你比参孙更强壮！"

"唉，我正在失去来世，整个炼狱都不足以惩罚我的罪。"拉比叱责自己，"恶魔会把我拖到黑山以外的沙漠、阿斯摩太和莉莉丝统治的领域去，扔到污秽的深渊里，永世爬不出这黑暗。"

他睡着了。比内尔站在他床前，赤裸身体，她的乳头像火一样红。她亲吻他，爱抚他，把他的胡子和鬓发编成辫子。她趴到地上，命令他："骑在我身上。像巴兰骑驴那样。[1]"拉比从梦中惊醒。天还黑着吗？还是已经到早上了？

百叶窗是合上的。他听见妻子的房间里女仆在说话，病人叫喊了一声。拉比过去看她。女仆站到了一边，梅努哈·阿尔特喘不上气，勉强地问："那个女的是谁？你为什么见女人？"

"她是比内尔，我姑姑特默尔的女儿。"

"她想干吗？取代我吗？"

"老天在上，没有这事。你很快会康复的。"

"我要死了。把手给我，发誓你会赶她走。"

屋外，天正亮起来。拉比看得到，梅努哈·阿尔特伸着一只瘦骨嶙峋的手。他怒发冲冠，听到自己喊："你这些年折磨我还不够吗！我才不会发誓！"

---

1 巴兰是《圣经》中的异族先知。他受以色列人的敌人之托，前往诅咒以色列人。但他骑的驴不愿往前走，巴兰便鞭打它。

他回到自己的房间，昏暗中磕到了膝盖，打翻了早上洗手的水[1]。他光着脚踩在这摊水里。"让她死，这个累赘！"他怒火中烧。他往门外院子走去，额头撞在挂着经卷匣子[2]的门柱上。东边的天空已经泛红。露水从树叶上滴下来。乌鸦嘎嘎地叫。拉比来到水井边，打了一桶水。他往手上倒了些水，但没有勇气讲出一句"感谢主"。或许，他应该就这么跳井算了？他往井里探了探身，照见自己的脸，阴郁、困惑。他感到一阵冲动，想大叫着跑开。都是因为她夺去了我应得的，才让我产生这些亵渎神明的幻想，他想。结婚第一年我就应该和她离婚。他忽然想起一位信徒谈到自己妻子时说的一句话：她血管里流的不是血，是微温的刷锅水。拉比哈哈一笑，然后咬牙切齿地说："我不会给她发这个誓的。"

太阳出来了，像从子宫里冒出来的一颗血淋淋的头。拉比深吸一口冷冽的空气。他想起《塔木德》中谈论约瑟的段落：约瑟正要和波提乏的妻子共寝，他父亲的影子突然闪现在面前，阻止了他。有的激情，哪怕天堂里的圣人也无法克服。过了一会儿，拉比回到他的房间里。他穿上半截裤、长袜、流苏披肩和拖鞋，

1　犹太教规定了一些必须洗手的情况，例如接触食物前，起床后，接触身体不洁位置（私处、腋窝、耳鼻、头皮屑等），厕后等。严格来说，在执行某些洗手仪式的同时，犹太人还要讲一些对应的祈祷文。

2　门柱经卷是犹太人挂在大门门柱上的一个长方形匣子，里面装着写有《圣经》经文的小羊皮卷。犹太教徒在进出大门时，都会用手抚摸这个匣子，并且亲吻这只手。

然后去了读经室。读经室的橡木门是关着的，拉比在门上敲了三下，这是在提醒夜间在此读经的亡灵们，天亮了。屋里，烛台上一根蜡烛还闪烁着。读经室里依然黑洞洞的。拉比困惑地站着。他动了那么一番俗鄙的心思，还能够祷告吗？他听到窸窸窣窣的脚步。什马雅溜了进来，仿佛一个没有实体的影子。

"父亲，母亲她……"他没有把话说完。

拉比抬了一下眉毛。"我知道了。是我害死了她。"

梅努哈·阿尔特下葬后，什马雅念了哀悼文。他父亲来到他旁边，大声说："祝你好运，拉比。"

什马雅看着他，茫然无措地站在那儿。周围的信众人群中响起一阵抗议的骚动。什马雅两眼鼓出，鬓发微微颤抖。他的父亲说："我不配再担任犹太信徒的领导者。"

比内尔参加了葬礼。她想挤开人群到加布里埃尔拉比身边去，但是拉比的两个助手拉住了她。之后，在服丧七日期间，几个忠诚信徒尝试说服加布里埃尔拉比不要把职位传给什马雅，否则会招致所有其他犹太社群的愤怒。人们会怀疑他犯了什么弥天大罪，这也可能被解读成为启蒙人士或者敌对宗派的胜利。拉比坐在一张小凳子上，脚上还穿着长筒袜，出于哀悼，他撕破了自己的衣领[1]。他大

---

1 犹太人在哀悼时撕破衣服的习俗也来自《圣经》，其中有很多人物在听闻亲友的死讯时撕破自己的衣服。

腿上搁着一本《约伯记》，一言不发。厨师贝拉告诉众人，拉比绝食了。他一整天只喝了一杯黑咖啡。比内尔求见他好几次，甚至贿赂了助手，但是加布里埃尔拉比下了死命令，不让她进屋来。什马雅在他的阁楼房间里服丧，他央求父亲不要辞去拉比的职位。加布里埃尔拉比对他说："你爹是个杀人犯。"

安息日中断了丧期，拉比的助手们照常在读经室里摆好了饭菜，供加布里埃尔拉比和他的信徒们食用。这些信徒从波兰的各处赶来参加拉比妻子的葬礼。但是加布里埃尔拉比坚决不走出他的房间。他从屋里闩上了门，不论大家怎么请求，都说不动他。阿维格多为他端来受过祝福的葡萄酒、哈拉面包、鱼和肉，拉比只拿起一小片哈拉面包，蘸着辣根酱吃了下去。时间流逝，天色渐晚，信徒们觉得再等下去也于事无补，他们揪着什马雅的长袍衣领，把他拖到长桌的前端坐下。他们给他斟了一高脚杯的葡萄酒，他叨念着祝福咒语。什马雅用颤抖的双手撕下一块哈拉辫子面包，咬了一小口。信徒们一哄而上，去抢掉下来的面包渣吃，因为新任拉比摸到的面包会变得神圣。信徒们坐在桌前唱着颂歌，而什马雅则喃喃自语。片刻后，他讲解了一段《托拉》，但他说话细声细气的，很难让人听清楚。

第二天还有讲道。父亲的助手现在成了什马雅的助手。什马雅坐在桌子的一头，面色苍白，驼背，戴着一顶窄小的毛皮帽子，大家都看得出他悲痛难耐。他的讲道没有提出什么新内容，说的都是他高尚的祖父——愿他被永世赞颂——和他父亲——愿他长命百岁——说过的话。一些年轻的信徒认为什马雅好过他的父亲，更谦逊，更敬畏上帝。

安息日晚上，结束仪式[1]之后，比内尔最后一次要求和加布里埃尔拉比见面。拉比的门依然向她紧锁着。她命令车夫套马，上路。马车消失在通往卢布林的大道上。因为安息日结束了，拉比继续守丧。大多数来参加梅努哈·阿尔特葬礼的信徒都在这个晚上和次日早上告辞。

礼拜一，拉比的讲堂空了。由于拉比不再出席犹太学校的讲座，很多学生暂停了学业，在镇里闲逛。克林塔的每个人都明白，什马雅太嫩了，无法担任犹太学校的校长。他既没有那个嗓音，也没有那个能力去给学生们讲明白《革马拉》里面难懂的段落。克林塔拉比的讲堂一度有四十位年迈的信徒，他们整年居住在这里，吃同一口锅的大锅饭。他们中多数人已经过世了。镇子里酒馆和旅店的店主们暗暗议论，如果真让什马雅来做拉比，讲堂将会失去所有的信徒，克林塔将成为一个无人问津的荒村。

七天的守丧结束了，然后，三十天的守丧也结束了，但加布里埃尔拉比仍然闭门不出。他好像从不睡觉，人们整夜都能

---

1 安息日结束仪式（Havdalah）标志着安息日的结束和新一周的开始。仪式内容包括点燃一支特制的蜡烛，用一杯葡萄酒祝福，并且嗅闻特定的香料。

看见拉比的房间里点着油灯，灯光从百叶窗的缝隙中透出来。以禄月白天开始变短，黑夜变长，空气中飘着蛛丝网，凉风从附近的松林吹拂过来。每天清晨读经室里都吹响羊角号，以此蒙骗撒旦，让他误以为弥赛亚马上就要降临，不敢再对犹太人图谋不轨。加布里埃尔拉比庭院里的几棵树，叶子变成像藏红花一样的橘红色，不舍昼夜地簌簌飘落。什马雅来找他的父亲诉苦，说犹太学校就要散了，等敬畏之日结束后，学生会走得一个不剩。他对父亲说："请您宽恕，但即使像您这样忏悔，也只是自私罢了。"

那天晚上，加布里埃尔拉比一夜没合眼。他坐在床边沉思到天明。他的这场战争，不仅拼上了自己的肉体，也拼上了自己的灵魂。他深感自己的肉体和灵魂都不再纯洁。肉体在俗世间是个贪食者，而灵魂在乐园中妄图吞下利维坦。他忘不了梅努哈·阿尔特下葬时的那张脸：像石灰一样白，张着嘴，鹰钩鼻，一只眼睛睁着，暗淡无神。她已经一颗牙都没有了，但嘴唇看上去却像是咬破了，上面有伤。她仿佛在无声地高叫："我受的折磨是为了什么？所有这些痛苦凭什么降在我身上？"

如果这就是创造世界的目的，那么让主见鬼去吧，加布里埃尔拉比想。实际上，全能的主从来没有回答约伯的问题。上帝除了夸耀自己的智慧和力量，什么也没做。凌晨时分拉比睡着了。他梦见自己要和梅努哈·阿尔特结婚，正赶往会堂门前广场上的婚礼华盖。梦里是个炎热的夏夜，一轮绿色的皓月悬在夜空中，和太阳一样大，一样亮。身穿白裙的姑娘们手捧着蜡烛，小伙子举着火把。像鹰一样的奇特大鸟在天上盘旋。它们拍打翅膀，银色的身影映在夜空里。一切都发生在一瞬间。乐队在演奏，信众唱着歌，犹太学校的学生们讨论着《塔木德》。充当婚礼小丑的盖茨尔先生是个老汉，他讲故事，翻跟头。同时，父亲背诵着祈祷文，祖母和一些大妈跳着舞。年轻的加布里埃尔和新娘同坐，一起喝金黄色的汤。他盯着梅努哈·阿尔特，不敢相信那就是她。她光彩照人，美得让他瞠目结舌。这样的美人怎么会真的存在？他纳闷。她既是物质，她也是精神。她眼睛里闪着超越尘世的光芒。甚至她的面纱和长裙都闪着光。她会不会是一个扮成凡人的天使？救赎降临了吗？以色列的母亲拉结从她栖息的巢中飞下来向他显灵了吗？

加布里埃尔拉比哭了起来，他从梦里醒来，浑身颤抖，他的床也随之微微摇晃。太阳早已升起，一辆火红的战车在空中从西方驶向东方。他睡了很久，现在背诵《示马经》已经太迟了。他想起《诗篇》中的一段："诸天宣布上帝的荣耀，穹苍传扬他的作为……太阳像新郎走出洞房……它从天的这一边出来，绕到天的那一边。"

加布里埃尔拉比站起身，洗手，穿衣，出门走到院子里。他打算到读经室去。"我还能去哪儿呢？"他自言自语说，"去酒馆，去花柳巷？"他这次醒来，身上充满新的生命力和对知识新的渴望。迎面走来一个犹太小学的男孩，面色苍白，鬓发乱糟糟的。男孩拿着一本《摩西五经》和一袋吃的。加布里埃尔拉比拦住了他。"想不想要两个格罗申？"他问。

"想，拉比。"

"如果一个犹太人失去了来世，他该怎么办？"

男孩思考了一下，说："做个犹太人。"

"即使失去了来世，还要做犹太人吗？"

"是的。"

"还要研习《托拉》？"

"是的。"

"他已经失去了来世，为什么还要读《托拉》？"

"因为《托拉》好。"

"好？像水果糖那样好？"

男孩想了想："是的。"

"很好，这两个格罗申是你的了。"加布里埃尔拉比把手伸进那个装着用来做慈善的钱的右口袋，拿出两个格罗申给了男孩。他弯下腰，捏了男孩的脸颊，又亲了亲他的脑门。"你比他们所有人都聪明。拿去买水果糖吧。"

男孩抓起硬币，跑开了，他的鬓发和披肩上的流苏随风摇摆。加布里埃尔拉比径直去了犹太学校。他担心所有的学生都已经离开，但发现有十四五个学生还没走。他们是日出时来学习的，这是克林塔的习惯。他们看到拉比来了，都敬畏地起立。拉比朗声说道："孩子知道真理！"

接着，他从几周前落下的课开始讲。

世上没有巧合

1

到我这岁数，收到聚会邀请已经不会手足无措了。可我还是控制不住自己，认真准备这次的聚会。我理了头发，拿出最好的西装，挑选特别的衬衫、领带和袖扣。我最近在减肥，但为了避免自己看起来太瘦，我停止了节食。要给东道主带点什么呢？花？酒？什么酒呢？波特酒？雪利酒？或者甚至拿瓶香槟？到聚会上结识新人，这才是最要紧的事。

聚会的时间定在这个礼拜六，地点在郊区，我决定打出租车去。现在正值早秋，天气温和，但一天早上突然下起了冷雨。我听着暖气冒出蒸汽的嘶嘶声，感觉似乎进入了隆冬时节。窗外的树昨天还满是叶子，一夜之间就只剩光秃秃的枝干。天空翻腾着阴云，让人不得不为更坏的情况打算。我从报纸上读到，一场飓风袭击了另一个州，正在向纽约扑来，但它也有可能转弯冲进海里。飓风所到之处一片狼藉。在一个村子，飓风把一幢别墅从地基上剥走，连同屋子里的住户一起卷进了海里。

聚会当天的早上，我躺在床上，感到变化也发生在自己身上。我有一颗牙齿松动了。这通常不是什么困扰，但这会儿却令我整个下巴疼得厉害。我平时不头痛，但今天醒来，头的左边感到痛。夜里我做了几个不愉快的梦，整夜没有休息好，不过我只大略记得梦的内容。其中一个梦里，我冲着某个人大吼大叫，还和人打了一架。我还梦到了动物，但回忆不起发生了什么。这一切过后，唯一清楚地留在我心里的，是一个绝望的领悟——人过着双重生活，两个世界绝不互通。

罢了，或许上午送到的信件能带来点好消息吧。上周我收到的信确实少，只有几封广告信件，被我直接扔进了垃圾桶。但通常每周六收到的信，总是比其他日子多。我希望今天的信能带来点有趣的事。

偶尔，我的某篇文章被录进文集里，我会收到稿费支票。我甚至可能收到女人的来信。有时剪报公司[1]寄来些姗姗来迟的评论

---

1 剪报公司是一种信息服务公司，可以收集、监控杂志上特定信息。

文章。邮递员通常十点来。虽然我的卧室距离大门并不近，但是总能听见信件从门缝底下塞进来的声音。

那个周六早上，没什么要紧事需要早起床，所以我决定一直躺到邮件送来。我边等边翻阅床头柜上放着的一本法国现代诗集。我对法语懂得不多，而且因为这些诗都是现代的，它们基本上勾不起我的兴趣。从作者信息上看，他们显然都是年轻人。他们想说什么？他们心里发愁什么？我很确定，除了我一知半解的法语之外，我从总体上难以理解他们这些人。毕竟我和他们是两代人。

我好像听见门缝下面塞进一张纸来。我竖起耳朵听，但并没有第二张了。我没穿睡袍和拖鞋，就急急忙忙去拿信。拆开信，只是地毯清洁公司的一张广告单。这让我大失所望。我怒气冲冲地把广告扔进垃圾箱，联想到一两年前加拿大的一棵树被砍倒做成纸，就为了印成这张废纸。

由于信件如此不尽如人意，我要的小慰藉只能从别的地方找。我踱进起居室，这里也是我的餐厅。书架里塞得满满的。有几个架子上的书是竖着摆了里一层外一层，每层上面还摆了各种刊物和大部头书籍。

那天早上我既没心情读书，也没胃口吃早餐。我呆望着书架，想找到一本勾起兴趣的书，但心里明白这是徒劳。哲学书似乎尤其让我反感。它们没有一个观点能帮得上此时的我。我从起居室走进厨房，冷漠地看了看牛奶、鸡蛋、麦片和果酱。

上帝在上，我曾经梦想拥有自己的公寓，拥有自己独享的卧室，一间自己的书房，一间可以泡茶、煮咖啡的厨房。上帝将所有这些赐予我，但它们的意义转瞬即逝。这一切当然要怪埃丝特。只要她在，一切都那么迷人。可她离开又是谁的错呢？我的，当然。现在说已经太晚了。不过，我不能饿着自己，毕竟还想体体面面地参加聚会。我把麦片倒进碗里，加上牛奶，再撒上一些葡萄干。厨房、书房里有的是宝藏，但你得费力吞下这些难以下咽的宝藏。

我先是赖床，之后去雨中散步，就这样消磨了整个白天。电话只响了一次，还是个拨错号码的。我在餐馆吃完午饭之后，向南走了二十条街，然后再走回来。回程路上，大风和我的雨伞打起了仗，仿佛想尽办法要把伞撕碎，而我全力相搏。风一会儿从顶上压下来，雨伞在我手上沉甸甸的，一会儿又从地面扬上天去，伞差点飞走。我想象自己是一位船长，驾驶着船在风暴中劈风斩浪。我带着完好的伞回到公寓楼的门厅，心里充满了英雄凯旋般的骄傲。电梯里只有我一个人，我像个孩子一样，用潮湿的伞尖在地板上写名字，然后又擦去了它。

我看了看厨房的挂钟，发现我还可以休息一会儿，马上要到出发去聚会的时间了。

一上出租车，司机就先说了，他不是特别熟悉我要去的那片郊区。我建议他只管开车，途中可以问路。他觉得这是在帮我忙，几次暗示我应该多给些小费。"我从来不去那片地方。"他骄傲地说，言下之意，光顾那里的人水准都不如他。他似乎后悔接我这单生意了，一路上都在嘟嘟囔囔。天空开始闪电。司机不停地用气愤的眼光回头看我，仿佛天气这么糟糕全是我的错。暴风雨越来越猛，我们已经没办法问路。路面淹了水，出租车被电闪雷鸣包围了。我几乎感觉到周围流过的百万伏特的电流。挡风玻璃上的雨刷疯狂地摆动，但我们还是看不清路。我们几乎看不到对面来车的车灯。而且，我偏偏忘了带雨伞，就是那把我赖以加入这场战争的雨伞。

终于，司机似乎完全接受了他的命运，不再回头瞪我了。我虽不认路，但还是认出他开的路是错的。我们两人之间升起无言的仇恨，像那些被迫共同陷入同一险境的人一样互相敌视。出租车在路上疾驰，离纽约越来越远，也离我的聚会越来越远。一两辆车超过我们，车速快得像不要命一般。可能他们也迷路了吧。

前面隐约出现了一家修车店，我们开过去问路。一个皮肤黝黑的男人凑到我们车前。他似乎毫不在意这瓢泼大雨。司机摇下车窗向他打听。修车店的男人解释着方向，没有正眼看我。他的指示十分复杂："在前面的路灯右转，一直开，然后再右转，左转，直走，开过三个红绿灯、一个黄色信号灯，然后一个向左的急转弯。"我不相信司机能把这些全记下来。但他复述了一遍路线，显然他脑子里有一幅地图。那人的耐心让我十分佩服。他已经浑身湿透了。

我为了这次聚会，可能花去了半周的工资。我松弛下来，靠好椅背，闭上眼，不过心里希望，自己至少能在客人走完之前赶到。

2

出租车司机找到了地方，但是街道太窄，又停满了车，他没法把车直接停在目的地门外，所以我只能在街口下车。另一辆车挡了我的路，我在雨里站了几秒钟，就淋成了落汤鸡，好像天上有个恶作剧的人，把满满一浴缸的水倾倒在了我身上。一瞬间我的衣服就全毁了——烫得笔挺的西装、新衬衫、领带、擦得锃亮的鞋。人们陆续进了电梯，但我只能在门厅里站一会儿，把身上的水甩一甩。我的眼镜上满是雨水，我在衣兜里找出手帕想擦擦眼镜，发现手帕也完全湿了。我站在那里，内心为自己徒劳的摸索感到好笑。我身上又湿又冷，感觉想打喷嚏。那可能是终极的讽刺了——淋了场雨，得了肺炎。

"嗨，谁让我贪恋这世俗的享乐呢，真是活该。"我自责道。我找到了聚会的公寓门牌，按响门铃，准备迎接新的面孔。岁月教会了我掩盖怯懦。毕竟，大家都是人而已，都有各自的弱点和失败。我鼓励自己："善待别人，别人也会善待你。"

我的朋友 B 先生亲自来开门。他没有穿外套，并且看起来有点喝多了。他好奇地眯眼看我，就像不记得邀请过我一样。然后他咧开嘴露出一个大大的笑容。

"请进。哎呀呀，你湿透了。"

"我打出租车来的，但是中间走了几步路……"

"我懂，我懂。脱掉上衣吧。"

他帮我脱去了外衣，我身上剩下一件湿衬衫。我从客厅的镜子看见了自己，一个衣衫不整的人，形容枯槁，湿漉漉的秃头，衣领皱起，领带无力地耷拉着。主人不耐烦地抓住我的胳膊，把我硬推进了客厅，全然不顾我本想气定神闲地走进客厅、重整自己被暴风雨摧毁的沉着。透过眼镜片上的水珠，我看到灯光昏暗的房间里满是一言不发的人。显然，这个迟到的客人一进门，大家便停止了交谈。主人向众人介绍了我，然后我迈着犹豫的步子和每个人打招呼，人们一一从座位上站起来。他们没听过我的名字。女主人从厨房探出身来。

很明显，她不是忘记我是谁，就是以为我来不了了。有人给我指了一个座位。B 先生问我想喝点什么，我点了一种酒。我感觉饿了，不过我很快发现，宴会是自助式的，没有人和我说哪怕一句话，也没有人关照我身上有多么湿。可不，这是个文人圈的聚会，大家不会关心某个人还没有餐具。过了一会儿，女主人拿给我一盘点心，我把盘子放在大腿上，手里捧着一杯威士忌。至少喝点威士忌可以让我身上暖和一点，或许也能让我忘掉尴尬。我呷着酒，慢慢地吃点心，感觉同时想咳嗽和打喷嚏。我拿到一张餐巾，用它擦干净镜片，第一次看清了屋里有什么人。文学聚会总是人声鼎沸，所有人同时在说话，但在这里，一个女人在说着话，其他人在听。多数客人都是努力扮年轻的中年人。厚重的窗帘遮住了窗户，墙外边的狂风暴雨就像从未发生过。屋里的一切都干燥温暖，实际上，太暖和了点。

现在我也开始听那位女士侃侃而谈了。她似乎年龄不大，但我看不真切。她黑色的眼睛大而凸出，令我感觉她似乎在说："我爱大家，但要求大家也敬爱我。我在说话的时候，我期望人们听我说。"她气质友善、语调柔和，却带着一种侵略感。她演讲的内容是她在新新监狱[1]做的一项研究，以及那里囚犯的生活条件。她的声音缓慢而单调，仿佛自信没有人胆敢插话。每句话都透出对囚犯的同情和对监狱管理者的鄙视与嘲笑。我从前对这类研究已经司空见惯，很明显她并没有发现任何新东西。但不知出于什么原因，大多数人安静地坐着，任由她无休无止地独白。

1　纽约州著名的监狱，与 20 世纪很多重大案件相关，出现在很多文学、影视作品中。

我关注着这场讲话，一时忘记了身上的湿衣服。她的力量来自哪里？我不禁问。她的性格很强势吗？我很快发现了她如此引人瞩目的原因。首先，她的位置——她坐在一把君临全屋的椅子上。她选取了一个最有战略性的位置。其次，她讲述的主题关乎公民权利和社会公正。无视她，无异于与野蛮为伍。

我观察到人们是怎么假装对她的话感兴趣的。他们问简短的问题，自己原本就知道答案。或者他们简单评论两句，同情犯人，鄙夷监狱看守。有一瞬间我打算提一个问题："这些罪犯的受害者呢？难道他们就不需要同情吗？"但我料到她会如何回答。我想起《塔木德》里面的一句话：怜悯恶人，等于摧残正义。

屋子的另一边坐着一个安静的女人。这会儿我才第一次注意到她。她的位置毫不起眼，与那个惹人关注的发言人简直有着天壤之别。她坐的不是正常的椅子，而是一个不稳当的小凳。她的脸小小的，薄嘴唇，高颧骨，鼻梁中间高起，翘鼻尖。她有金绿色的瞳仁，眼睛线条细腻，连皱纹也很精致。她可能三十八九岁了。可以猜到，她有一个坎坷的人生。她的嘴巴和眼睛一齐表现出不耐烦、想离开的态度。唯独她没有假装自己有兴趣听这口若悬河的讲话。相反，她表现得很恼火。她身上一袭黑裙，脖子上戴着细细的金项链。栗色的头发梳成一个老式的发型。她是个什么样的人呢？是个作家吗？是犹太人吗？她的面相显示她是个聪慧的人，但其中也透出一丝疯狂。我感到，这是一个聪颖过人、敢爱敢恨的女人。这样的人一旦发怒，就会摔盘子乃至纵身跳楼。她做爱时一定热情如火。

她最打动我的地方，是她拒绝接受催眠，不像其他人那样，把慷慨激昂的废话听得入迷。她抽着烟，沉浸在自己的思维中。我看着她，心想：我和你一条心。她回头看了我一眼，很惊讶，然后显出好奇的神情，好像是第一次注意到我。但是我们坐的位置相距太远，不可能私下交谈。

我期望一件改变气氛的事能突然发生，或者这个新新监狱的故事赶快结束。但什么也没发生。客人们一直坐着，好像长在椅子上一样。再加上我来得晚，我感觉这整个晚上算是完了。几个客人终于坐不住了，起身离开。这无疑是一次失败的聚会。因为那位监狱批评家压制了一切谈话，每个人一旦抓住时机就想远远地躲开她。她向大胆离开的人投去愤怒的目光，那情形就像一个救世军[1]的牧师领唱圣歌，歌没唱完人都走了一样。她向离开的人招一下手作别，那表情像是在说："我原谅你们了，但是全人类能否原谅你们，我就不敢说了。"

她接着唠叨下去，一如既往地自信满满，慢吞吞地吐字。有几个人依然在赞同地点头。我看了看手表，差五分钟十一点，然后我站起身。就在同时，那个栗色头发的女人也站了起来。我们

1　一个国际性的基督教慈善组织。

在同一时间做出了同一个决定。

　　我们的主人整晚都被正义的惩戒压制得动弹不得。这时，他从迷离的状态中振作起来，客人们纷纷离去令他意外。他尽力说服他们留下。他妻子也嘀咕了两句，说现在离开有点早了。虽然主人家竭力挽留，那个黑裙子的女人和我都推说回家路途遥远，时间已经很晚了。

　　我仓促地和旁人道别，其实我根本没和他们讲过话。我和演讲人道了晚安，她扬起眉毛瞪了我一眼。可能她一早就知道，我不受她的控制。我参加降神会时总是那个破坏神圣气氛的人。

　　穿黑裙的女人和我一同来到电梯口。我们沉默着等电梯。我鼓起勇气，说："请让我介绍一下自己，那个仁慈的囚犯保护家始终没允许我和任何人讲话。"

　　"你遇到过这种糟心事吗？"她问，"我这辈子从来没经历过这么痛苦的夜晚。你迟到了真是幸运。从六点开始就没人说得上话了。她坐在那里，喋喋不休。这是什么样的人啊？她以为自己是谁？为什么这种扫兴的话痨会被邀请来？罢了，我能逃出来就很开心了。我再也不会踏入他家家门。"我感觉我们之间产生了一些联系。

3

　　过了半个小时，一辆出租车也没来。我们离开聚会的那条街，一位路人给我们指了一个出租车停靠站，但那里没有车。驶过的出租车都载着客。眼睁睁地到了午夜，我们还被困在这荒郊野外。我的衣服还没有干透，浑身冰凉。她的衣服似乎也耐不住这个深秋的夜晚。我们找到一个公交车站，等了一会儿，很快发现时间这么晚已经没有公交车了。为了让自己暖和一点，我竖起了衣领。她不时打冷战。在我们头顶，天空布满沉重的乌云，满载着雨水，或许是雪。

这位女士决定克服她的骄傲，开始向驶过的出租车招手。可是一辆又一辆车飞驰而过，毫无停下的意思。我们两人都意识到事态的严重性：天已经飘起了毛毛雨，随时可能变成瓢泼大雨。凛冽的雾气飘到我脸上。我们当然也可以考虑回到聚会去，在主人家过一夜，但是我们无意再劳烦那些人。我个人宁愿露宿街头，也不愿回到那个尴尬的场面去。

我和一位女士一起经历了一个糟糕的聚会，一整个倒霉的夜晚，而我连她的名字都不知道，与她站在一起备感局促。我仍然盼着能有一辆空出租车出现，虽然我完全明白这不太可能。哪里规定过出租车必须半夜来长岛揽客？我回想起休谟的一句话：即便太阳迄今为止每天早上升起，也不保证它明天早上也会升起。平均法则算什么？数据又有多少科学价值？附近说不定有旅馆，可是我不敢把这个想法讲给我的同伴。天知道她会不会对我起疑心？说实在的，唯一能做的就是走走看，比站在一个地方干等要好。但我转眼一看，发现她穿着高跟鞋。我读到过有人在寒夜里冻死的故事。一旦身体抵抗不住，体温就开始下降。等体温降到二十七摄氏度以下，基本就是死定了。

"哼，可真是了不起的聚会！"她说，好像在和我说话，又好像是自言自语，"上帝明鉴，我本来不想来，他们硬要我来。说来好笑，我都没吃饱。"

"我也没有。"

"这些人明明不会待客，为什么偏要办聚会呢？我就干脆不请人来我家聚。我既没有那么大的地方，也没有时间张罗。这样，我以为过一段时间人们不会再邀请我了，但是就像天命躲不过，人情我最终也没躲过。"

"这么说，你一个人住？"

"没错。"

"我也是。"

来了一辆出租车。我远远就能看见车里已经载了客，但是我的同伴挥起手臂招呼它，那股绝望之情，仿佛只有一次神迹或者万物法则出错才能拯救她。出租车驶过时司机瞪了她一眼，喊道："你瞎吗？"

"恐怕我们在这儿拦不到出租车了。"我说。

"你有什么主意吗？"

"我想我们应该走两步。至少会暖和一点。"

"往哪儿走呢？我甚至不知道纽约在哪个方向。不会再有出租车经过了。"她说着，提高了语调。

"还不算太晚。"

"我有一次在第五大道上打出租车，等了一个小时。要来一支烟吗？"

"谢谢，我不抽。"

"来一支吧。能让你稍微暖和点。"

她递给我一支烟，用她的打火机点燃。她把火点得稍久一些，好像要用那火焰暖一暖我的脸似的。

我刚吸了第一口，一道闪电照亮了夜空，紧接着是骇人的雷声。从闪电和打雷的短暂间隔判断，雷雨距离我们很近。我的新朋友揽住我的胳膊，紧紧贴住我。

"啊，这可糟了。"

"我们得去个挡雨的地方！"

"去哪？所有的楼门都锁了。"

不远处有一栋楼，一楼都是商店，不过没有屋檐让我们避雨。我们走了一段路，看到一栋别墅的大门上方有一片遮阳棚。我们躲着雨，但不一会儿小雨变成了强力的水流，像冰雹一样敲打着遮阳棚。暴雨积聚着力量，从四面八方将我们打湿。我们背靠着门挤作一团，至少让后背不受风雨的吹袭。任何一点温暖都弥足珍贵。我们像两只迷途的动物，紧紧挨着对方。"要是哪儿有一家旅馆就好了。"我说。

"什么？哪儿？"

我也不知道自己是怎么想的，我问道："你是文学圈的人吗？"

她顿了一会儿，回答说："我想你可以这么说。"

"你是做什么的？"

"我是童书作家。"

"真的吗？很有意思！"

"真的。我写儿童书，也编辑儿童书。这就是我的生计。"

"这要懂得怎么写给小孩子。"我说。我想把话题继续下去，毕竟，对话或许能给人一点暖意。

"没错，很多人总是忽视这一点。他们觉得任何人都懂得怎么对小孩说话。每年我们退回的投稿有几百份，有的还是著名作家写的。"

"那你就没有给成年人写过什么吗？"我问，语调有些殷勤，自己都觉得不好意思。

雨势这会儿平缓下来了，不再越下越大。

"我的确也在那个领域造过孽，"她坦承，"但我很快发现，我不是成人文学那块料。我没有必要的耐性。我有耐心做儿童文学。我也不知道这耐心从何而来，这是一个谜，因为我并不特别喜欢孩子。我甚至没有孩子。我离婚了。"

"啊哈。"

"至少我没有毁掉哪个无辜孩子的一生。"

我们站着看雨。雨滴变小了，像是筛子筛下来一样，沉重而稀疏。可是雨刚刚显出要停的迹象，不一会儿却再次下得又急又猛。雨水拍打在柏油马路上，高傲、无情、藐视一切，全然不管世间发生过什么。人行道上升起了雾气。汽车驶过带起一片氤氲水气。这令我回忆起第二次世界大战期间我看到的一幅新闻图片——盟军炸毁了一座德国水坝，一道水墙追赶着一辆路过的汽车。这一瞬间是摄影师在飞机上捕捉到的，下一秒钟汽车就被大水吞噬了。

"如果……你不介意，能让我握着你的手吗？"她问。我想把手擦干，但是没有任何干的东西。我向她伸出手。她的手也是湿的，但比我的暖一点。

就在这时，一道闪电劈开天空。我从没有见过如此壮烈的闪电，一道电光照亮夜空，把天空照成异样的紫红色。明灭之间，恍若白天——日升，日落。之后的雷声震得我脑子嗡嗡作响。我们把对方的手捏得更紧了。"上帝啊，我们要怎么办？"那女士喊道。她惶恐地看着我，目光里还有一种为他人的霉运陪葬的怨愤。

突然，一辆只有水管工、修车工才开的破车驶来，停在门前。一个矮个子男人走下车来，穿了雨衣，但没戴帽子。他冲到遮阳棚下面来，几秒工夫，他就湿透了。他掏了掏兜，拿出钥匙，用意大利口音问我们："你们想等出租车吗？你们要等一整夜了。"

"您住在这里吗？"那女人大声说，"可以让我们在里面避一避吗，哪怕就一会儿？"

"进来吧。我是这里守夜的人。你们不应该在这种夜晚出门。"

"啊，您真是上帝的使者！"

他打开门，我们跟着他进了屋。我想，当年动物们走进诺亚方舟，应该就是这样的情景。某本书上说，诺亚亲自把驯服的动物领入方舟，但野生的生物只有在开始下雨之后，才赶忙逃进方舟。我甚至见过一幅画，画的是一只哀求登上方舟的狮子——这只野兽浑身泥泞，与其说在跑，不如说在水里游。

我进入门厅，每走一步就在地上留下一摊水。这已经是一天之内的第二次了。我的眼镜被雾气遮住了。我听见看门人说："两位，下楼来吧。我有个小房间。我给你们煮点茶，你们可以歇歇。"

"您真是个大好人，"女人说，"一定是上帝派您来的。"

"总不能让人在那里等死吧。"

我们乘运货电梯到了地窖。这里暖气管纵横，没有涂饰的红砖墙，天花板也不平整。地窖的一头有一座锅炉，锅炉边有个装着煤炭的桶。一间凹室里堆着旅行箱、折叠床、租客留下的各种家具。

他领着我们来到一个小房间，有点像城里破败剧院的化妆间。屋里有个沙发，沙发罩破破烂烂的，一张扶手椅，垫子里的海绵都露出来了。一个没有丝毫装饰的灯泡从天花板上垂下来，灯泡上还沾着干掉的油漆点子。墙壁上贴着女影星的褪色相片，还有很多报纸杂志的剪报。一张不平的桌子，上面放着茶壶、玻璃杯，杯子里还有一个生锈的铁勺。

我重新戴上眼镜，终于看清了我们的恩人的模样。他是个瘦小的男人，短腿，肚子凸出。他不算年轻，有一些白发，眼皮厚实，眼睛透出意大利裔特有的幽默和友善。他的神色似乎在说："我懂你们的感受。我们都只是血肉之躯。"他打开煤气炉，往茶壶里灌上水，从橱柜里找出茶包、糖罐、一袋饼干、两个茶杯。我的女伴眉开眼笑。我脱下外衣和帽子坐下，对她说："这世上还是有好人的。"

"是啊，我一辈子都不会忘记这件事。"

我们一边喝茶、吃饼干，一边聊天。我们待在暴风雨里最安全的地方，一个地下掩体里。意大利人回到了楼上大厅，他答应雨小了就告诉我们。

不知怎么的，这个女人开始和我讲她的家庭、她的前夫，她怎样在纽约落得身无分文，在最后一刻找到了工作。她的生命和我的一样，散落着星星点点的奇迹。正如今天晚上遇见看门人这样，命运——或者不论你叫它什么——在每一次危机中为她派来救星。每一次洪水漫到脖子，她的守护天使都会降临，从不缺席。"这不是很奇怪吗？为什么命运总是和人玩捉迷藏呢？为什么要置人于死地，然后到了最后一秒又把人救走呢？可能仅仅是我们的幻想，把偶然的好运当作奇迹，把挫折都归罪于自然的无情。"

我们天南海北地聊着。我问："你怎么定义巧合？在所有定义不清的词语里面，'巧合'这个词是最让人困惑的。"

"巧合就是当事情按照物理规律发生时，我们却把它们判断成好的或者坏的。比如说，如果一道闪电劈中了我们，那只是因为电荷爆发距离我们近了点……"

"你怎么知道没有某种力量支配着那个闪电？"

"你怎么证明这种力量存在呢？"

"如果某一部分宇宙被一个自觉的力量主宰，那么控制整个宇宙的力量就不可能是盲目的。"

守夜人走进来告诉我们，大雨依然没有停的意思，看样子会下一整夜。他挠着头，眼睛善意地眨着。我猜他要开我们两个的玩笑了，但是他犹豫了一下，径直上楼去了。

"我们应该报答他。"女人提议。

"我已经准备好钱了。"我说。

"你一个人给怎么行？我们给他十美元吧，我们每人五美元。"

我们开心地聊天。我心想，如果我们两人之间要发生点什么，那这个地窖就是最特别的一个地方了。但我们准备好了吗？我看着她，试图寻找那些可能让我心动的特征，可是她的脸绷得太紧了。我喜欢的女人都很天真，喜怒都会表现出来，但她不是这样的。我也知道，没有女人会见我一面就喜欢上我。在我所有的恋情里，我总要做一件费力而缓慢的事——克服我留给对方的第一印象。至少更正它，甚至完全改变它。在表面上的其貌不扬和自我中心之下，或许藏着另一张脸，另一个面相。我急于得出结论，把外层剥去，看看她在下面藏了什么。

与此同时，我把自己的事详尽地讲给她听。其实是她问到我的生活，而我知无不言。我甚至提到了埃丝特。

大概到了凌晨两点左右，她把头靠在沙发靠背上，说想睡一会儿。我在破椅子上坐安稳，脚搭在一个大箱子上，既没有睡熟，也不是特别清醒。我感觉自己像是睡在长途马车上，甚至幻想出这间储物间正在移动。真正的梦和白日梦交织在一起。我独自一人睡了这么多年，再一次和人同睡一间屋子，一个既不熟络也不完全陌生的人。灯泡发出的光透过我的眼皮。我脑中冒出一个奇幻的想法，和我目前的处境一点关系都没有。我想，如果存在鬼或灵魂，它们缚在一座房子、废墟或者坟上，就得随着地球绕地轴旋转，绕太阳公转，随着太阳在银河系里面运行，或许还随着整个星系在无限的宇宙中游荡。这就意味着灵魂也受到重力和惯性的作用，于是它们就应该有质量。这样的话，它们也需要遵守所有的物理法则。换句话说，如果灵魂不受物理法则的限制，它们怎能留在地球上呢？它们干吗不飞到其他星球上去，甚至在平行宇宙间穿行呢？

这些想法在我头脑中来来回回，不断变化推演，仿佛它是一场交响乐的主旋律。我几乎忘了沙发上躺着的那个女人。但我没有真忘。实际上，我完全知道她一直在。关于灵魂的玄想也和她有某种联系，但我自己也说不清是怎样的联系。

我打了个哆嗦，翻了一下身。醒来的时候我感觉神志不清，像吃了安眠药一样。那个女人坐在一旁的桌子边，从她的脸色和乱发看，她也睡了一觉。她朝我笑。

"你睡得很熟。"她说。

"你呢？"

"只睡了一会儿。我即使在最舒服的环境里也会失眠。"

我没吭声坐了一会儿，然后不由自主地说："我连你的名字都还不知道。"

"我没有自我介绍过吗？"

"我没听清你的名字。"

"我的名字很俗气。"

"一个名字而已。"

"但我的实在是太平庸了。或者你给我起个名字？"

"用我的名字就不俗了。"我说。我对自己脱口而出的愚蠢感到震惊。这和求婚是一个意思。

女人显出严肃的深情，然后她困倦地笑了，好像有些许惊讶，却又容忍了我的胡话。我发觉了自己一直在寻找的美。

"你的名字呢？"她问。我告诉了她。

"也不比我的名字有创意。"

她站起身，我也站了起来，正如聚会上我们同时决定离开那样。我们对视了一会儿，努力憋着笑，就像两个在奇怪场合不期而遇的朋友，惊异之间，忘记了对方的名字，也忘记了自己是何时何地与对方结识的。突然我们像恋人一样相拥，仿佛对这次相逢期待已久。她身体上散发出午夜的温热。我们亲吻，激情之中她嘴里说着什么，听起来不像英语，而是某种我不懂的语言。我用全身力量抱紧她。我听到什么东西咔嚓一声断了，不知是她的束腰还是我的钢笔。我有点担心，但是松不开自己的手。一切持续了不到一分钟。然后我们似乎都意识到自己的行为有多荒唐。我们各自向后退了一步，不知所措。

"我们这是怎么了？我们疯了吗？"她问。

"世上没有巧合。"我说，声音因为颤抖变得沙哑。

女人白了我一眼。"命运如此大费周章，就为了把我们俩逼成两个傻子？"

安息日不适合讲

　　那个安息日的下午，大家在门廊里聊起了老师和小学生。我家的邻居沙亚·里瓦愤愤不平地说道，她的孙子被他的老师米哈伊尔狠狠掴了一巴掌，打掉一颗牙。米哈伊尔是位博学的老师，但他扇学生、掐学生也是出了名的。犹太小学的男孩都说，他能把你掐得魂飞天外，眼前浮现出克拉科夫的风景。他有一个外号，叫"挠挠"。如果他背上痒，就会把教鞭交给一个学生，让学生把教鞭伸到衣服下面挠痒。

　　我家门廊里坐的另外两个女人是蕾策尔·布莱因德尔和我的

姑姑燕特尔。燕特尔姑姑为了安息日穿上了好衣服——一顶雅致的帽子，一条花纹长裙。帽子上缀着珠子和四条丝带，黄白红绿四种颜色。我在一旁坐下听她们聊天。燕特尔姑姑笑着四下看了看。她瞥了我一眼。"你和女人家掺和什么？"她问，"还是去读你的《父执伦理》[1]吧。"

我知道，她要开始讲十一岁男孩不适合听的故事了。我来到门廊后面的储藏室。这里存着我们逾越节的餐具、一个装满破书的桶、一个包裹着我父亲的旧手稿的枕头套。储藏室的墙壁里有很宽的裂缝，门廊上说的话可以听得一清二楚。我找来逾越节用来舂面粉的橡木臼，当作凳子坐在上面。阳光透过墙缝照亮了空气中的浮尘，衍射出五彩斑斓的光。我听见燕特尔姑姑说："小村子里不会发生什么大不了的事。一个小镇里，你能找到几个疯子呢？五个，十个——不会再多了。况且，他们的罪过也藏不住。但大城市里的恶行可以隐藏很多年。我住在卢布林的时候，有个叫伊萨尔·曼德布罗特的人，他经营着一家纺织品商店，卖丝绸、丝绒、缎子、蕾丝，还有一些装饰品。他的第一任妻子去世后，他娶了一个年轻女人，一个屠户的女儿。她的头发像火一样红，有一张剽悍的嘴。第一任妻子给伊萨尔先生留下了几个孩子，但这个新妻子——她的名字叫达

---

1 《父执伦理》（*Ethics of the Fathers*）是一本历代犹太拉比箴言集。

莎——只给他生了一个孩子，一个叫杨克尔的男孩。他长得像他妈妈，火红色的鬃发，闪亮的蓝眼睛像两面小镜子。在这家人里，达莎是老大。每当一个老男人和年轻女人结婚，总是那个年轻女人说了算。

"杨克尔上的小学，讲课的是个本不应该有资格教书的老师。但当时大家哪儿知道呢？他叫菲夫克。他不是离了婚，就是已经鳏居——人高马大，黑得像个吉卜赛人，穿着短袍和高帮靴子，像个俄罗斯人。他老家不是卢布林，而是别的什么省。他教《摩西五经》，也教一点俄语和波兰语。在那个年代，有钱的犹太人乐意让孩子们学点外邦人的语言。

"让我先来讲讲我身上发生的事。我前夫，愿他安息，和我结婚的时候已经有孙子了，但他前妻去世时还留下了一个小儿子，查兹克尔。就算能有自己的孩子，我也会更爱查兹克尔。他管我叫妈妈。我每天往小学送一碗汤和一片面包给他吃。我趁他们的课间休息时间，两点钟，孩子们都在院里玩的时候给他送饭。我和他坐在一根圆木上，喂他吃饭。他现在已经当爸爸了，住在很远的一个地方，但如果让我见到他，还会把他全身亲个遍。有一天我带着汤和面包去了学校，但校园里空空荡荡的，只有一个小男孩出来撒尿。我问他：'孩子们都去哪儿了？'他说：'今天是鞭责日。'我不懂什么是鞭责日。学堂的门是半开着的，我看见菲夫克站在一条长凳旁边，手里拿着一条皮绳，叫孩子们挨个过来挨抽——贝莱尔，施默勒尔，柯普尔，赫舍尔[1]。每个男孩来到长凳边，脱下自己的小裤子，在光屁股上挨一两下抽打，然后回到座位上去。大一点的孩子笑哈哈地看着，全当这是一场游戏，但很小的孩子都吓得大哭。我的心没有当场碎成渣，说明我真是个铁人。我开始在学生里找查兹克尔。那个狠心的老师抽鞭子抽得起劲，没有发现我。我下定决心，如果他敢点查兹克尔的名字，我就冲过去把热汤泼他一脸，揪下他的胡子。不过，好像查兹克尔已经挨过打了，因为整场闹剧不久就结束了。

"我像一只中了毒药的老鼠一样奔回家，找到我丈夫，把我的所见告诉了他。他只是说了这么一句话：'小孩子应该隔段时间教训教训。'他打开《圣经》，把《箴言》里的一句话指给我看：'不忍用杖打儿子的，是恨恶他。'孩子也没有大惊小怪，他有个善良的灵魂，他说：'妈妈，打得不疼。'不过，我仍然坚持让丈夫带查兹克尔转学，远远离开恶人之手。要是妻子坚持什么事，男人会听的。只有上帝知道我流了多少泪。"

"这个世界上真的有野人。"蕾策尔·布莱因德尔评论道。

"要是我遇到这事就报警，让警察用铁链把他拴了，流放到西伯利亚去，"沙亚·里瓦说，"这种杀人犯就应该在监狱里面烂掉。"

"说起来容易，"燕特尔姑姑说，"你们怎么不让警察把米哈伊

---

1 这四个名字，其实是贝雷、施默、柯普、赫什的昵称。在本篇故事中，出现了大量以"-ele"结尾的昵称，即中文中以"尔"结尾的名字。

尔抓起来？打掉一颗牙，可是比皮绳抽屁股更严重。"

"那倒是。"

"故事才刚开始呢，"燕特尔姑姑语调一转，"没错，我们把查兹克尔领走了，过了年我们送他去了另一所学校。过了至多两三个月，我就听到了一件骇人的事，整个卢布林传得沸沸扬扬。菲夫克每个月都搞一次鞭责日。达莎，就是伊萨尔·曼德布罗特先生的妻子，一次去给她的杨克尔送午饭，她打开门，发现她的小心肝正趴在长凳上被菲夫克抽鞭子。孩子正哭得凶。达莎做了我本来想做的——把热汤泼了菲夫克一脸。换了别的人，估计就擦擦脸闭嘴了，但是菲夫克本性是个哥萨克人。他放开杨克尔，跑过来拽住达莎，把她按在长凳上。他和十头狮子一样有劲。原谅我讲出来，菲夫克掀起她的裙子，撕下她的短裤，用尽浑身力气抽打她。他把腰带解下来抽，用的不是抽小孩的皮绳。你们想象一下当时的混乱。达莎大叫，就像他要杀了她一样。虽然卢布林是个喧闹的城市，但人们听到了达莎的叫喊声，赶来查看。她的假发掉下来，露出了红头发。这个不检点的女人没有好好剃头。几个旁观的人想拉开菲夫克，但上前的人都被他一脚踢开。赶来的恰恰都是女人，哪个女人能敌得过这么一个强盗？他抽了达莎三十九鞭，就像古时候法庭的助手做的那样[1]。然后，他把她拖到屋外，扔进水沟里。"

---

1 按照古代犹太人的习俗和教法，鞭打 39 下是鞭刑的极限。

"天啊，你们怎么就摊上了这么一个犹太人里的罪犯呢？"蕾策尔·布莱因德尔问。

"污秽之人，处处都有。"沙亚·里瓦说。

"这话讲得真是精辟，"燕特尔姑姑说，"如果我告诉你卢布林那天接下来发生的事，你可能不相信自己的耳朵。达莎失魂落魄地回到家。她的哭号，整条街都能听到。伊萨尔先生听到他亲爱的妻子的遭遇，立刻去了拉比那里。他们谈到了驱逐出教、黑蜡烛[1]之类的手段。多么稀罕啊，一个教师抽打一个已婚妇女，并且这样侮辱她。拉比派他的助手去找菲夫克，传唤他来拉比法庭受审。但菲夫克拿着一根棒子守在他家门口，吼道：'强行带我走是吗，来试试啊！'他破口咒骂拉比、长老们，还有整个社区。自然，他不能再去学校教课。谁会把孩子送到一个暴徒那里去？我光是说说，就脊背发凉。"

"可能他是鬼附身了？"沙亚·里瓦问。

燕特尔姑姑戴上她的黄铜框眼镜，又摘下来，放在大腿上。她说："伊萨尔先生对他的妻子说：'达夏尔[2]，我能怎么办呢？因为菲夫克拒绝去见拉比，他这样也算是丢了人了吧。'达莎大叫道：'你就是一个胆小鬼！你连自己的影子都害怕——如果你真的爱我，你就应该找这个罪犯报仇！'不过她也知道多说无

1　黑蜡烛用于驱除严重的邪祟。

2　达莎的昵称。

益，她丈夫太老、太弱了，不是菲夫克这个野蛮人的对手。她从自己的保险箱里抓了一把银币，去了粗人和地痞流氓聚会的地方大喊一声'谁要钱，抄起家伙跟我来'！她撒了一把铜子儿，并且把银币给这群暴民看。众人涌上去抢铜币，但只有几个人愿意跟她去。即使地痞也不会贸然和人斗殴。一个男孩见状，跑去给菲夫克报信，说很多男人要来教训他了。菲夫克激动地说：'让他们试试！我等着呢！'那群人找上门来，菲夫克提起一把斧头应战。'再靠近一点，你们就别想走回去了——你们得让人抬回去！'他们怕了。大家从他的眼睛里看得出来，菲夫克是打算把人脑袋砍下来的。他们逃跑了，撇下达莎一个人捂着她的钱。菲夫克手握斧头追她。场面非常混乱。几个女人去找警官，但警官说：'等他砍死她吧，然后我们就能把他关起来了。我们不能在人犯罪之前就惩罚他。'

"因为菲夫克不能再当老师了，人们都躲着他，像躲麻风病人一样，所以他在卢布林无事可做了。我猜你们都知道一个叫皮亚斯克的村子，离卢布林不远。我在卢布林的那时候，全波兰都知道皮亚斯克的盗贼。他们半夜起来，套上马，驾着他们的马车到城镇去抢劫商铺。一些人负责收拾夜间看守。我长话短说，菲夫克去了皮亚斯克，在那儿当了老师。虽然这些小偷坏得不可救药，但他们也想让小孩受点教育。他们找到老师并不容易，所以愿意让菲夫克去。他的小学只招收窃贼的孩子。做贼的免不了被捉进监狱，所以村子的街道上女人总比男人多。店主赊账卖给女主顾们东西，直到她们的丈夫被放出来把账还上。他们从不赖账。据说，菲夫克是这些守活寡的女子的守护者。他也做一些医师的活儿——她们生了病，就给她们拔火罐、水蛭治疗。他去卢布林偷东西给她们。我亲爱的朋友，你们说稀奇不稀奇，菲夫克不仅成了一个贼，还成了盗贼们的头领，他们的拉比。他和他们一起去集市，如果和警察起了冲突，他是第一个出手反击的。按盗贼们的规矩，他们是不拿枪的，流血，完全不同于偷窃，但是菲夫克配着手枪，并且当了一个马贼。农民发现他偷窃，他就朝他们开枪，放火烧他们的马厩。很多村子的村民彻夜拿着刀和警铃看守他们的财物。但他总有办法掩人耳目。一旦他被捕受审，他又总能逃脱处罚。你们知道，法官和律师都是向着罪犯的。他们从受害者那里可赚不到什么钱。菲夫克是个巧言善辩的人，每次都能为自己脱罪。外面开始流传关于他的传说。他即使进了监狱，也会趁半夜弄开铁栅栏逃走。有时他把狱友都放了。"

"后来呢？"沙亚·里瓦问。

"等等。我说得口干舌燥。我去拿点安息日的水果和李子汁。"

我从储藏室里出来，向燕特尔姑姑要了一块安息日曲奇饼和一个梨。她问："你到哪里去了？有没有读《父执伦理》？"

我说："我读完了这周的篇目。"

"回书房去吧，"燕特尔姑姑说，"这种故事不是你能听的。"

　　我回到储藏室，燕特尔姑姑接着讲。"伊萨尔·曼德布罗特先生老了，无力再照管他的生意。他那爱扯闲话的妻子，达莎，接管了全部的生意。他的儿子杨克尔做了拉比的学生。每天晚上，她都会来我们家聊天。话题聊到菲夫克，她总会问：'你们怎么看那个用鞭子抽我的人？'她就是这么称呼他的。我母亲——愿她安息——常说：'这个恶棍不值得谈论。有精面，就有糟糠。'但是达莎会一边微笑一边舔着嘴唇，说：'我怎么能预先知道一个教师，一个学者会这么无耻呢？'她用尽了书里能找到的脏话诅咒他，但同时她似乎敬佩他的高超手段。她走之后，我母亲说：'如果她不是伊萨尔先生的妻子，我不会允许她进咱们家的门。那个恶棍打了她，她还挺骄傲。'我母亲禁止我和她往来。

　　"一天伊萨尔先生终于死了，考虑到杨克尔还没有成年，达莎成了遗产的监护人。她立即解雇了丈夫之前的雇员，并招了新人。老雇员失去了生计，但她对此毫不关心。她买下一块从前贵族居住的土地，盖了别墅，上面设计了两个露台和一段山墙。她披金戴银，整个人都被珠宝遮得严严实实。她洒香水，涂各种脂粉。媒人踏破了她家的门槛，但她不急着做决定。她坚持和每个提亲的人面谈。这一个，不是商人；那一个，不够英俊；第三个，不够精明。《圣经》的某个地方写着，当奴隶当了国王，大地都会颤抖。

"大家听我讲。离卢布林不远有一个叫瓦沃利奇的村子。这个村子出名之处在于，他们过两天普林节——亚达月[1]的十四日和十五日。村民在那里找到一截残墙，据说是摩西时代之前的。这段墙使瓦沃利奇成了一个特别的地方，把普林节过得欢天喜地。每个人都喝得酩酊大醉。这是皮亚斯克贼人们下手的大好机会。普林节是满月。深夜，所有人都睡熟了，皮亚斯克人驾起快马和马车去劫掠商铺。他们不知道俄国军队正在这一带操练。当时，波兰起义[2]刚结束不久，官方正四处搜捕起义者。盗贼们正赶路的时候，迎面遇上了一个由俄军上校率领的哥萨克骑兵团。盗贼们看见正规军，心里都咯噔一沉。俄国人问他们是干吗的，菲夫克懂俄语，他说他们是去赶集的商人。但是上校可不是傻子——他知道附近没有集市。他下令把盗贼都用铁链锁上，带往卢布林的监狱。菲夫克有胆量抵抗，但没人打得过扛枪带炮的哥萨克。他们把菲夫克像捆羊那样捆牢，运进了监狱。卢布林城里有收购赃物的商人，他们还等着盗贼们送来劫掠的战利品。但直到太阳升起，盗贼的马车还不见踪影，销赃者们察觉出事了，方才作鸟兽散。不久，坏消息传到皮亚斯

1　犹太历十二月，在公历二月、三月间。

2　波兰起义发生在 1830 年 11 月至 1831 年 9 月。波兰人争取民族独立，摆脱沙俄统治的一次武装起义，最终被俄国镇压。

克盗贼们的妻子那里。这么多皮亚斯克人一次性被抓，还从来没有发生过。瓦沃利奇人过狂欢节，而皮亚斯克人过的却是哀悼日。仿佛这还不够倒霉，一个年老体弱的贼扛不住拷打，供出了销赃者的事。于是销赃商人也被关了起来。他们中的一些人颇有钱，是犹太社区的重要人物。他们都受到了侮辱，也让他们的家族蒙羞。得知菲夫克被捉，各地农民纷纷来到卢布林指证他，有传言说他要被绞死。

"当时我正在做裙子，去达莎的商店买蕾丝花边。自从我母亲去世后，达莎就不再来我家了。不过，你总是能从她那里买到最好的货。我去了她的商店，当时她坐在柜台后面，一头红发都没有遮起来，穿得像一个公爵夫人。她假装不认识我。我对她说：'达莎，你终于等来了大仇得报的这一天。'达莎没好气地说：'报仇不是犹太人的特质。'然后就不再理我。我还想问，她什么时候开始如此严格地遵守犹太人的特质了，但她又摆起了女贵族的架子，我就放过了她。一个店员把我要的蕾丝花边拿给我。我走出商店遇到一个熟人，告诉她如今达莎变得有权有势了。她回答说：'燕特尔，你是睡过去了还是怎么了？你不知道发生了什么吗？'她告诉我达莎成了一个保护人。她常常去皮亚斯克，给盗贼的妻子们拿去面包、奶酪，她们的任何生活所需。她几个小时不看店，会去找销赃犯们的妻子，和她们打得火热。我的天，她和菲夫克相恋了——她称他为'鞭抽我的人'——毅然决定救他。那个女人告诉我，达莎雇了卢布林最好的律师。我感到哭笑不得。事情怎么会这样？说真的，恐怕这种故事不适合在安息日讲。"

"她成功把他救出来了吗？"蕾策尔·布莱因德尔问。

"她嫁给了他。"燕特尔姑姑说。

一时间，谁也没说话。接着沙亚·里瓦问："她是怎么把他弄出来的呀？"

燕特尔姑姑把两根手指放在嘴唇上，想了一会儿，"真相是，没有人确切知道真相，"她说，"这种事情都是偷偷摸摸做的。我听说她给了总督一大笔钱，还献出了自己。那种荡妇什么事都做得出来。有人见过她盛装打扮进入总督府，大概待了三个小时。她当然不是去唱诗的。我唯一知道的是，总督把大多数贼都放了，只留下两个，在监狱里关了一段时间。我听说，达莎在监狱门口等菲夫克，他出来时，她扑到他怀里，亲他，哭泣。当时在场的一些卢布林来的地痞喊她的名字，发出不满的嘘声。

"是的，他们结婚了，不过他们等了几个月。他刮掉了自己的胡须，穿上了外邦人的衣服。他卖掉自己在皮亚斯克的房子，和达莎住在她的新别墅里。杨克尔不愿与母亲和继父一起生活，搬到一个犹太学校里寄宿。大盗一夜之间成为商人，这种事原来不是只有剧院里才有的。菲夫克懂的纺织品生意经，还不如我懂的土耳其语多。如果伊萨尔·曼德布罗特先生得知自己的财富的命运，他会气得从坟里跳起来。

"一开始，这对夫妇相处还算融洽。她叫他'菲夫凯尔'，他叫她'达夏尔'。两个人吃饭也不分餐。他们因为有钱，就贪求名望。菲夫克在耶路撒冷东墙的犹太会堂里捐了一张长椅，达莎则捐了会堂的女士区的一条栏杆。事实上，他们只有在圣洁日[1]才去会堂祈祷。达莎不认字，而菲夫克曾公开宣称自己不信教。达莎希望加入一些慈善圈子，但那些女人不接纳她。两个人获得外号：抽鞭先生和抽鞭夫人。于是，他们打消了从犹太人中获得声望的念头，开始向外邦人靠拢。波兰人的乡绅也像犹太人一样躲着他们，他们又去找俄国人。给伊万奉上美食、伏特加，他就像蜡一样融化了。官员、警官常常光顾夫妻俩的别墅。他们晚间为俄国人置办俄式的聚会——和俄国人打牌，喝得大醉。达莎越发沉迷于这些放荡的酒宴，对店铺不管不问。从前伊萨尔·曼德布罗特先生雇用的店员都是诚实的人，但达莎都换成了骗子。

"在没有竞争的时候，达莎的店还能维持。然后，半条街之外开了另一家纺织品店。店主是贝乌热茨来的泽立格——一个新来卢布林的小个子男人。他擅长从破产者那里收购货物。从开店第一天起他的生意就不错，并且正逢达莎和菲夫克的商店走下坡

1　即犹太新年与赎罪日之间的几天。

路的时候。这就像一位圣人的诅咒。菲夫克威胁要烧了这家新店，但它距离菲夫克自己的店太近，两个店会被一起烧掉。他也考虑过杀了泽立格，或者把他打成残废。但如果天意不准，他就不会得逞。这个泽立格虽然弱不禁风，但他谁都不怕。他走路不像走路，而像黄鼠狼那样窜。他尖叫的声音比达莎和菲夫克两人的声音加起来都响亮。他也贿赂俄国官员。他雇来了曾被达莎赶走的店员，他们把达莎所有的商业秘密都透露给他。泽立格的妻子像一只一声不吭的鸽子，很少到店里来，只是待在家里一个又一个地生孩子。人们以为达莎会给菲夫克生孩子，但她一个也没生出来。她只有杨克尔这个儿子。杨克尔在立陶宛娶了妻，婚礼甚至没邀请他母亲参加。我忘了说，菲夫克已经成了个大胖子。他大腹便便，有个酒鬼常有的红鼻头，上面布满血丝。

"一天早上达莎的店员去开店门，发现门已经被打开了。皮亚斯克的贼半夜卷走了货架上所有的东西——达莎曾经从监狱救出来的，就是这一群人，他们的妻子还受过菲夫克的关照。坏事一发不可收拾。菲夫克怒吼道，他要杀了他们所有人，但他什么也做不了。每个人身上都有一种隐藏的力量，这种力量一旦失去，强者变成弱者，骄傲者变成卑微者。某本圣书里面说过，每个动物都有自己威风的日子。当狐狸成了国王，狮子也得向它鞠躬。"

"接下来怎样了？"沙亚·里瓦问。

"安息日不适合讲的。我不想污了我的嘴。"

"说吧，燕特尔。别吊我们的胃口。"

"她做了妓女。俄国人经常光顾她。菲夫克为她拉活儿。波兰人得知了这些事，放火把她家烧了。当年即使有火灾保险，达莎也没有买。他们失去了铺子，又失去了房子。他们搬到郊区靠近军营的地方住，他们的公寓成了一家妓院。我以后找别的时间给你们讲，他们的结局有多惨。"

"什么结局？"

"安息日不适合讲。"

"燕特尔，你不说，我要一夜睡不着了。"沙亚·里瓦提高了声调。

燕特尔姑姑撇了撇嘴，往手帕上啐了一口。"他拿鞭子抽她，把她抽死了。"

"有人看见了？"

"没有。有天一大早，他急急忙忙来到丧葬协会，说他妻子突然倒下死了。丧葬协会的女工去了他们家，把尸体运到清洗房去。她们把她抬上清洗台。众人看到她的裸体，大声喧哗起来。她尸体肿胀，浑身鞭痕。丧葬协会的女工们都是硬心肠，但其中一个人当场晕了过去。"

"没有把菲夫克抓起来吗？"

"他自己上吊了。人们趁夜把他们两个葬在了篱笆外面。"

三个人都没再说话。燕特尔姑姑扶了一下帽檐。"我早告诉你们，这不适合在安息日讲。"

　　"这个故事说的是什么道理呢？"蕾策尔·布莱因德尔问。

　　"毫无道理。"

　　我从储藏室里出来，燕特尔姑姑都没有注意到我。她低声说着什么，望向天空。"太阳要落山了，"她说，"是时候诵《亚伯拉罕之神》了。"

保险箱

大概五年之前，乌里·扎尔金德教授从纽约搬走，去了迈阿密。那时他妻子洛蒂刚去世，他决定再也不回纽约这个蛮荒的城市。洛蒂长时间卧病在床，摧垮了他的精神。同时，他的健康也垮了。她得到安葬后不久，他因为双侧肺炎和肾梗阻病倒了。他在纽约生活了将近三十年，以教哲学为业，但他仍然觉得自己在美国是个异乡人。德裔犹太人不能谅解他的出身——生在波兰，是一位加利西亚拉比的儿子，说着带外地口音的德语。洛蒂本身是纯正的德国人，在吵架的时候，她用德语把他称作"东边的犹太佬"。俄罗斯和波兰的犹太人又把他当作德裔犹太人，毕竟他娶了一个德国人，在德国住了很多年。他本可以结交他的美国同事，或者和他的学生交朋友，但在大学里很少有人对哲学感兴趣，更别提犹太哲学了。他和洛蒂没有孩子。虽然早先他们在美国还有亲戚，但多数老人都已经去世了，而他又没有与年轻一代的亲戚保持联系。虽然障碍重重，乌里·扎尔金德教授还是在这样一个冬天的早晨，登上了去纽约的飞机。他已经是年过八十的人了，矮小、脆弱，一把全白的小胡子，驼背，浓密的白色眉毛，依稀看得出他曾有红色的须发。厚厚的眼镜片后面，眼睛是灰色的，一直在发炎。

　　这不是个造访纽约的好日子。机长提示说，纽约正下着暴雪，并伴有大风。一大片乌云笼罩着纽约地区。飞机降落在拉瓜迪亚机场前几分钟，乘客间弥漫着不祥的寂静。他们仿佛随时准备乱作一团，并且预先为此感到羞耻，互相躲闪着目光。扎尔金德教授想，不论发生什么，都是我自找的。他在迈阿密海滩老年公寓的邻居劝过他，在这种天气里坐飞机简直是自杀。他为什么要拿生命冒险呢？为了一份书稿。可能除了一些书评人之外，没有人会读这本书。他很庆幸自己没拿大件行李，只拎了一个手提箱。他穿着德国带来的大衣，竖起毛领，右手抱紧手提箱，左手按住他的宽檐帽。他用这个姿势走出航站楼找出租车。飞机上一个姿势坐了三个小时，他的腿都坐麻了。雪斜斜飘下，像沙子一样干燥。风寒刺骨。出发前，扎尔金德教授下决心不忘记任何事，但这会儿他已经发现自己把围巾和手套忘在了家里。他本想在飞机里穿上羊毛衫，但他把这个也忘了。他招来一辆出租车，却说不出自己要去的银行的地址。他只记得那里是第五十七街，在第八大道和百老汇大道之间的那段地方。

　　扎尔金德教授来这一趟，原因不止一个。首先，他那本《斐洛·犹达欧斯[1]和喀巴拉》的出版社编辑告诉他，自己接下来几天要去纽约一趟。按合同，扎尔金德教授两年前就应该交稿了。考虑到他加了很多注释，也修改了一些内文，他觉得不能只把书稿寄去了事，要当面见一见编辑。其次，他想看望希尔达，他已故妻子的同辈中唯一活着的亲戚。他已经五年没见她了，她的女儿写信告诉他，希尔达病得很重。第三，扎尔金德教授在《迈阿密先驱报》上读到，几个小偷在上周六侵入了纽约的一家银行，钻开金库的钢门，拿走了他们能带的所有东西。这次失窃的不是扎尔金德租保险箱的银行，不过这则新闻——标题是"多保险才算保险？"——足够让他忧心得一整晚睡不着。他的保险箱里装的是洛蒂的珠宝、他的遗嘱、一些重要信件，还有他年轻时写的关于形而上学的文稿——这部作品他永远不敢在生前发表，但也不想丢掉。除了保险箱以外，他在同一家银行还有一个储蓄账户，

1　斐洛·犹达欧斯（Philo Judaeus），生于公元前15—公元前10年间，死于公元45—50年间，古罗马犹太哲学家，生活在罗马埃及行省的亚历山大里亚。

存着大约一万七千美元。他想把这些钱取出来，转存到迈阿密去。他并不是需要钱。他在大学教书这么多年，有自己的养老金。从七十二岁起，他每月收到一张社保支票，德国会定期汇来赔偿款，希特勒一上台他就逃离了那里。既然他已经是佛罗里达的居民了，何必把财物留在纽约呢。

这位老人来到纽约还有一个动机——可能是最重要的动机。他多年来饱受前列腺问题的困扰，咨询过的医生都建议他做个手术。再拖延可能致命，他们说。他下定决心，来纽约找一位泌尿科大夫——他和扎尔金德教授一样，也曾是个从德国来的难民。

出租车在拥挤的交通中缓慢行驶了很久，停在第八大道和第五十七街的交叉口。扎尔金德教授使劲地看，也没看清计价器上的读数。最近，他的视网膜开始老化，用高倍放大镜才看得清书上的字。于是他递给司机一张十美元钞票，让他找钱，但是司机还说不够。扎尔金德便又给了他两美元。雪下得更大了。下午的天色，阴沉得像傍晚。扎尔金德推开出租车的车门，雪花像冰雹一样打在他脸上。他顶着风雪，走到了第七大道。他那家银行的招牌不知道哪里去了。他一直往前走，到了第五大道。一栋新楼正在建造中。有没有可能银行被拆掉了，没有通知他？在暴风雪中，引擎轰响，轿车和卡车鸣着喇叭。他想问问建筑工人银行搬到哪去了，但是嘈杂之中，没人听得到他说什么。扎尔金德脑子里响起《约伯记》的一句话："他不再回自己的家，故土也不再认识他。"

扎尔金德找到一个公用电话亭，摸出一枚硬币投进去，拨了希尔达的电话。一个陌生人接了电话，说了一些他听不清的话。唉，今天什么乱七八糟的事都让我遇上了，他想。这会儿他意识到，自己只找了街道的一侧，他肯定银行就在这一侧。或许是记错了？他想过马路，但是眼镜上都是雪水，让他看不清红绿灯的颜色。终于过了马路，走了一段，看到一家银行和他要找的那家招牌相似，但名字又不一样。他打算进去瞧瞧。银行里一个顾客都没有。柜员们慵懒地坐在窗口后面。一个穿制服的保安凑过来，扎尔金德问他这是不是自己想找的那家银行。一开始，保安似乎没听懂他的口音，然后他表示，这正是扎尔金德要找的银行——它和另一家银行合并了，于是改了名字。

"为什么你们没有通知我？"

"我们给每个客户都发了通知。"

"谢谢，谢谢。真的，我都开始怀疑自己老糊涂了，"扎尔金德教授似乎在自言自语，又可能是对保安说，"那保险箱还在吗？"

"好好的，都在。"

"我在这儿有一个储蓄账户，我不在纽约的这几年肯定攒了不少利息。我想把钱取出来。"

"没问题，依您说的。"

　　扎尔金德教授来到一个窗口前，翻找着他的存折。他记得把存折放在外衣胸前的口袋里了。他把胸前两个口袋里的东西掏了个干净，里面什么都有，社保卡、机票票根、旧信件、笔记本、电话账单，甚至还有一张路边推销员递给他的舞蹈学校传单，就是没有存折。"我疯了吗？"扎尔金德教授自问，"我被魔鬼盯上了吗？可能是放进手提箱里了吧。我的手提箱呢？"他四下看了看，又在柜台上下找了找，没有手提箱。"我给忘在电话亭了！"他颤抖着声音说，"我的书稿也在里面！"银行突然暗了下来，黑暗中一只金色的眼睛睁开了——闪着异界、梦幻的光，边缘参差不齐，瞳仁中有黑点，就像宇宙中一个正在形成的胚胎的眼睛。他吓蒙了，一时间忘记了手提箱的事。他盯着那个神秘的眼睛逐渐睁大、变亮。这种幻象对他而言并不新奇。从小时候起，他见过类似的东西——有时是一只眼睛，有时是一朵明亮的花渐渐开放，有时是一只发光的蝴蝶，或者一条诡异的蛇。这些幻影总是在他危难的时候出现，比如他在犹太小学被老师抽鞭子的时候，被毒海胆蜇的时候，或者发烧的时候。扎尔金德教授用柏拉图那套概念想到：这些幻象或许是灵魂创造出来的不完善的形式，在理念世界没有它们的对应物。他倚着柜台，撑着自己不至于摔倒。他命令自己：我不能摔倒。他感到腹胀，一股子浊气直往嘴里冒。我完了！

扎尔金德教授艰难地推开银行大门来到外面，决意找到那个电话亭。他四面望望，没看到任何电话亭。强风让他呼吸困难。虽然苦不堪言，但思维还很活跃。难道纽约成了地球北极吗？冰河期又来了吗？太阳熄灭了吗？扎尔金德教授从前在纽约住的时候，常常看到独自过街的盲人挥舞着白色的杆子。他从来想不通他们是哪里来的勇气。大风推挡着他，吹起他大衣的下摆，掀起他的帽子。不行，我不能在一场飓风里找一个无影无踪的电话亭。他拖着身躯回到银行，又在柜台上、地板上找了找他的手提箱。他的书稿没有副本，只是一叠手写的稿纸——说白了就是一些笔记。他找到一张长椅，瘫坐在上面。他一声不响，准备好迎接死亡。用斐洛·犹达欧斯的话说，死亡把灵魂从肉体的牢笼中解救出来，从感官的驳杂中解救出来。虽然扎尔金德读过斐洛的所有作品，但他无法从其中推测出物质世界究竟是上帝所创，还是永恒存在——意即物质来自原初的混沌、上帝之否定。扎尔金德教授在斐洛的哲学中发现了矛盾，有一些难题，心智如果不从肉身的错谬中摆脱出来，就无法得出答案。"啊，我很快就能知道真相了。"他沉吟说。他睡过去了一会儿，甚至做起了梦。他突然惊醒过来。

保安正俯身看着他。"出什么事了？需要我帮忙吗？"

"噢，我拿的一个手提箱丢了。我的存折在里面。"

"您的存折？您可以再办一个。没有您的亲笔签名，没人取得走您的钱。您在哪儿丢的？出租车上？"

"可能吧。"

"您只需要告知银行，您的存折丢了。过三十天他们会寄给您一个新的。"

"我想去看看我的保险箱。"

"我带您上电梯。"

保安扶扎尔金德教授起来，半搀扶半带领着教授来到电梯口，按下了去地下室的电梯。到了地下，扎尔金德教授虽然稍有迷惑，但他认出了坐在保险库入口的这位职员。他的头发开始泛白，但脸依然年轻、红润。职员也认出了扎尔金德。他拍着手招呼道："扎尔金德教授，我这是迎来了贵客呀！我们已经以为……您是病了或者出了什么事？"

"嗯。没有。"

"让我看看您的账户的情况。"保险库职员说。他进了另一间屋子。扎尔金德听到他打电话提到自己的名字。

"一切正常，"职员从屋里出来说，"您的存款利息，完全可以抵扣租用保险箱的钱。"他呈给扎尔金德一张字条，需要签字。这有点费事。他的手颤颤巍巍，像是帕金森患者的手。签好，职员在字条上盖章，点了点头。"您不住在纽约了？"

"是的。我住在迈阿密。"

"您的新住址是什么？"

扎尔金德教授想回答，但他把街名和门牌号都忘了。保险库沉重的门打开了，里面的另一个职员收下扎尔金德的字条，引导他来到存放保险箱的屋子。扎尔金德的保险箱在中间一排。职员用手比画了一下说："您的钥匙。"

"我的钥匙？"

"是的，您的钥匙，开保险箱的钥匙。"

扎尔金德教授方才意识到，开保险箱还需要钥匙。他掏了掏口袋，拿出一串钥匙，但这些钥匙都是迈阿密那边的呀。他困惑地站着。"抱歉，我没有保险箱的钥匙。"

"您有。把这些给我吧！"那人夺过钥匙串，为扎尔金德教授指出里面比其他钥匙都大的一把。他这些年一直随身带着保险箱钥匙，但又不知道这钥匙是做什么的。职员抽出一个金属盒子，然后领着扎尔金德走进一条长长的走廊，打开一扇门，开了灯，这是一间没有窗户的屋子。他把金属盒放在桌上，并且给扎尔金德指了指墙上的开关，让他处理完之后按一下。

扎尔金德摸索了一会儿，打开了盒子。他看着盒子里的东西，呆坐半晌。岁月给他带来一身的病痛、挫败，但对于保险箱里的这些物件来说，岁月并不存在。它们躺在里面，岁岁年年，没有意识，也没有欲求——死的物质，只有万物有灵论者认为所有物体都是活的。对爱因斯坦来说，物质就是凝聚的能量。要不，它们也可能是凝聚的精神？扎尔金德教授的放大镜装在手提箱里了，但不用放大镜，他也认得出洛蒂写的那一叠捆着丝带的情书，洛蒂的日记，还有他的手稿，上面年轻的字迹写着"哲学遐想"——一部论文、小品文和格言的集子。

片刻后，他从盒子里拎出洛蒂的珠宝。从前他不知道洛蒂有这么多饰品。手镯、耳环、胸针、项链、珍珠链，这些都是从她母亲、祖母甚至曾祖母那里传下来的。它们大概值不少钱，但他现在要钱有什么用呢？他咂摸着自己的人生。洛蒂曾经很想要孩子，但他说，他拒绝增加人类的苦难、拒绝延续犹太人的悲惨命运。她想同他去旅行。他把这个愿望也夺走了。"外面有什么好看的呢？"他会反问，"高山和小土包相比怎么就更崇高了？海和水塘相比怎么就更伟大了？"虽然扎尔金德教授对斐洛的哲学有质疑，有时他更倾向于斯宾诺斯的泛神论和大卫·休谟的怀疑主义，他同斐洛一样不屑于感官的假象。他来纽约时，已经下定决心要把所有东西都带回迈阿密，可是，没有手提箱，怎么拿走这些东西呢？它们存在于哪座城市，又有什么关系呢？

多奇怪呀。这天早上扎尔金德去机场的时候，胸中还有抱负。他计划给书稿再做些最后的修改。他饶有兴致地考虑再翻翻《哲学遐想》的稿子，看能否拿它做点什么。他曾向自己保证，第二天就和泌尿科大夫约诊。而现在，他只感到疲惫，额头抵在桌面上。他睡了过去，梦见自己来到一座神庙里，四周是柱子、花瓶、雕像和大理石的台阶。这是雅典？罗马？亚历山大里亚？一个高个子男人走出来，他留着白胡须，穿着罗马长袍和凉鞋。他拿着一卷经文，正在背诵某一首诗或者布道词。那是希腊语吗？拉丁语？不对，是文士写下的希伯来语。

"愿你平安，斐洛·犹达欧斯，我的先师。"扎尔金德教授说。

"愿你平安，乌里，我的门徒，耶蒂迪亚之子。"

"拉比，我想知道真理！"

"这本《创世记》是全部真理的源头：'起初，神创造天地。地是空虚混沌。渊面黑暗。神的灵运行在水面上。'"

斐洛像会堂里读经的信徒一般，肃穆地说出这些文字。其他老人踱了进来，他们白须白发，身穿长袍，手拿羊皮卷。他们是斯多葛派、诺斯替派，还有普罗提诺。乌里读到书里说，斐洛并不熟知上帝的语言。多大的谎言啊！他说的每一句话都揭示出《托拉》的秘密。他引述《塔木德》《创世记》《佐哈尔》和科尔多巴的摩西拉比以及伊萨克·卢里亚拉比的箴言。这是怎么了？弥赛亚已经降临了吗？复活时刻到来了吗？大地上升到天堂了吗？大天使降临人间了吗？庙中的人像不是石头雕成的，而是活的女人，坦露双乳，长发及腰。其中一个是洛蒂。她也是希尔达。一个有两副身体的女人？一个居住着两个灵魂的肉身？

"乌里，我的爱，我等待你许久了！"她惊叫道，"有敬拜者想玷污我，但我发誓牢守忠贞。"

神庙的中间有一张床，上面铺着很多垫子和靠枕，床边立着一架上床的梯子。乌里正要往上爬，大水突然冲破了神庙大门。难道雅赫维打破契约，又降下了洪水吗？

乌里·扎尔金德猛地醒过来。他睁开眼睛，看到银行职员正在摇他的肩。"扎尔金德教授，您的手提箱找到了。一位女士送过来的。她打开手提箱发现您的存折在最上面。"

"我知道了。"

"您病了？"职员问。他指着地板上的一点湿湿的水迹。

扎尔金德教授呆了好一会儿，才回答说："只是有点不舒服。"

"还有五分钟三点。银行要关门了。"

"我很快就走。"

"送来手提箱的女士在楼上。"职员出去了，留下门半开着。

一时间，扎尔金德教授坐着一动不动，对世界无动于衷。他的手提箱找到了，但他丝毫不觉得高兴。金属盒旁边，洛蒂的珠宝闪耀着七彩的光。扎尔金德教授突然开始抓起珠宝往衣兜里塞，样子就像一个冲动的小男孩。《摩西五经》中的一句话在他脑中响起："看啊，我将要死，这生来的特权于我有什么益处呢？"扎尔金德用和先师一样的口吻，重复着扫罗的这句话。

职员又返了回来，后面跟着一个女清洁工，拿着湿拖把和桶。"要我叫一辆救护车吗？"职员问。

"救护车？不用。"

扎尔金德跟着职员走出来。他比画了一下，需要钥匙。钥匙在扎尔金德的口袋里，埋在洛蒂的首饰下面，扎尔金德掏了好一会儿才拿出来。职员把他领到电梯上。那个归还手提箱的女人正等着他——矮小，暗色皮肤，戴着黑色毛皮帽，穿着一件脏兮兮的大衣。她看见扎尔金德，眼睛一亮。

"扎尔金德教授！我去打电话，看到了您的箱子。我打开后发现了您的稿件和存折。既然您用的是这家银行，我想他们应该知道您的地址。这不是找到了您吗。"那位女士说话带点外国口音。

"哦，你是一个诚实的人。我由衷地谢谢你。"

"为什么我这么诚实？箱子里没有钱呀。如果我找到一百万美元，Yetzer Hora[1] 可能就把我蛊惑了。"她的希伯来语发音和波兰人一样。

"外面天气太糟了。您或许可以送送他。"保安向那女士提议说。

"您住在哪儿？您的旅馆在哪里？"她问，"我听说了，您刚刚从迈阿密过来。从佛罗里达来这个鬼地方，您可真会挑时间。您别患上重感冒了，上帝保佑。"

"谢谢你。谢谢你。我没有住旅馆。我本计划住在我妻子的表妹家里，但她的电话好像打不通。"

---

1 犹太教希伯来语，意为"向恶之心"。

"我先带您去我家吧。我住在第一百〇八街和阿姆斯特丹大道交叉口附近。离这里挺远的，但如果我们能叫到出租车，没一会儿就到了。我的牙医搬到这片地方了，所以我才跑到这儿来。"

一位银行职员迎过来问："我能帮您叫一辆出租车吗？"

虽然不清楚他在招呼谁，但扎尔金德接茬说："好的——我不知道该如何感谢你。"

其他职员也赶来帮忙，但是扎尔金德注意到他们互相使眼色。门开了，只听有人喊道："您的出租车到了！"

雪已经停了，但气温更冷了。那女士挽着扎尔金德的胳膊，扶他上了车。她随后上了车，说："我的名字叫埃丝特·塞法迪，您叫我埃丝特就好了。"

"你是塞法迪犹太人？[1]"

"不，我是来自罗兹[2]的犹太女儿。我丈夫的姓是塞法迪，但他也是罗兹来的。他两年前去世了。"

"你有孩子吗？"

"有个女儿在上大学。为什么您赶在这样的天气里来纽约？"

扎尔金德教授不知道从何说起。

"您不必回答，"埃丝特说，"您一个人住吧？有妻子的，不可能允许丈夫在这种天气来纽约。您可能不相信，我曾经冒着比这

---

1 塞法迪犹太人是犹太人的一支，主要源自伊比利亚半岛。

2 波兰城市名。

更猛烈的暴雪，在哈萨克斯坦的森林里锯木头。一九四一年俄国人把我们送到那儿的。我们得自己盖自己的营地。那些没扛住的人死了。那些注定会活下来的人活了下来。我刚才拿着您的手提箱去餐馆喝了一杯咖啡，趁机看了看您的稿子。这是一本即将出版的书吗？"

"或许吧。"

"您是位教授？"

"从前是。"

"我女儿学哲学。准确说不是哲学，是心理学。人学那么多心理学有什么用？我想让她学医，但现在的小孩都是随心所欲的，不听他们母亲的话。我在一个大公司做了二十年图书管理员，后来我生了病，切除了子宫。扎尔金德教授，我不愿冒昧给您提建议，但您不能无视您的病。我的一个叔叔有同样的病，他拖了太久，耽误了。"

"我也已经太晚了。"

"您怎么知道的？您做了化验吗？"

出租车停在一条昏暗的街上，两旁的汽车都埋没在雪里。扎尔金德教授颤颤巍巍地从钱包里拿出一些钞票，递给埃丝特。"我看不清楚。行行好，把车费和小费付给他吧。"

女人扶着扎尔金德的手臂，带他上了三层楼。在此之前扎尔金德教授还以为自己的心脏是好好的，但现在一定出了什么问题——刚上了一层楼，他就上气不接下气。埃丝特打开一扇门，把他迎进一个狭小的玄关，然后是一间破旧的卧室。她说："我们从前还蛮宽裕，但先是我丈夫患了癌症，然后我也病了。如今我白天在一家电影院当收银员。等等，让我帮您脱外套吧。"她把外套拎在手上掂了掂，看着鼓囊囊的口袋，问："您在这里装了什么，石块吗？"

一阵拉扯之后，她又把他的衬衫和裤子脱了下来。他本想拒绝，但她说："您身体不好的时候，就不要害羞了。有什么好羞耻的呢？我们都是从同一块面团中被创造出来的。"

她给浴盆灌满热水，并且拿给他干净的内裤和浴袍。这些衣物一定是她已故的丈夫的。然后，她泡了茶，把汤罐头放在火上加热。扎尔金德教授都忘了，他早饭之后已经一整天没吃没喝了。埃丝特一边为他张罗晚饭，一边喋喋不休地说着她的往事，从罗兹，到俄罗斯，再到纽约。她父亲从前是个有钱人，一家纺织厂的合伙人，但是波兰人对他课以重税，压垮了他，他寝食难安，最后得肺结核死了。她母亲只多活了几年，也去世了。在俄国，她患上了伤寒和贫血。她在一家工厂打工，收入微薄，想不饿肚子就得偷东西。她丈夫被内务部的人带走了，好多年她都不知道他是不是死在劳改营里了。等他们终于团聚，他们在德国的一个难民营里等美国签证，足足等了两年。"我们这些年经历了什么，只有仁慈的上帝知道。"

扎尔金德教授脑中闪过一个念头，他想告诉她不要把品性冠在主的名上，即便他是全知的，是一切善的源头。他不直接把物用赐给人们，而是通过智慧泽被万物，希腊人把这智慧称为逻各斯。但和这个女人讨论形而上学没有意义。

吃过饭，扎尔金德教授再也挡不住困倦。他连连打哈欠，眼睛泪汪汪的，瞌睡得头不断往胸前坠。埃丝特说："我给您在沙发上铺个床。不是很舒服，但人要是真的累了，在石头上都睡得着。我深有体会。"

"你的善意我真是无以报答。"

"我们都是人嘛。"

透过几乎睁不开的眼睛，扎尔金德教授看着她在沙发上铺了一张床单，拿来枕头、毯子和睡衣。"我希望我不尿床。"他向那些控制着自己的身体和欲求的力量祷告道。他走进厕所，今天第一次在镜子里看到自己。一天之内他的脸就变得蜡黄，皱纹更深了，甚至他的白胡子都显得更干枯了。回到起居室的时候，他想起希尔达，便托埃丝特给希尔达打个电话。一个代接服务的人告诉她，希尔达一天前住进了医院。"唉，一切都支离破碎了。"扎尔金德对自己说。他看到桌子上放着一个盐瓶，是埃丝特饭后忘记收起来了。趁她在浴室收拾，他往手掌上倒了点盐，吞了下去。因为吃盐能为身体保留水分。她穿着家居服和拖鞋回到起居室。

她已经不那么年轻了，但依然是个有魅力的女性，扎尔金德赞许地想。他虽然一身毛病，但还没有失掉男子气。

他一躺到沙发上，就沉沉睡去。年少的时候，一次逾越节喝了四杯葡萄酒，也是这样昏睡过去的。他半夜因为尿急又醒过来。感谢上帝，床单是干的。屋里漆黑一片，百叶窗拉上了。他像盲人一样摸索着前行，撞在箱子上、椅子上、一个虚掩的门上。门里是厕所吗？不是，他摸到一个床头栏杆，还听见人呼吸的声音。他满心惊恐。女主人可能怀疑他图谋不轨。最后，他终于摸到厕所里。他想开灯却找不到开关。回屋路上，在走廊上碰巧摸到一个开关，打开了灯。他看到自己的手提箱靠墙放着，大衣在衣架上挂着。还好，洛蒂的珠宝还在衣兜里。他遇到了诚实的人家。夜里气温更冷了，他把大衣披在睡衣外面，又拿起手提箱，想把珠宝装进去。他不禁笑了——他看起来像准备好了出发一样。我要把珠宝送给这个好心的女士，他想。至少其中的一些。我不需要尘世的财产了。如果洛蒂的心灵还存在于这个世上，她也会谅解我的。忽然他头脑一热，倒下了。他听见自己的身体扑通一声摊在地板上。然后一切都静止了。

扎尔金德教授睁开眼睛。他正躺在一张床上，两边都是金属栏杆。床顶上悬着一只小灯。他在昏暗中张望，努力找回他的记忆。他额头上敷着冰袋。他肚子上打着绷带，手能摸到一根导管。"我还活着？"他自问，"还是说这已经是来生了？"他想笑，但身上又疼得笑不出来。刹那间，这次旅程发生的所有事情，都在他脑海里浮现出来。那是今天的事吗？昨天的？前天的？不要紧了。虽然腹部疼痛，他感觉自己从没有这么放松过——无所畏惧，无所期望，无所顾虑，无所憎恨。这样的心境超脱了这个世界，他倾听着。它既简单至极，又无法用任何语言形容。他获得了自己一直期待的启迪——一种自由，去窥视存在最深的秘密，去撩开现象的帷幕，一切问题都被回答，一切谜底都被揭开。"要是我能把真理告诉那些受苦的人、怀疑的人，那该多好啊！"

一个人影，像鬼一般从半开的门溜进来——那个捡到手提箱的女人。她在他的床边俯下身来，问："您醒啦？"

他没有回答，她又说："感谢上帝，最难的已经过去了。您很快就是个全新的人了。"

以色列的叛徒

站在阳台上，整个克鲁奇玛尔纳大街尽收眼底，还有什么比这更美妙！从格诺伊纳街，到切普瓦街，甚至更远的艾恩街，那里有电车穿梭往来。每一天，甚至每个小时都有事发生。这回是一个小偷被抓到了，那回是酒鬼伊查·迈尔、糖果店的埃丝特的丈夫，发了酒疯，在贫民窟中心跳舞。有人当街发病，一辆救护车匆匆赶来。一栋房子里着火了，消防员骑着快马来查看，他们头戴铜盔、脚穿高筒胶靴。那个夏日的午后，我站在凉台上，穿着长袍，红头发上顶着一顶天鹅绒帽子，鬈发杂乱。我就等着看街上的热闹。我观察街对面的商店，店里的顾客。还有广场上，那里满是扒手、放荡的女人，还有卖彩票的小贩。你从一个口袋里摸出一个号码，如果你吉星高照，可以中一套三色铅笔，或者一只糖捏的公鸡，鸡冠还是巧克力做的，抑或一个纸板做的小丑，拉一拉绳子，它就会手舞足蹈起来。有时，街上走过一个留着长辫子的中国人。一转眼，街上就密密麻麻全是人。还有一次，我看见一个黑皮肤的男人，围着带流苏的红围巾，披着类似祈祷巾的斗篷，光脚穿着凉鞋。后来我得知，他是波斯犹太人，来自苏萨——就是亚哈随鲁国王、以斯帖王后和邪恶的哈曼所在的古城。

我是拉比的儿子，所以街上每个人都认识我。你要是站在高高的阳台上，谁都不用怕，就像一个将军一样。当我的仇人从下面经过，我可以往他帽子上吐口水，而他只能挥舞拳头，喊着我的名字骂几声。从上面看，甚至警察都不那么高大强壮了。蜜蜂、蝴蝶、亮紫色屁股的苍蝇落在阳台栏杆上。我有时候想捉住它们，有时只是观赏它们。它们是怎么想的，飞到克鲁奇玛尔纳街来？从哪儿弄得这么色彩斑斓呢？我试着读意第绪语报纸上一篇关于达尔文的文章，根本读不懂。

突然街上又乱起来了。一个矮个子男人跟着两个警察在前面走，后面追着几个吵吵嚷嚷的女人。几个人径直进了我家大门，让我吃了一惊。我简直不敢相信：警察领着这个男人来了我家，来我父亲的法庭。同来的还有什穆埃尔·斯梅塔纳，他是位业余律师，和警察、小偷都称兄道弟。什穆埃尔懂俄语，常为这条大街的犹太人服务，在他们和官方之间充当翻译。那个小个子男人科佩尔·米兹纳，是个卖旧衣服的小贩。他有四个妻子，一个就住在克鲁奇玛尔纳街，一个住在斯摩查街，一个住在帕拉加，还有一个住在沃拉。我父亲花了好一会儿才弄明白事情的来龙去脉。一个帽子上镶着金色徽章的高级警官解释说，科佩尔·米兹纳和这些女人的婚姻不合法，他们只是按照犹太教法结了婚，并没有取得市政部门的许可。政府也没办法处罚他，因为那些女人只有犹太人的婚书，没有俄国人发的结婚证。科佩尔·米兹纳争辩说，她们不是他的妻子，只是他的情人。然而，当官的不允许他就这么逍遥法外。所以，警长下令把嫌犯带到拉比这儿来。多奇怪啊，这么些弯弯绕绕，我一个小孩子比我父亲理解得快。他正忙着研读他那几本《塔木德》的注疏呢，然后科佩尔和他的老婆们，还有一群好奇的男女就闯进了我家。有些人来看笑话，还有的人则指责科佩尔。我父亲，一个瘦弱的小个子，身穿长袍，高高的额头上戴着丝绸小帽，蓝眼睛，红胡须，他无奈地把笔和纸搁在读经台上。他在长桌前坐下，并且请众人就座。大家有的坐到椅子上，有的坐在靠墙的长凳上，墙边的书一直堆到天花板。两扇窗户间安置着圣书柜，鎏金的顶盖上雕着两只雄狮，它们伸着卷曲的舌头，守护着一块刻有《十诫》的石板。

我仔细听每一句话，观察每个人的脸色。科佩尔·米兹纳简直和小学生差不多体型，皮包骨头，瘦窄脸，长鼻子，喉结突出。他的小下巴上长着稀疏的胡子，颜色像干草一样。他穿着格子外套，里面衬衣的领口处有一颗漂亮的铜纽扣。他狡黠地笑着，总是用自己的尖嗓子高叫着压过别人的声音。他假装整件事都无关大体，只是个玩笑或者误会。我父亲终于理解了科佩尔的所作所为，他问："你怎么敢犯这么重的罪？你难道不知道，格尔肖姆拉比[1]规定多妻者将遭驱逐？"

科佩尔·米兹纳伸出食指，示意所有人安静。然后他说："拉比，首先，我不是自愿娶她们的。她们给我下了套。我给她们说过一百遍，我有老婆，但她们就像水蛭一样粘着我不放。我没被送进博尼法蒂街的精神病院，已经证明了我的钢铁意志了。其次，我不需要比我们的祖先雅各更虔诚吧。如果雅各能娶四个妻子，我按理说可以娶十个，甚至一千个，像所罗门王那样。我刚好还知道，格尔肖姆拉比的法令制定出来，是想管一千年的，如今已经过去九百年了。只剩下一百年。我是咎由自取。拉比，您是不会和我一起在炼狱里受苦的。"

众人哄堂大笑。几个年轻人还鼓了掌。我父亲捋着胡须，

1　格尔肖姆·本·犹大（Gershom ben Judah，约 960—1040），中世纪欧洲犹太学者。格尔肖姆曾于公元 1000 年前后召集了一次著名的犹太宗教会议，会议决定禁止一夫多妻，禁止不经妻子同意的离婚。

说："一百年之后会发生什么，我们不知道。但眼下格尔肖姆拉比的规矩还有效，违背者就是以色列的叛徒。"

"拉比，我一不偷，二不骗。富有的信徒一年破产两次，然后到了节日还去拜见他们的拉比，成为拉比的座上客。买东西我都付现金。我不欠别人一个子儿。我养着四个犹太女儿和九个好孩子。"

科佩尔的几个老婆想打断他，但是警察没让。什穆埃尔·斯梅塔纳把科佩尔的话为警察翻译成俄语。虽然我听不懂俄语，但我觉得他把科佩尔的辩词缩短了——什穆埃尔打手势，挤眉弄眼，看样子他不想让俄国人知道科佩尔的全部辩护。什穆埃尔·斯梅塔纳又高又胖，脖子通红。他穿着一件灯芯绒夹克，镀金扣子，马甲上的表链由银卢布做成，靴子锃亮，像漆器一样反光。我总在瞄科佩尔的妻子们。克鲁奇玛尔纳街的那位又矮又胖，像安息日用的炖锅，鼻子像土豆，胸脯很大。她凌乱的假发像煤渣一样黑。看起来，她是几个老婆里面最大的那个。她伸出一根劈了指甲的手指，指着科佩尔，骂他是罪犯、猪、杀人犯、淫棍。她警告说要打断他的肋骨。

另一个女人还是个年轻姑娘。她戴着草帽，上面装饰着绿丝带，手拿一个带铜扣的手包。她的脸颊红红的，像是街上拉客的站街女。我听见她说："他说谎，他是全世界最可恶的骗子。他许诺为我摘星星摘月亮。整个华沙都找不出他这样的伪君子、诈骗犯。如果他现在不当场和我离婚，就让他烂在监狱里吧。我有六个亲兄弟，他们每个人都可以把他剁成肉酱。"

她嘴上说着这些狠话，眼睛却满含笑意，双颊上还有一对酒窝。我觉得她还挺可爱的。她打开手包，拿出一张纸，丢到我父亲面前。"这就是我的婚书。"

第三个女人矮个子、金色头发，比戴草帽的女士年龄大些，但比克鲁奇玛尔纳街的那个年轻很多。她说她是一个在犹太医院工作的厨师，她也是在那个医院遇到科佩尔·米兹纳的。初次见面的时候，他说自己叫莫里斯·克尔茨。他去医院看自己严重的头痛，弗兰克尔医生让他住两天院观察观察。这位女士对我父亲说："现在我明白他为什么头痛了。如果我像他似的把事情搅成一锅粥，我的头都能裂开，每天得发十次疯。"

第四个是位红发女人，满脸雀斑，眼睛像醋栗一样绿。我发现她嘴的一侧镶了一颗金牙。她母亲也来了，戴着一顶饰有珠子和丝带的宽檐帽，坐在长凳上，每当她女儿的名字被提及，她就哭喊一通。她女儿为了平息她激动的情绪，给她闻嗅盐。嗅盐在赎罪日很有用，那些扛不住禁食、又不愿打破斋戒的人需要嗅一嗅。我听见女儿说："妈妈，哭和叫不管用。我们已经搅到这团乱麻里了，现在我们必须抽身。"

"上帝在看着呢，看着呢，"这个老妇人厉声说，"他有耐心等待，但他会严厉惩罚。他会看到我们蒙受的耻辱，降下判决。这个歹徒！这个拉皮条的！这个禽兽！"

说着，她的头向后仰过去，好像要晕倒了。她女儿赶忙去厨房拿来了湿毛巾，擦老妇人的太阳穴。"妈，醒醒。妈，妈，妈！"

老妇人猛地醒过来，又开始喊叫。"大伙啊，我要死啦！"

"来，把这个吃了。"女儿拿出一片药，塞进她没牙的嘴里。

过了一会儿，几个警察走了，离开前命令科佩尔·米兹纳第二天去警局报到。接着，什穆埃尔·斯梅塔纳开始斥责科佩尔。"一个男人怎么能做这种事呢？何况你还是个生意人。"我父亲告诉科佩尔，他必须立即与其他三个妻子离婚，保留克鲁奇玛尔纳街的那位原配。父亲让几位女人来到桌前，问她们是否同意离婚。但她们没有明确回答。科佩尔和克鲁奇玛尔纳街的妻子生了六个孩子，和犹太医院的厨师生了两个，和红发女人生了一个。只有最年轻的那个没有和他生孩子。这会儿我已经分清楚了几个女人的名字。克鲁奇玛尔纳街的叫特里娜·利娅，厨师叫古莎，红发女人叫内奥米，最年轻那位有个外邦人的名字，波拉。通常人们上犹太法庭，父亲总是作折中的判决。如果一方想讨要二十卢布，另一方说自己不欠钱，父亲就会判支付十个卢布。但这个案子有什么可折中的呢？父亲摇头叹气。他一次次回望自己的书和手稿。他不喜欢在做研究时被打扰。他朝我点了点头，仿佛说："看看恶魔可以把那些背弃《托拉》的人误导到怎样的田地。"

一通争吵之后，父亲让几个女人到厨房去找我母亲，和她讨论她们的苦衷还有财务细节。我母亲比他更擅长处理世俗的事务。刚才她不时往法庭里看一眼，朝科佩尔投去鄙夷的目光。女士们马上拥进了厨房，我也跟去了。我母亲个子比父亲高，清瘦，肤色苍白，尖鼻子，灰色的大眼睛。她像往常一样，正读着希伯来语的伦理书。她戴一条白头巾，包着金色的假发。我听到她对她们说："离婚。逃离他，像逃离着火的房子一样。请原谅我这么说，你们看清了他的真面目了吗？一个放荡的人！"

厨师古莎接着说："夫人，和男人离婚容易，但我们有两个女儿呀。他掏的赡养费虽然微薄，但总比没有强。一旦我们离婚了，他就像鸟一样自由了。孩子需要鞋、小裙子、内裤。况且，等她们长大了，我怎么和她们解释？他只在每周六来，女孩们还管他叫爸爸。他给她们带糖果、玩具、饼干。并且他装作爱她们。"

"你从前不知道他有别的老婆吗？"我母亲问。

古莎想了一会儿。"最开始我不知道，等我发现了，已经太晚了。他说他不和妻子住在一起，而且随时可以离婚。他哄我、迷惑我。他是个油嘴滑舌的人，一只狡猾的狐狸。"

"她知道，这娼妓，她早就知道！"特里娜·利娅大喊，"一个男人只在安息日才找女人，他就像猪一样洁净。那女的也好不到哪儿去。她这种人只想抢走别人家的丈夫。她是个荡妇、贱货。"特里娜·利娅往古莎脸上啐了一口。

古莎用手帕把脸擦干净。"她应该吐血和脓水。"

"我真是不明白。"母亲对女士们，也对自己说。接着她又说："或许外邦人的法律可以强制他付抚养费。"

"夫人，"古莎说，"如果一个男人对他的孩子有点良心，就不用强迫他。这个男人每周来，都拿一个新借口少给钱。他丢给我们几个钱，像打发乞丐。今天，警察到医院把我带走，就像我是罪犯一样。我的仇人都幸灾乐祸呢。我把孩子托给一个护士看管，她四点就要下班，然后孩子们就没人管了。"

"这样的话，你还是立刻回家吧，"我母亲说，"会有办法的。这世上还是剩下点公道的。"

"没公道也无所谓了。我是咎由自取。我那时候一定是疯了。什么样的打击，我都活该受着。连死我都准备好了，但谁来照顾我可爱的孩子？她们是无辜的。"

"她要是能算个母亲，我还能算是个公爵夫人呢，"特里娜·利娅怒吼道，"母狗，麻风病人，流氓！"

我特别同情古莎。不过，我还是好奇男人们那边在谈些什么，于是我回到他们正在争论的屋子。我听见什穆埃尔·斯梅塔纳说："听我说，科佩尔。不论你说什么，不能让孩子们受害。你应该给他们付抚养费，不然的话，俄国人把你关进监狱，没人为你眨一下眼睛。没有律师会接这种案子的。如果你一时动怒把人捅了，法官还会宽大处理。但你整天干的这些事，真不像是人干的。"

"我给抚养费，我给——少装出一副圣人君子的样子，"科佩尔说，"那是我的孩子，我不会让他们上街乞讨的。拉比，如果您允许，我可以向圣书发誓。"科佩尔手指着圣书柜。

"发誓？上帝不允许！"父亲说，"首先你必须签字，表示服从我的判决并履行你对孩子的义务。悲哀啊！"父亲变了语调，"人一生才多少年？为了这邪恶的情欲，失掉了来世，值得吗？身体死亡之后会怎样？会被蝼蚁吃掉。只要人还能喘气，就仍有机会忏悔。到了坟墓里，就没有自由选择的余地了。"

"拉比，我做好了斋戒和忏悔的准备。只有一种解释：我失去了理智。某个魔鬼或者恶灵控制了我。我被束住了手脚，就像栽进蜘蛛网的苍蝇一样。我怕人们报复我，不再光顾我的商店。"

"犹太人是宽厚的，"我父亲说，"如果你全心全意地忏悔，没有人会刁难你。"

"对啊。"什穆埃尔·斯梅塔纳附和说。

我离开男人的房间，回到厨房去。那位老妇人，内奥米的母亲，正说着："夫人，我从一开始就不喜欢他。我看了他一眼，我就说：'内奥米，把他当作害虫躲得远远的吧。他是不会和他老婆离婚的。先让他离婚，然后再说。'亲爱的夫人，我们不是住在贫民窟的人。我已故的丈夫、内奥米的父亲是一个虔诚的犹太信徒。内奥米是个诚实的女孩。她为了养活我去做缝纫的活儿。但他巧舌如簧，净说好听的话。他越奉承我，我就越看得清他的恶毒。但我女儿是个傻瓜。如果你跟她说，天堂里有马市，她真会打算上去买马。而且她运气也不好。她结过婚，但过了三个月就成了寡妇。她丈夫人高马大，像棵树一样倒下了。我这么老了，还遇到这种事，真是可怜。我很早以前就盼着自己死了。谁需要我呢？我只是浪费粮食罢了。"

"别这么说。上帝让我们活着，我们就必须活着。"我母亲说。

"活着为了什么呢？人们都看不起我们。当她告诉我她怀了那个蠢货的孩子的时候，我揪住她的头发，然后……哎呀大伙啊，我要死啦！"

那天，三个女人都同意和科佩尔·米兹纳离婚。离婚的手续就在我家办理。科佩尔在一份文件上签了字，预付给我父亲五卢布。父亲已经写下了三个女人的名字。内奥米是个犹太人的好名字。古莎是古特的昵称，以前也叫托瓦。但波拉是个什么名字？父亲查了一本叫《人名》的书，但里面没有波拉。他让我去把文书以赛亚叫来，讨论讨论。以赛亚对这种事很有经验。他告诉我父亲，他每写一份离婚书，就在一个本子上画个圈。最近他儿子数了数，上面一共八百多个圈。"根据教法，"以赛亚说，"离婚书上可以写外邦人的名字。"

按计划，内奥米第一个离婚。离婚仪式安排在礼拜天举行。但那个礼拜天，科佩尔和他的妻子们都没有现身。克鲁奇玛尔纳街坊的小道消息说，科佩尔·米兹纳带着他最年轻的老婆波拉跑了。他抛弃了其他三个妻子，她们将永远不得再婚。他和波拉去了哪里呢？没人知道。但有人相信他们去了巴黎或者纽约。"这种骗子还有什么别的地方可去吗？"我母亲说。

　　她生气地看了我一眼，仿佛怀疑我羡慕科佩尔的一走了之，谁知道呢，还可能羡慕他有美女相伴。"你在厨房里干什么呢？"她喊道，"看你的书去。这种龌龊事不是你该知道的！"

坦汗

坦汗·马可夫扣好长袍扣子，把鬓发盘成卷。他按规矩在门前的草垫上擦净自己的脚。他未来的岳父雷布·本迪特·瓦尔德曼常常告诫他，一个人可以既研习《托拉》、服侍全能的上帝，同时又不是一个闲散的空想家。雷布·本迪特·瓦尔德曼自己就是一个榜样。他身兼许多角色，既是学者、萨格拉拉比的热忱信徒，又是一个成功的木材商人、象棋玩家，还拥有一座水磨坊。雷布·本迪特说，只要人不懒，任何事都是有时间去做的，甚至自学俄语和波兰语，读一读报纸。未来的岳父是怎么做到这些的，坦汗感到不可思议。雷布·本迪特向来气定神闲。他对任何人都说友好的话，哪怕是跑腿的男孩或年轻女仆。心事重重的妇女总来听取他的忠告。探望病人，或者为死者送葬——愿上帝不让这种事发生——他也从不疏忽。坦汗发誓，要做像未来岳父一样的人，可是他就是做不成。他聚精会神地研读圣书，等回过神来，半天已经过去了。他努力保持一个体面的形象，但管不住某个纽扣开了线，最后掉下来，不知所踪。他靴子上总是有泥，衣领都快磨破了。马裤上的系带，经常系紧了又松开。他还下决心每天背诵两页《革马拉》，照这速度，三年半之内他就可以背完整本《塔木德》。但即便这个他也做不到。他总是太着迷于《塔木德》上的一些争论，对一个问题要左思右想几个星期。那些问题和疑惑令他不得安宁。天堂当然是仁慈的，但为什么要让小孩和无知的动物受苦呢？为什么人最后终有一死？为什么牛要死在屠夫的刀下？为什么神迹不再出现，上帝的选民要忍受两千年之久的流亡？坦汗探究了哈西德派的传统文献、喀巴拉典籍和古代的哲学作品。它们提出的问题，像苍蝇一样在他脑子里嗡嗡盘旋。有些日子，坦汗早晨起来，感觉四肢像灌了铅，太阳穴胀痛，无心学习、祈祷，甚至净身礼都没有动力。今天就是这样的一天。他打开《革马拉》，对着书坐了两个小时也没有翻一页。祈祷的时候，他就像是不懂祈祷文是什么意思。他背着《十八祷文》，把祈祷文的顺序弄颠倒了。恰好今天他受邀去未来的岳父家吃午饭。

雷布·本迪特·瓦尔德曼家的格局，必须穿过厨房才能到餐厅。厨房里挤满了女人——坦汗未来的岳母，她的儿媳和女儿，还有坦汗未来的新娘，米拉·弗里德尔。坦汗还没进房子，就能听见里面吵吵嚷嚷的声音。房子里的女人都喜欢吵闹，喜欢笑，邻居也常来凑热闹。众人忙着做饭、烘焙、针织和刺绣，要不就是玩跳棋、抓子儿、捉迷藏、狼捉羊。光明节她们榨鸡油[1]；住棚节过后她们做凉拌菜，腌黄瓜；到了夏天她们熬果酱。炉子里和锅架下面的火总是烧着。厨房里飘来咖啡、炖肉、肉桂和藏红花的味道。烤箱里烤着安息日和节假日吃的蛋糕和曲奇，到时候作为烤鹅、烤鸭、烤鸡之余的点心。她们今天筹备一场割礼，明天又办一场赎回长子的仪式[2]，现在，家里的一个人订了婚，大家开始准备婚礼。缝衣服的缝衣服，做鞋子的做鞋子。在雷布·本迪特·瓦尔德曼家，你有的是机会喝樱桃白兰地、甜白兰地，吃杏仁饼、巴布卡面包或者蜂蜜蛋糕。

雷布·本迪特取笑家里的女人，说她们的好客劲头真是小题大做。但很显然，他也喜欢家里宾客盈门。每次他去华沙或者克拉科夫，都会给家里人带回各种各样的小饰品。给女人带绣花手

1　鸡油是用来烤制光明节的一种特制薯饼的。

2　赎回长子的教规来自《圣经·出埃及记》，其中摩西向犹太人说："那时你要将一切头生的，并牲畜中头生的，归给耶和华，公的都要属耶和华。""凡你儿子中头生的都要赎出来。"

帕、戒指、披巾、胸针。给男孩们带折叠刀、钢笔、绣金的无檐帽、华丽的命匣包。坦汗收到的除了寻常的订婚礼物，一套《塔木德》、一块金表、一只酒杯、一个香料盒、一条银线绣的祈祷巾，还有其他千奇百怪的礼物。坦汗在布里斯克的犹太学校的同学说，坦汗是掉进了浓肉汤里去了。这千真万确。他的未婚妻米拉·弗里德尔是个美人，但坦汗还没有好好地端详过她。怎么会呢？订婚书签字的时候，女客厅里挤满了人，而在厨房里，米拉·弗里德尔也总是被她的姐妹和姑嫂围着。

坦汗一踏进雷布·本迪特家门就低眉顺眼起来。没错，每个人都有自己命中注定的伴侣，坦汗出生前四十天，他的配偶就注定是米拉·弗里德尔了。不过，他依然担心自己不配做雷布·本迪特·瓦尔德曼的女婿。他家里的所有人都愉快开朗，只有他沉默寡言。他不擅长做生意，口才不好，不会做游戏，也没什么绝活，也不会在河里表演游泳的花样。十二岁他去读犹太学校，在那个镇子上的陌生人家住下，食宿免费。坦汗的父亲死得早，母亲再婚。坦汗的继父是个贫穷的小商贩，带来了前妻生的六个孩子。打小时候起，坦汗穿的都是破衣服。他不断地苛责自己祈祷不够虔诚，或者对犹太信仰不够投入。他要永远与邪念斗争。

今天厨房里比以往都吵闹。肯定是什么人讲了个笑话，或者扮了滑稽，女士们都在拍手大笑。通常当坦汗走入厨房时，女士们都尊敬地给他让出一条路，但此时他只能从人群中挤过去。或许她们在开他的玩笑？谁知道呢。他感到脖子后面又热又潮。他肯定是迟到了，雷布·本迪特已经在桌边就座，他的儿子、女婿们也在等坦汗。雷布·本迪特穿着一身印花的长袍，银白色的胡须梳出两个尖角，前额上戴着高耸的银色小帽，懒散地坐在桌子一头的扶手椅上。男士们显然已经喝了些酒，因为桌子上摆着一只玻璃罐和一套杯子，一旁还有松脆的华夫饼。桌间洋溢着快活的气氛。雷布·本迪特的长子莱布什·梅厄笑得直颤，他是一个膀大腰圆的家伙，啤酒肚，胖脸上蓄了一圈红色的胡须。约西，女婿之一，像酒桶一样又矮又圆，黑眼睛，厚嘴唇，他用手帕堵着嘴咯咯地笑。另一个女婿什洛迈尔是那个爱讲笑话、爱扮滑稽的人，此时他正恣意地模仿着什么人。

雷布·本迪特友善地问坦汗："你有一块金表了，为什么还是不守时呢？"

"它不走了。"

"你一定是没上发条。"

"他需要一个闹钟。"什洛迈尔打趣说。

"好啦，去洗手。"本迪特指了指洗手池。

坦汗洗手的时候弄湿了自己的袖子。架子上搭着一条擦手毛巾，坦汗小心翼翼，但还是把水滴在了地板上。他常常绊到自己，踩到自己衣袍，或者撞在家具上。他透过餐厅里的镜子瞥见了自己——拱肩缩背，脸颊凹陷，黑色眼睛上凌乱的眉毛，下巴上一小簇胡须，苍白的鼻子，尖尖的喉结。他愣了几秒钟，才意识到看到的是自己。餐桌上，雷布·本迪特赞扬了炖羊肉，问是哪位女士做的，用了什么佐料。莱布什·梅厄像往常一样，又要了一碗。什洛迈尔则抱怨自己的那碗炖肉里只有蘑菇。喝完汤，众人聊起了严肃的话题。雷布·本迪特和一位扎莫希奇的商人雷布·内森·文格罗弗尔合买了一片森林。两个人闹翻了。周六晚上雷布·内森要召唤雷布·本迪特到拉比的听证会上去理论。雷布·本迪特气愤地对大家说，雷布·内森根本就是缺乏常识，一个蠢货、傻子、白痴。儿子和女婿们纷纷附和，他就是个傻子。坦汗如坐针毡。这是诽谤、恶语中伤，说它怎么恶劣都不为过！按《革马拉》里讲的，一个人要是如此侮辱另一个人，会失掉来世。他们忘记了这诫命吗，或者只是假装忘记了？坦汗想提醒他们，他们违背了律法：汝不可在你的人民中蹿上蹿下，做散布流言的人。如果遵照《革马拉》，他此时应该堵上自己的耳朵，但他不想让他未来的岳父难堪。他深深地窝在椅子里。两位女士端来了主菜，一大盘牛排，一盘浸在酱料里的烤鸡。坦汗板起了脸。怎么能在工作日吃得这么丰盛呢？他们不记得神殿的毁灭了吗？

"坦汗，你是要吃饭还是要睡觉？"

这是他的未婚妻米拉·弗里德尔在对他讲话。坦汗惊得回过神来。他第一次好好端详她——中等身材，白净，金色头发，蓝色眼睛，穿着红色长裙。她俏皮地对他笑，还眨眼睛。

"你想吃哪个？牛肉还是鸡肉？"

坦汗想回答，但话卡在了喉咙里。这段时间他愈发厌恶吃肉。虽然这里所有的菜都是洁食，但是他仿佛闻到肉里带有血的味道，仿佛听到牛在哀吼，在屠夫的刀下痛苦地翻滚。

雷布·本迪特说："给他各来一点。"

米拉·弗里德尔给他舀了一块牛排，然后她手里的勺子停在鸡肉盘子上面，"你喜欢哪个？胸还是腿？"

坦汗没能回答。什洛迈尔邪笑一声，说："他两个都喜欢。"

米拉·弗里德尔往他的盘子里添了一只鸡腿，她躬下身的时候，胸部碰到了他的肩。她又给他舀了些土豆和萝卜，他往后一缩，躲开了她。他听到什洛迈尔在窃笑，觉得羞耻难耐。他想，我不属于他们，他们把我当傻子……他真想站起来逃走。

"吃吧，坦汗，别磨磨蹭蹭的，"雷布·本迪特说，"人有力气了才好去读《托拉》。"

坦汗把叉子插进酱料里，挑出一块肉，在辣根酱里蘸了蘸，又撒上盐，盖过血的味道。他吃了一片面包。米拉·弗里德尔令他胆怯。结婚后和她说些什么呢？她是个富家女儿，习惯了奢华的生活。她母亲告诉坦汗，一个卢布林的金匠为米拉·弗里德尔设计了结婚首饰。他们为她缝制了各种毛皮大衣、外套、斗篷，婚后还会给她送来家具、地毯和瓷器。他坦汗怎么降得住这么一个娇生惯养的女人啊？为什么她会选他做丈夫？一定是她父亲逼的。他想找一个《塔木德》学者当女婿。坦汗想象自己与米拉·弗里德尔站在婚礼的帐篷下，喝金黄色的汤，跳婚礼的舞蹈，然后被送进洞房去。他感到一阵惊惶。这种喜事与他低落的情绪一点也不搭配。他开始摇动身体，祈求上帝保佑他远离诱惑、不洁的念头和魔鬼的巢穴。天堂上的主啊，救救我！

莱布什·梅厄哈哈大笑："你摇什么呀？那是个鸡腿，又不是《拉什注解》。"

雷布·内森会带着他的仲裁人雷布·菲弗尔去听证会。雷布·本迪特也有仲裁人，雷布·费舍尔，不过他也要带坦汗一起去。他说，坦汗学点实用的事务，总是有好处的。如果坦汗打算谋求拉比的职位，他就得懂点商务。那位固执的反派人物，雷布·内森，很有可能不同意妥协，坚持按律法行事，所以雷布·本迪特要求坦汗搬出经书来，把涉及商业合伙人的部分都浏览一遍。坦汗无奈地照做了。整部《托拉》都是神圣的，这不必说，但坦汗对那些关于钱、利息、商业运作和欺诈的内容并不感兴趣。前些年他在学习《革马拉》中的这些内容时，并没有意识到真的有犹太人会背叛白纸黑字写下的契约，会偷窃、发伪誓、作假。去面对一个活生生的人，控诉他赖掉债务、信托违约，或者靠欺骗致富的罪行，坦汗想想就觉得做不到。坦汗想告诉雷布·本迪特，自己不打算成为拉比。再说，此时让他放下专心钻研的论著，转向他的陌生领域，这太难为他了。但雷布·本迪特把坦汗从贫穷中拯救出来，还把女儿许配给他，坦汗怎么能够拒绝他呢？这会激怒他未来的岳母，使米拉·弗里德尔与他反目，还可能造成家庭不和，让外人说三道四。不知道会惹出多少争吵。

接下来的几天里，坦汗没有足够的时间深入研究《决断胸牌》和它的注解。他只快速翻阅了卡罗拉比[1]的作品和摩西·伊塞莱斯拉比的注释。坦汗读着书，咬着嘴唇，哼着歌。显然，古代也不缺少骗子和无赖。这难道是神的安排吗？从神那里接受《托拉》的那一代人里，也出了可拉、大坍、亚比兰这样的人。[2]盗窃怎么可以与信仰共存？一个人，他的灵魂曾经立于西奈山上，怎么能用罪行玷污它呢？

听证会在礼拜六晚上开始，看这会议的阵势，好像要连开一星期似的。埃夫拉伊姆·恩格尔拉比，一位七十岁的长老、一部法学论著的作者，告诉他的妻子，把来咨询其他事的人都打发到助理拉比那边去。他闩上自己读经室的门，叮嘱助手们只让参会人员进入。桌子上立着安息日专用的蜡烛。房间里弥漫着红酒、蜡和香料的气味。雷布·本迪特家的人把雷布·内

1　约瑟夫·卡罗（Joseph Caro，1488—1575），犹太法学家。

2　可拉、大坍、亚比兰是《圣经》中的人物，背叛了摩西和亚伦，见《圣经·民数记》。

森·文格罗弗尔形容成一个剽悍的男人、一个投机分子，于是坦汗预想他是个又高又黑的男人，眼睛像吉卜赛人一样闪着狂野的光。可是，走进屋的却是一个瘦小、驼背的人，稀疏的胡子是胡椒一样的灰白色，左眼里生着乳白色的白内障。他穿着褪色的长袍，头戴羊皮帽，脚穿粗布靴子。他的眼袋厚重、发青，鼻子上还长着疣子。他是起诉人，所以先发言。他立马就用沙哑的嗓音喊叫起来。在整场会议上，他不是大叫大嚷，就是低声咕哝，一刻不停。

雷布·本迪特用烟斗吸着香气馥郁的烟叶，烟斗的盖子还是琥珀做的，雷布·内森吸的是廉价、难闻的烟卷。雷布·本迪特说话深思熟虑、富有教养，不时引用谚语和圣人格言，雷布·内森讲话时抡拳砸桌子、揪胡子，把雷布·本迪特称作贼。他甚至不让自己的仲裁人——雷布·菲弗尔，只有犹太小学生的身材，眼睛像孩子一样温顺，红色的胡子一直垂到腰部——插一句嘴。雷布·本迪特靠记忆可以说出协议的细节，但雷布·内森只能翻看一沓又一沓的文件，上面密密麻麻写满了笨拙的字，还布满了涂改和墨水的污迹。他没有坐在为他准备的椅子上，而是来来回回地踱步，咳嗽，往手帕里吐痰。雷布·本迪特让人从家里送来了各种零食和饮料，但雷布·内森除了拉比妻子送来的茶，别的什么都不碰。每过一天，他的脸色就更憔悴一点，像尘土一样灰，像肺结核病人一样瘦削。他神经紧张，总是啃自己的指甲，把自己的笔记撕成碎纸。

头两天发生的事，坦汗听得云里雾里。拉比一次次要求雷布·内森说重点，不要把日期搞混，不要扯无关的事。但这些事从雷布·内森嘴里冒出来，就像水泵里冒水一样，源源不断。坦汗逐渐明白了，雷布·内森指控他未来的岳父瞒报利润、做假账。雷布·内森·文格罗弗尔坚持认为，雷布·本迪特贿赂了地主萨皮埃哈大公的管家，以此砍伐了更大面积的木材，超出了合同规定的范围。而且雷布·本迪特不允许雷布·内森和他手下的人接触地主，也不许他们介入与购买木材的商人的谈判，这些木材被绑在木筏上顺着维斯瓦河运到了但泽。据说雷布·本迪特向雷布·内森报了一个价格，但他实际上和购买木材的商人谈了一个更高的价格。雷布·本迪特声称付给中间商、运输工人、伐木工人的工钱，高于他实际支付的钱。他用各种手段和策略，把雷布·内森挤出合作关系，把所有利润握在自己手里。雷布·内森指出，雷布·本迪特曾经两次宣布破产，借此只偿还了他三分之一的债务。

雷布·本迪特大多数时间都保持着沉默，等待他发言的机会。但最后他终于失去了耐性，暴跳而起，骂道："野人！莽夫！疯子！"

"你是抢劫！诈骗！放高利贷的！"雷布·内森回骂道。

第三天，雷布·本迪特镇静下来，一一反驳雷布·内森的指控。他论证说，雷布·内森自相矛盾，夸大其词，而且不懂得松树和橡树的区别。他的波兰语那么糟糕，怎么能允许他去见地主呢？出钱平息士绅们的非议，抵制于他们不利的法令，自掏腰包给估价官、治安官送礼的，都是他雷布·本迪特，所以怎么可能与雷布·内森平分利润呢？雷布·本迪特说得越信誓旦旦，坦汗越觉得他未来的岳父破坏了合约，觉得他确实在设法攫夺属于雷布·内森的利润，甚至他的一部分原始投资。但这是为了什么呢？坦汗想。雷布·本迪特，一个六十多岁的男人、学者、信徒，为什么要行此不义之举呢？他的理由是什么？他知道所有的法律。他明知道，忏悔不能让人开脱偷盗和劫掠之罪，除非把每一分钱都还回去。赎罪日不容许这样的罪愆。一个人如果虔信上帝，虔信来世的奖与惩、灵魂的不朽，怎么会为了多赚几千盾[1]，去冒失掉来世的风险？或者，雷布·本迪特其实私下里是个异端？

　　听证会的最后一天，雷布·本迪特、他的仲裁人雷布·费舍尔和坦汗没有回家吃晚饭，女仆把肉和汤送到了法庭来。但坦汗什么都没碰。仿佛有什么在啃咬他的胃，他感觉想吐。他虽然在斋戒，但肚子还是胀得难受。他喉咙里肿了一块，咽不下去，也呕不出来。他没有哭，但眼里全是泪水，看东西像是透着雾气。

1　盾（gulden），曾流通于东欧、奥匈帝国、德意志、荷兰等地的一种货币单位。

坦汗回想起来，上个住棚节雷布·本迪特去萨格拉拉比那里拜访时，送给他一个盛香橼的盒子，象牙质地，镶嵌着金银。打开盒子，里面衬着亚麻布，躺着一颗科孚岛产的香橼，上面钻了孔，幼芽刚刚发出来。这位虔诚的信徒知道，他除了应该为教区慷慨奉献——他自己就是一位长老——还应该给拉比一些捐赠。但是，从一个人那里抢过来，赠予另一个人，这有什么意义呢？他所有这些作为，只是为了在拉比的读经室里得到赞美，成为拉比的座上宾？他是因为贪恋金钱和名誉而变得目光短浅，看不到自己犯下的过错吗？是的，看来就是这样。因为到了晚祷的时候，雷布·本迪特虔诚地在水盆里洗手，在腰间系上布带，在东面的墙壁前立正祈祷，他摇晃身子，鞠躬，捶打胸口，并且叹气。他一次又一次向天空张开双手。之前在仲裁流程中，他也几次提及上帝的名字。

周四晚上，终于到了判决的环节。雷布·内森·文格罗弗尔坚决要求一个态度鲜明的判决："没有妥协！如果法律认定我的合伙人的行为是正当的，我连一个格罗申都不追索。"

雷布·内森的仲裁人雷布·菲弗尔主张："按照法律，雷布·本迪特必须发誓自己是对的。"

"就算给我一麻袋金子，我也不发誓。"本迪特反驳说。

"既然这样，还钱吧！"

"你赔上小命也不值得我给钱！"

两个仲裁人雷布·菲弗尔和雷布·费舍尔围绕法律争吵了起来。拉比从书柜上拿下《决断胸牌》。

雷布·本迪特瞥了一眼坦汗："坦汗，你为什么不说话？"

坦汗想说的是，侵吞他人的财产与发伪誓一样是重罪。他也想问："为什么你要这么做？"但他只是喃喃地说："既然岳父签了一分契约，就应该尊重它。"

"所以你也要背叛我，是吗？"

"愿上帝不许，可是——"

"你是帮我们？还是帮我们敌人？"雷布·本迪特这是引用了《约书亚记》里的话，声音冰冷。

"我们不会永远活着。"坦汗迟疑地说。

"你回家去！"雷布·本迪特命令道。

坦汗离开了拉比的读经室，径直回了他的旅店房间。他没有背诵《示马经》，也没有脱衣服，在床沿上坐了一整夜。天色亮起来，他包上自己的安息日长袍、几件衬衫、袜子和书，放在一个草篮子里，沿着会堂街，过桥，走出了城。几个月过去，没有他的一点音讯。人们甚至尝试在河里找他的尸体。雷布·本迪特·瓦尔德曼和雷布·内森·文格罗弗尔达成了新协议。拉比和两位仲裁人没有同意双方就新协议发誓。米拉·弗里德尔又重新订了婚，对方是一个卢布林的男青年，一个制糖业主的儿子。坦汗把他得到的所有礼物都留在了旅店里，那个卢布林新郎继承了它们。一个冬日，邮递员带来了坦汗的消息：他回到了布里斯克的犹太学校，雷布·本迪特最初就是从那里把他带走的。坦汗做了隐士。他不吃肉，不喝酒，走路时在鞋里放石子，睡在读经室的炉子后面的长凳上。布里斯克人来和他谈新的亲事，他回应说："我的灵魂只渴望《托拉》。"

文稿

在特拉维夫迪赞戈夫大街，我们坐在咖啡馆的街边茶座的大遮阳伞下吃着早餐，虽然时间已经不早了。我的客人是位年近五十的女士，她的头发新近染成了红色。她点了一杯橙汁、一个煎蛋饼、一杯黑咖啡。她拿出一个饰有珍珠贝的小盒，里面装着糖精。她用银色的指甲挖出一点，撒在咖啡里。我认识她大概有二十五年了——最初，她是华沙综艺剧场的女演员，演一部叫《昆达斯》的剧，然后，她是我的出版商莫里斯·拉什卡斯的妻子。再后来，她又是我已故的作家朋友梅纳什·林德的情人。现在在以色列，她嫁给了埃胡德·哈达迪，一位小她十岁的记者。在华沙，她的艺名是什布塔。什布塔是犹太民间故事里的一个女魔，引诱犹太学校的男孩行淫荡之事。传说，如果年轻母亲夜里独自外出时不围双围裙——前后都遮起来的围裙——她的婴孩就会被什布塔偷走。她原本叫克莱明茨。

在《昆达斯》中，什布塔唱淫靡的歌曲，表演梅纳什·林德为她写的独白。她使"观众席燃烧起来"。评论家钟爱她漂亮的脸蛋、优雅的身姿，还有她撩人的动作。但是《昆达斯》只演了两季。然后什布塔尝试出演一些更有张力的角色，失败了。第二次世界大战期间，我听说她死在了什么地方，犹太隔离区或者某个集中营。但现在，她好端端就坐在我对面，身穿短上衣和白色短裙，戴着大太阳镜和宽檐草帽。她打了腮红，修了眉毛，两个手腕上都戴着手链和手镯，手指上戴着好多枚戒指。远远看过去，你会以为她是个妙龄少女，但她脖子上的皮肤已经有些松了。她还用年轻时给我起的绰号称呼我，叫我洛希克尔。

她说："洛希克尔，如果在哈萨克斯坦的时候有人对我说，你和我有一天将在特拉维夫一起闲坐，我会把这当作一个玩笑。但人活了下来，便万事皆有可能。你能相信吗，我从前可以每天在树林里锯十二个小时的木头？那就是我们的工作，零下二十摄氏度，饥肠辘辘，衣服里爬满了虱子。对了，哈达迪希望采访你，登在他的报纸上。"

"我很荣幸。他从哪儿找的'哈达迪'这个名字？"

"谁知道呢？他们都喜欢从《哈加达》[1]里面给自己找名字。他的真名是泽因维尔·齐尔贝施泰因。我自己也已经有一打名字了。一九四二年到一九四四年之间，我叫诺拉·达维多夫娜·斯塔茨科夫。可笑吧？"

"你和梅纳什为什么分手呢？"

"嗬，我就知道你会问这个。洛希克尔，我们的故事太奇异了，我有时自己都不相信它是真实发生的。从一九三九年起，我的人生就像一场漫长的噩梦。直到现在，有时我黑夜中醒来，都不记得自己是谁，叫什么名字，身边躺着的人又是谁。我伸手碰碰埃胡德，他嘟囔说'Mah at rotzah（你要干吗）'？只有听到他说希伯来语，我才想起来自己在圣地。"

"你为什么和梅纳什分手了呢？"

"你真的想听？"

"当然。"

"洛希克尔，没有人知道整个故事。但我会告诉你一切。不然我还能告诉谁呢？在我所有颠沛流离的日子里，没有一天不在想念梅纳什。我从未像爱他那样爱过别人，将来也不会。我可以为了他赴汤蹈火。这不只是个比喻，我用行动证明了的。我知

---

1 《哈加达》(Haggadah)，指犹太人在逾越节时讲述的一套历史故事、寓言。

道，你把我当作一个轻浮的女人。你内心深处依然是个忠实的犹太信徒。但哪怕最虔诚的女人，也做不到我为梅纳什付出的十分之一。"

"说说看。"

"哦，你离开去了美国以后，我们过了几年好日子。我们明白，一场可怕的战争正在逼近，每一个平静的日子都是一份礼物。梅纳什给我读他写的东西。我把他的文稿敲下来，把杂乱无章的东西整理好。你知道他是多么没有章法，写作从来不标页码。他脑子里只有一件事——女人。后来我放弃了。我对自己说：'他就是那种人，任何力量都改变不了的。'即便这样，他依然越来越离不开我。我找了一个美甲师的工作，养活他。你可能不相信，我还给他的情人们做饭吃。他岁数越大，就越要努力维护自己在内心里的形象——一个伟大的唐璜。实际上，他时常不举。第一天他还是个巨人，第二天就成了个废人。他要那些下流的女人有什么用呢？他只是一个大小孩罢了。他就这样生活着，直到战争爆发。梅纳什很少看报纸，也不太听广播。没人因为战争大惊小怪——人们从七月就开始在华沙的街上挖壕沟、建街垒，甚至拉比都拿起铁锹挖战壕。面临希特勒的入侵，波兰人忘掉与犹太人的前嫌，上帝保佑，我们团结成一个民族。不过纳粹真的来轰炸我们的时候，我们还是被吓坏了。你离开以后，我买了一些新椅子，一个新沙发。我们家成了一个众人的'甜食屋'。洛希克尔，灾难袭来是一瞬间的事。先是警报响了，很快楼房倒塌，阴沟里堆满了尸体。人们叫我们躲到地窖去，但地窖不比楼上更安全。有些有先见之明的女人囤积了食物，但我没有。梅纳什进了他的房间，坐在椅子上说：'我想死掉。'我不知道别人家发生了什么——战争一爆发，我们的电话就停了。炸弹在我们的窗前爆炸。梅纳什拉上百叶窗，读起了大仲马的小说。他所有的朋友和仰慕者都不见了。有传言说，记者们得到一趟专列——或者可能是一列火车上的几节专用车厢——逃离了这座城市。这种时候，疯子才会把自己孤立起来，但梅纳什一直深居在家，直到广播里通知所有身体健全的人都要到布拉加桥那边去。带行李是不现实的，因为火车都不开了，你走路又能拿多少行李？我自然不肯留在华沙，和他一起离开了。

"有件主要的事忘了告诉你。梅纳什无所事事多年后，一九三八年他燃起了写长篇小说的欲望。他的灵感复苏了，他写了一本书，在我看来那是他写过的最好的作品。我为他誊写手稿，遇到我不喜欢的段落，他便修改。它是一部自传体的小说，又不完全是。一些报社得知梅纳什在写一部长篇小说，都希望在报纸上连载它。但他下定决心，不到小说完成，不发表一个字。他打磨每一个句子。他把一些章节重写了三四次。计划中它的题目是《梯级》——不错的名字，因为每一章都描述了他生命的一个阶段。他只写完了第一部分。小说计划写成一个三部曲。

"我们打包东西的时候，我问梅纳什：'你把文稿都拿上了吗？'他说：'只拿了《梯级》。我其他的作品只能留下让纳粹看了。'他带了两个小旅行箱，而我把一些衣服和鞋塞进了一个小背包里。我们开始向大桥走去。在我们的前后，上千人缓缓地走着。人群中很少能看到女人。这就像一支浩浩荡荡的送葬队伍——它确实就是个送葬队伍。多数人都死了，有的死于轰炸，有的一九四一年之后死在纳粹手里，还有的死在斯大林的劳改营。有些乐观的人拎上了沉重的箱子，还没到达大桥就被迫丢掉。所有人都因为饥饿、恐惧、缺少睡眠而疲惫不堪。人们为了减轻负担，扔掉了大衣、西装和鞋。梅纳什几乎走不动了，但他一整夜都拎着两个旅行箱。我们向比亚韦斯托克进发，因为斯大林和希特勒瓜分了波兰，比亚韦斯托克现在属于俄国。一路上我们遇到记者、作家和一些自诩为作家的人。他们都带着自己的文稿。我虽然绝望，但还是感到好笑。谁稀罕他们的文稿呢？

"我要是告诉你，我们是怎么到比亚韦斯托克的，我们得坐在这儿聊到明天。路上梅纳什扔掉了一个旅行箱。扔之前，我打开确认了里面没有文稿——上帝不许。梅纳什的心情无比阴郁，一下子什么话也不说了。他开始长出灰白的胡子，他忘记了带剃须刀。等我们终于到达一个村庄，他第一件事就是去刮胡子。一些城镇已经被纳粹的轰炸夷平了。还有一些城镇完好无损，人们照旧生活，就像战争不曾爆发一样。有一件事很奇怪，几个喜欢意第绪语文学的年轻人，想听梅纳什给他们讲一些文化方面的知识。人就是这样，死前一分钟，仍然保留着生命所有的欲望。他们中的一个甚至爱上了我，并且勾引我。我哭笑不得。

"比亚韦斯托克发生的事令人难以描述。这座城市属于苏联人，所以没有战争之虞。活着抵达这里的人，仿佛经历了重生。苏联的意第绪语作家从莫斯科、哈尔科夫、基辅赶来，以党的名义欢迎他们的波兰同志。有几个作家确实是波兰共产党，他们变得趾高气扬，让你以为他们马上要去克里姆林宫接手斯大林的工作。但即便那些曾经反对过共产党的人，也开始装作共产主义的隐秘同情者，或是热切同行者。他们夸耀自己的无产阶级出身。大家都设法找出了自己的一个做鞋匠的叔叔，一个做马夫的姐夫，或者还有一个为了无产阶级事业坐过牢的亲戚。有的人突然发现他们的祖父母是农民。

"事实上，梅纳什是工人的儿子，他为此骄傲，不愿拿来炫耀。苏联的作家带着敬意接纳了他。他们谈到出版一部大合集，以及为这些难民组建一个出版公司。即将成为编辑的那些人问梅纳什有没有带来文稿。我当时在场，就说了《梯级》的事。梅纳什讨厌我赞扬他，我们为此吵了好多次，但我还是表达了我对这部作品的真实想法。他们展现出很大的兴趣。他们有专门的资金支持这种书的出版。我们商定，第二天我把文稿拿给他们看。他们许诺我们一大笔预付金，以及更好的住房。这次梅纳什没有埋怨我赞扬他的作品。

"我们回到家，我打开旅行箱，里面躺着那个厚信封，上面写着'梯级'。我拿出稿子，但我发觉纸和字迹都不对劲。天哪，是某个新手把处女作给梅纳什过目，然后梅纳什把它放进了装《梯级》的信封。这一路千辛万苦，我们拿的都是某个无名之辈的信手涂鸦。

"即使现在谈到这件事，我还会感觉如芒在背。梅纳什瘦了二十多磅。他看上去苍白而憔悴。我害怕他会发疯，但他只是沮丧地站在那儿，说：'唉，那就这样吧。'

"他现在非但没有文稿可以卖钱，还可能被怀疑是因为写了一部反对共产主义的小说而不敢拿出来示人。比亚韦斯托克大街小巷都是特务，一些文人已经被逮捕，或者被逐出了城外。洛希克尔，我知道你听得不耐烦，我就直截了当把事实告诉你。我当时一夜没合眼。第二天早上，我起来对他说：'梅纳什，我打算去华沙。'

"他听到这话，脸像死人一样惨白，问：'你疯了吗？'但我说：'华沙城还在。我不能让你的作品就这么丢了。它不仅是你的，也是我的。'梅纳什大喊大叫起来。他赌咒说，如果我回华沙，他就上吊或者割喉自杀。他甚至打了我。我俩生了两天的气。第三天，我踏上了回华沙的路。我得告诉你，很多离开华沙的男人都试图回去。他们想念自己的妻子、孩子、他们的家——如果房子没被炸平的话。他们听说了斯大林的乐土的真相，决定自己不如和亲爱的人死在一起。我告诫自己：为了一份文稿而牺牲生命，一定是疯了。但我就是无法摆脱这个执念。天气转冷，我带了一件毛衣、一件保暖内衣，还有一块面包。我走进一家药店，要一瓶毒药。药剂师是个犹太人，吃惊地盯着我。我告诉他，我有个孩子留在了华沙，我不想活着被纳粹捉去。他给了我一些氰化物。

"路上我并不是一个人。几个男人陪我走到苏联边境。我向他们撒了同一个谎——我想自己的孩子，想得茶饭不思——他们因此对我百般呵护照顾，让我很惭愧。他们不让我自己拿行李。他们看护着我，就像我是他们的独生女一样。我们清楚地知道，如果被德国人抓住了会是什么样的下场，但到了这种地步，人们都听天由命了。同时，我内心中有个声音在嘲笑我的行动。到被占领的华沙找到文稿，然后活着回到比亚韦斯托克，成功的可能性微乎其微。

"洛希克尔，我没有遇到意外，穿过了国境回到华沙，我们的房子还是完好的。雨和寒潮救了我。夜漆黑一片。华沙停电了。犹太人还没有被围到隔离区去。此外，我看起来也不是很像犹太人。我用头巾裹住头发，很容易被误认为农民，同时我也尽量躲着人走。每当我远远看见一个人，我就藏起来，等他过去。我们的房子被另外一家人占了。他们睡我们的床，穿我们的衣服。但他们没有碰梅纳什的文稿。那男人读意第绪语的报纸，梅纳什对他而言是一个神。我敲了门，告诉他们我是谁，他们吓坏了，以为我是来收回自己的房子的。他们自己的家在轰炸中被毁了，一个孩子也死在轰炸中。我告诉他们，我是从比亚韦斯托克回来拿梅纳什的书稿的。他们听了，没再说什么。

"我打开梅纳什的抽屉，里面躺着他的文稿。我和这些人一起住了两天，他们吃什么我就吃什么。那个男人让我睡他的床——其实是我的床。我太累了，一下子睡了十四个小时。我醒来，吃点东西，就又睡了。第二次夜幕降临的时候，我已经在返回比亚韦斯托克的路上了。我从比亚韦斯托克到华沙，又从华沙回到比亚韦斯托克，一路上没有见到一个纳粹。我并不是一直走路，不时遇到农夫载我一程。只要你离开城市，搭着便车经过田野、树林和果园，便遇不到纳粹，也没有共产党。天照旧，地照旧，动物和鸟也都是老样子。整趟冒险持续了十天。我把它视为我自己的一次伟大胜利。首先，我找到了梅纳什的作品，一路上揣在我的衣服里。此外，我向自己证明了，我并不是像我以为的那样是个胆小鬼。说实话，越过边境回苏联没什么危险。苏联人并不刁难难民。

"我在一个晚上回到比亚斯托克。那天结霜了。我回到我们借住的房间，万万没想到，我的英雄和一个女人躺在床上。我很清楚她是谁：一个差劲的女诗人，丑得像个猴子。屋里点着一盏小煤油灯。炉子里生着火，他们一定搞到了木柴或者煤炭。他们还醒着。亲爱的，我没有大叫，没有哭，也没有像戏里的女人那样晕倒。两个人目瞪口呆地看着我。我打开炉门，从罩衣里掏出文稿，塞进了火里。我以为梅纳什会跳起来打我，但他一声也没有吭。文稿过了一会儿才烧着。我抄起一根拨火棍，把炭火往稿子上拨了拨。火烧得不紧不慢，我也不着急。我就站在那儿，盯着火看。等到《梯级》完全化成了灰烬，我拿着拨火棍来到床边，对那女人说：'不想死的话，滚。'

"她照做了，穿上她的一身破布，走了。如果她敢说一句话，我可能就敲死她了。当你把自己的命都豁出去了，其他人的命也就不值钱了。

"我脱下外衣，梅纳什沉默地坐着。那夜，我们只说了寥寥数语。我说：'你的《梯级》，我烧了。'他小声说：'嗯，我看见了。'我们抱了一下，各自都清楚，这是最后一个拥抱了。他从未像那夜一样温柔而强壮。第二天早上，我起床，收拾起我的东西，离开了。我不再害怕寒冷、雨、雪和孤独。我离开了比亚韦斯托克，所以我还活着。我去了维尔纽斯[1]，在粥铺找了份工作。我见识了我们所谓的高人雅士可以变得多么卑微，为了得到一张床、一餐饭，而耍尽手段。一九四一年，我逃到苏联。

---

1 立陶宛城市。

"有人告诉我，梅纳什也在苏联，但我们没有见面——我也不想见他。他在一次访谈中说，纳粹夺走了他的文稿，他在计划重写。据我所知，他没有重写出来任何东西。这反而救了他。如果他一直写书、出书，他可能和别的作家一起被清理了。不过他终究已经去世了。"

我们默坐了许久。然后我说："什布塔，我想问你件事，但你不必回答我，我只是纯粹好奇想问。"

"你好奇什么？"

"你对梅纳什忠诚吗？肉体上？"

她沉默了一会儿，说："我可以用华沙话回答你，'关你这癞子什么事。'但你毕竟是洛希克尔，我告诉你实情。不忠诚。"

"为什么呢，既然你那么爱梅纳什？"

"我不知道，洛希克尔。我也不知道自己为什么要烧掉他的文稿。他已经背着我睡了几十个女人，我也没有特别埋怨过他。我已经想明白很久了，你可以爱一个人，同时又和别人上床。但当我看到那个怪物在我们的床上时，我身体里的女演员最后一次觉醒了，我必须做出些戏剧性的举动。他可以轻易地阻止我，可是，他只是看着我演下去。"

我们又都沉默了。然后她说："不要为你爱的人牺牲自己。一旦你像我一样，拿性命去冒险，你就再也给不出什么别的了。"

"小说里的年轻男主人公总是把他救下的女孩娶为妻子。"我说。

她变得紧张起来，但没有回话。她突然显得累了，疲倦了，干瘪了，仿佛岁月在那一刻突然追赶上了她。我没料到她还有话说，却只听她说道："我烧了他的文稿，也一起烧掉了我爱的能力。"

黑暗的势力*

　　医生们一致同意海尼娅·德沃莎只是情绪问题，心脏好好的。但她的母亲、裁缝塞利格的老婆泽泰尔私下对我母亲讲，海尼娅·德沃莎是自己寻死，因为她希望她的丈夫伊苏尔·戈德尔和她妹妹杜尼娅结婚。

　　我母亲听到这个怪事，惊道："你们家里出了什么事呀？一个年纪轻轻的女人、两个孩子的妈妈，为什么非要寻死呢？还有，为什么她非要让丈夫娶她妹妹呢？这种念头根本就不应该有！"

　　我母亲情绪一激动，金色的假发就变得凌乱，仿佛被一阵强

＊ 本篇英语由约瑟夫·辛格（Joseph Singer）翻译。

风吹起来了。

泽泰尔的话也传到了我这个十岁小男孩的耳朵里，让我十分诧异。我感觉她说的是真事，即使听上去荒诞不经。我假装读一本故事书，竖起耳朵听她们的对话。

泽泰尔是个皮肤黝黑、体格宽大的女人，大号的假发，宽阔的百褶裙，脚上穿着男人的鞋。她接着说："我亲爱的朋友，我说话又不是单纯说给自己听的。她精神有点不正常。我真是命苦啊，我年纪都这么大了，还遇上奇奇怪怪的事。我只向上帝祈求一件事——在带她走之前，先把我带走吧。"

"但她图个什么呢？"

"纯属胡闹。她两年前开始谈起这件事。她确信妹妹喜欢伊苏尔·戈德尔，或者他喜欢她妹妹。常言道，'妄想之害，甚于疾病。'拉比夫人啊，我必须和人说说这件事：她病成这个样子，竟然在为杜尼娅缝婚礼长裙。"

母亲突然发现我在偷听，吼道："别在厨房待着，到别的屋去。厨房是女人的地方，男人在这儿做什么！"

于是我下楼来到院子里，走过塞利格的裁缝店时，往敞开的门里瞄了一眼。我家是克鲁奇玛尔纳街十号，塞利格家在我家隔壁。他一家就住在裁缝店里。塞利格坐在缝纫机前，给一条长袍缝衬里。他老婆宽宽大大，而他是个窄小的男人。他的肩膀窄，鼻子窄，灰色的胡子也只有细细的一撮。他的手也窄小，手指细长。黄铜框、半拉镜片的眼镜架在窄脑门上。他的对面，伊苏尔·戈德尔，海尼娅·德沃莎的丈夫坐在另一台缝纫机边。他蓄着黄色的小胡子，分成两绺。

塞利格做男人的衣服。伊苏尔·戈德尔专做女装，这会儿他正在拆衣缝。据说他有金手指，如果他在高档的街区开一家自己的店，准能发财。但他的妻子不愿意从她父母的家里搬走。她胸痛、喘不上气的时候，由她母亲照顾她。她母亲——偶尔是她妹妹——喂她喝缬草酊缓解症状，在她要晕倒时用醋给她揉搓太阳穴。杜尼娅在米德街的一家服装店工作，穿时尚的衣服，不和信仰虔诚的女孩打交道。泽泰尔也照看海尼娅·德沃莎的两个小孩，艾尔克尔和杨克尔。我经常去塞利格的裁缝店里。我喜欢看缝纫机咔嚓咔嚓地工作，捡地上扔的空线轴。塞利格不像华沙人那样说话——他是从俄国的某个地方来的。他常常和我讨论《摩西五经》和《塔木德》，他喜欢猜测圣人们在天堂里做什么，罪人们又在炼狱中怎样遭受炙烤。塞利格受到启蒙思想的影响，说起话来像个异教徒。他会对我说："你的母亲、父亲去过天堂吗，他们亲眼见过天堂的一切吗？或许上帝根本就不存在呢？或者，他即使存在，也可能是个外邦人，而不是犹太人呢？"

"上帝是外邦人？可不能这么说。"

"你怎么知道不能这么说？因为圣书里写了？圣书也是人写的，人总是会编出各种毫无意义的事物。"

"谁创造了世界？"我问。

"谁创造了上帝？"

我父亲是个拉比，他肯定不会允许我听这种谬论的。塞利格一说亵渎上帝的话，我就会堵上耳朵，决心再也不去他的店里了。但是那间屋里总有什么吸引着我。屋子的一面墙上挂着男式的长袍、背心和裤子，另一面墙上挂着女式的连衣裙和短上衣。这里还有一个女体模型，没有头，胸和屁股是木头的。这次，我怀着强烈的好奇，想往海尼娅·德沃莎卧病的里屋望一望。

塞利格很快和我攀谈起来："你不用再去犹太小学了吧？"

"我读完了。我已经在读《革马拉》了。"

"完全自学吗？你读得懂吗？"

"我要是读不懂，就查查拉什的注解。"

"拉什懂吗？"

我笑了："拉什懂得整部《托拉》。"

"你怎么知道？你和他熟吗？"

"熟？他是几百年前的人了。"

"所以你怎么能知道几百年前的事呢？"

"所有人都知道，拉什是个伟大的圣人和学者。"

"'所有人'是哪些人？院子里的看门人就不知道。"

伊苏尔·戈德尔说："岳父，别逗他了。"

"我问他问题呢，我想知道答案。"塞利格说。

这时，一个矮胖得像桶似的女人来店里试衣服。伊苏尔·戈德尔领她去了里屋。我看到海尼娅·德沃莎坐在床上，缝着一条白绸女裙，裙摆从床的两侧洒下来，拖到地板上。泽泰尔没有说假话。这就是给杜尼娅的婚纱。

我跑出商店，下了楼。我需要捋一捋整件事的来龙去脉。为什么海尼娅·德沃莎要给她妹妹缝这条裙子，好等她死后让妹妹嫁给伊苏尔·戈德尔？是因为她深爱妹妹，或者深爱自己的丈夫吗？我琢磨着雅各为了娶拉结，是怎么苦干七年的，拉结的父亲拉班有时趁夜把拉结换成利亚，骗了雅各。根据拉什的解释，拉结给利亚发了信号，好让利亚不蒙受羞辱。但她发的是什么信号呢？男人和女人，还有他们之间了不起的秘密，让我心里充满了好奇。我急切想长大。我已经开始偷瞄路过的女孩了。她们大多拥有像塞利格的模型一样高挺的胸，比男人更小巧的手脚，头发扎成辫子。有的女孩的脖颈像天鹅一样细长。如果我回家问我母亲，女孩之间发的信号是什么，拉结又是怎么暗示利亚的，她只会大声责骂我。我只能自己去观察，并保持沉默。

我盯着走过的女孩，感觉在她们的眼睛里看到了嘲笑。她们的眼神似乎在说："看啊，一个小男孩，他什么都想知道……"

虽然医生都向泽泰尔保证，她女儿会活得好好的，并且开出了治疗神经的药，但海尼娅·德沃莎还是一天比一天虚弱。

我们在自己家里都能听到她的呻吟声。理发师兼外科医生弗赖塔格给她打了针。奈斯特医生提议把她送到齐斯塔街的医院去，但海尼娅·德沃莎不去，她说病人在那里会被毒死，尸体会被解剖。

奈斯特医生安排了三个人的会诊——他自己，加上另外两个专家。两辆马车在我们楼的院门口停下来，两位车夫都戴着高礼帽、披着缀有银扣子的斗篷。两匹马都剪短了鬃毛，弓着脖子。它们等得不耐烦了，把车子直往前拽，马夫只得勒紧缰绳，让它们站定。会诊持续了很久。专家没法达成一致，用波兰语吵了起来。最后他们拿到二十五卢布的诊费，登上马车，回到了他们平时居住和行医的富人区。

几天后，塞利格裁缝来找我们。他还戴着套袖，翻领上别着一根针，左手食指上的顶针也没摘下来。他对我父亲说："拉比，我女儿想请您带她一起忏悔。"

父亲捋着红色的胡子说："急什么？全能的上帝保佑，她还能活一百二十年呢。"

"恐怕连一百二十个小时都不剩了。"塞利格回答。

母亲用责备的眼光看着他。他虽然是个犹太人，但像外邦人一样说话。从俄国来的犹太人不像波兰犹太人那么敏感。她擦起了眼泪。父亲翻找了他的储物柜，拿出《雅博渡口》，一本记录死亡和哀悼仪式的书。他一边翻一边摇头。然后他站起来，和塞利格一起走了。这是父亲第一次去塞利格家。他除了被请去主持仪式，从未拜访过别人家。

他去了很长时间。回来的时候他说："唉，这是个什么人家啊？但愿全能的上帝保护我们！"

"你和她一起忏悔了？"母亲问。

"是的。"

"她说什么了？"

"她问，七日哀悼时候是否可以结婚，还是要等到三十日的哀悼结束后才行。"

母亲摆出想吐口水的表情。"她头脑不正常。"

"是啊。"

"等着瞧，她还能活很多年呢。"母亲说。

但是母亲的预言没有成真。几天之后，走廊里传来哀哭的声音。海尼娅·德沃莎刚刚去世了。前厅很快被女客占据了。泽泰尔已经把缝纫机和试衣镜用黑布罩了起来。窗户都打开了，这是律法要求的。伊苏尔·戈德尔出现在女客们中间，穿了一件开衩到膝盖的长袍，纸质的假衬衫前襟，领子硬挺着，打着黑色领带，头戴一顶小帽。他动身去了社区的办公室，办理葬礼的事情。这时杜尼娅走进了院子，她戴着一顶饰有花朵的草帽，一身红色连衣裙，像大小姐一样拎着手包。杜尼娅和伊苏尔·戈德尔在楼梯上打了照面。他们相视无言，站了一会儿，然后小声说了什么，便分开了——他下楼，她上楼。杜尼娅没有哭。她脸色不好，眼里似乎冒着怒气。

哀悼期间，男人们每日两次来塞利格裁缝家祈祷。塞利格和泽泰尔穿着长袜，坐在小凳子上。塞利格读着从我父亲那里借来的希伯来语对照意第绪语的《约伯记》。他撕破了衣领表示哀悼。他和男客们聊着寻常琐事。所有东西的价格都在涨，卷线、棉线和衬里布料都变贵了。"如今人们还干活吗？"塞利格抱怨说，"他们就知道玩。我年轻的时候，当学徒的天刚亮就起来工作。冬天你开工的时候，天还黑着呢。每个工人都得自备一支牛油做的蜡烛。如今，机器做了所有的事情，工人只关心一件事——每隔一个月涨一次工资。世界上怎么会有这么多游手好闲的人呢？"

"人都跑到美国去了！"施穆尔木匠说。

"美国发生了恐慌。很多人都饿死了。"

我每天都去塞利格裁缝家祈祷，但我从没遇到过伊苏尔·戈德尔和杜尼娅。杜尼娅躲在里屋吗？还是她没有哀悼，去工作了？哀悼期一结束，伊苏尔·戈德尔便剃去了他的络腮胡子，把传统的小圆帽子换成了软呢帽，把长袍换成了短夹克。杜尼娅告诉她的母亲，她结婚之后不戴假发。

婚礼之前那夜，我醒的时候墙上的钟刚好敲了三下。我家的卧室窗户用毯子遮住了，但月光可以从两侧的缝隙照进来。我父母正轻声说话，他们的声音从同一张床上传出来。天啊，父亲和母亲躺在同一张床上！

我屏住呼吸，只听母亲说："这都是他们的错。他们就当着她的面接吻，谁知道还有别的什么。泽泰尔亲口告诉我的。这种恶劣的事真让人气炸心脏。"

"她应该离婚。"父亲说。

"人在有爱的时候，是很难离婚的。"

"她说起她妹妹的时候还那么关爱。"父亲说。

"有那样一些人，他们会去亲吻死亡天使的宝剑。"母亲回答说。

我闭上眼睛，假装自己睡着了。显然，这整个世界就是个巨大的骗局。如果我的父亲，一个整日宣讲《托拉》、宣扬虔信的拉比，也可以和一个女人同床共枕，那么你又能期待伊苏尔·戈德尔和杜尼娅做出什么来呢？

第二天早上我醒来的时候，父亲正在做晨间的祷告。他重复这个故事已经一千遍了：全能的上帝命令亚伯拉罕把儿子以撒放在祭坛献祭给他，神的使者从天堂上呼叫他："你不可在这童子身上下手。"我看透了父亲的面目——他白天是个圣人，晚上是个放荡鬼。我发誓不再祈祷，要做个异端。

泽泰尔向母亲透露说，婚礼不能张扬。毕竟，新郎新近丧偶，拉扯着两个孩子，而且家里还在哀悼，何必大张旗鼓呢！不知出于什么原因，院子里的住户还是把婚礼搞得很喧闹。送给新婚夫妇的礼物铺天盖地。还有人雇来了乐队。我看到一个带铜环的大啤酒桶被搬上楼，还有一篮子一篮子的葡萄酒。因为我们是塞利格家的邻居，而且父亲要在婚礼上主持仪式，我们也被塞利格家当作自家人。母亲穿上了节日的裙子，在美发店新烫了假发。泽泰尔拿给我一块蜂蜜蛋糕和一杯葡萄酒。塞利格家挤满了人，婚礼帐篷都没地方支了，只好搭在我父亲的读经室里。杜尼娅穿着她姐姐给她缝的白缎婚纱。从前，在我们楼里结婚的新娘都面带微笑，别人祝福她们，她们优雅地回礼，笑啊哭啊的。而杜尼娅几乎不和人说一个字，昂着头，很傲慢的样子。

　　宾客之间窃窃私语，说泽泰尔求着她，她才去仪式浴池受了浸礼。杜尼娅邀请了她的朋友，身穿低胸连衣裙的女孩，不留胡须、头发乱蓬蓬的、戴着软呢帽的男青年。他们抽烟，挤眉弄眼，说俄语。我们院里的人说，他们都是社会党人，一九〇五年发动反对沙皇的叛乱、要求立宪的，就是他们。杜尼娅是他们中的一员。

　　我母亲不愿吃婚礼上的任何东西，客人们带了各种各样的食品和饮料，谁知道它们是否都是符合犹太教规的洁食。乐队演奏着剧院的曲子，男人和女人一起起舞。到了十一点钟，我困得睁不开眼，母亲让我上床睡觉。夜里我醒来，听见跺脚声、唱歌声，还有异教的音乐——波尔卡、马祖卡，总之是些在我心里唤起冲动的调子，我不知道这具体是什么冲动，但我感觉它们是邪恶的。

再次醒来时，听见父亲说着《传道书》里的句子："我指着嬉笑说，'这是狂妄'，指着喜乐说，'这有什么作用？'"

"他们在坟墓上跳舞。"母亲轻声说。

婚礼结束后不久，塞利格家就爆出丑事。新婚夫妇不愿在里屋住，伊苏尔·戈德尔在切普瓦街租了一间一楼的公寓。泽泰尔来找我母亲哭诉，她女儿剪了杨克尔的鬈发，把他从犹太小学接出来，送进了世俗小学。她的厨房也不再符合教规，从外邦人的肉铺买肉。伊苏尔·戈德尔不再自称伊苏尔·戈德尔，而自称阿尔伯特。艾尔克尔和杨克尔也都起了外邦人的名字——艾季卡和雅内克。

我从泽泰尔嘴里听到新婚夫妇的门牌号，于是去打探实情。大门的右侧挂着一个波兰语写的牌子：阿尔伯特·兰道，女装裁缝。我可以透过窗户看到伊苏尔·戈德尔。我几乎认不出他来了。他把胡须完全剃掉了，留了一副上翘的胡子。他没戴帽子，看起来年轻了，像个基督徒。我正站在门外，孩子们放学回来了——杨克尔穿着短裤，戴着标有校徽的鸭舌帽，肩上背着小书包；艾尔克尔穿着短裙和过膝长袜。我招呼他们："杨克尔……艾尔克尔……"但他们走过去没有看我。

泽泰尔每天都有新的事情来找我母亲哭诉：她梦见海尼娅·德沃莎的魂魄来找她，尖叫着说自己在坟里不得安宁。她的杨克尔没有为她念《卡迪什》，而且天堂不接纳她。

泽泰尔雇了一位拉比助理来为她女儿念《卡迪什》，诵读《密西拿》。即使这样，海尼娅·德沃莎依然来找她母亲，哀怨自己的裹尸布掉了，她正裸身躺在棺材里，水漫进了她的坟，她旁边埋了一个放荡的女人，妓院的老鸨，她与魔鬼嬉闹。

父亲叫来三个人为泽泰尔驱梦，他们站在泽泰尔面前吟诵着："你见到了好的幻象！好的幻象你见到了！你见到好的幻象是好的！"

然后，父亲告诉泽泰尔，不要哀悼亡人太久，也不要太把梦当回事。《革马拉》里说，正如没有麦秆就没有麦粒，没有妄语就没有梦。但是泽泰尔就是控制不住自己。她去找犹太社区的长老和丧葬协会，要求把遗体挖出来换一处墓地。她不再打理家务，每天都去公墓看海尼娅·德沃莎的坟。

塞利格的胡子完全白了，脸上皱纹更深了，沟壑纵横。他的手哆哆嗦嗦的。院子里的人开始抱怨，说塞利格改一件长袍或一条裤子要好几个礼拜，最后送来的衣裤不是短就是紧，有时衬里的布料还给熨坏了。泽泰尔不再为他烧饭，他成天只吃干巴巴的食物。母亲知道后，常常让我给他送饭。他的牙掉光了，每当我端着麦片、鸡汤或者面条来找他，他咧开光秃秃的牙龈对我笑，说："哎呀，你又拿礼物来了？为什么呢？这也没到普林节呀。"

"人要天天吃饭呀。"

"为啥？养肥了，喂给地下的蝼蚁吗？"

"人也有灵魂。"我说。

"灵魂又用不着吃土豆。再说，你见过灵魂吗？压根没有这种东西。都是鬼话。"

"那人怎么活呢？"

"靠呼吸。靠电。"

"你老婆……"

塞利格打断了我的话。"她疯了！"

一天晚上泽泰尔向我母亲透露说，海尼娅·德沃莎住进了她的左耳里。她唱起安息日和节日的赞美诗，念诵圣殿被毁的悼词，甚至为泰坦尼克巨轮的沉没哭泣。"如果你不相信我，拉比夫人，你自己听。"

她撩开假发，把耳朵贴到母亲耳边。

"听到了吗？"泽泰尔问。

"嗯。不，没有。那是什么？"母亲惊恐地问。

"已经有三个星期了。我之前没有声张，以为事情会过去，可是越来越严重。"

我害怕极了，从厨房冲了出去。流言很快在克鲁奇玛尔纳街和附近的街区传开了：泽泰尔耳朵里住进一个附鬼，它念《托拉》，讲道，像公鸡一样打鸣。女人们纷纷来听泽泰尔耳朵里的声音，发誓她们听到鬼在唱《柯尔·尼德拉》[1]。泽泰尔让我父亲贴上去听，但父亲拒绝触碰一个已婚女人的肉体。这件事引起了一位华沙的神经科医生的兴趣——弗拉托医生，他不仅驰名波兰，在全欧洲乃至美国都有名气。一份意第绪语报纸也报到了此事。文章的标题借用了托尔斯泰的剧作名，《黑暗的势力》。

正是在这段时间，我们搬到了克鲁奇玛尔纳街的另一个院子。几周后，在萨拉热窝，一个恐怖分子暗杀了奥地利的斐迪南大公和他的妻子。这次暴力事件引发了战争。食物短缺，小城镇的难民大批涌进华沙，报纸上报道着成千上万的伤亡数字。

人们有了其他的谈资，不再对塞利格裁缝家的事津津乐道。住棚节过后，塞利格突然去世，几个月之后泽泰尔也跟着入了土。

那年冬季，德国人和俄国人在布楚拉河打仗，我们家的窗户被炮火震得直响，炉子没有生火，因为我们买不起煤。一天，埃丝特·玛尔卡，我家住克鲁奇玛尔纳街十号时的邻居，来拜访我

---

1 《柯尔·尼德拉》（Kol Nidre），犹太人在赎罪日当晚做礼拜开始时唱的祈祷文。

母亲。她说，伊苏尔·戈德尔和杜尼娅要离婚。

母亲问："这到底为了什么呢？都说他们很恩爱。"

埃丝特·玛尔卡答道："拉比夫人，他们不可能在一起。据说海尼娅·德沃莎每天夜里都爬上他们的床，躺在他俩中间。"

"在坟里还嫉妒？"

"看样子是。"

母亲脸色煞白，说了一句我永生难忘的话："活人死掉，死人才能活下去。"

巴士[*]

我至今也没弄明白，为什么一九五六年我要参加这么一趟旅行——与一群游客一起，坐旅游巴士在西班牙转悠了十二天。我们从日内瓦出发。我大概下午三点登上巴士，发现几乎所有座位上都坐了人。司机收了我的票，给我指了一位女士身旁的空座位。女士胸前挂着一个显眼的黑色十字架。她的头发染成了红色，脸上擦了厚厚的腮红，棕色眼睛上打了蓝色眼影。浓妆重彩也没能遮住脸上深深的皱纹。她有个鹰钩鼻，嘴唇红得像煤火，牙齿有

---

[*] 本篇英语由约瑟夫·辛格（Joseph Singer）翻译。

点黄。

她先是和我说法语，但我告诉她我不懂法语，她便换成了德语。我惊讶地发现她说德语不像纯正的德国人，甚至不像瑞士人。她的口音和我有点像，与我犯同样的发音错误。她话中不时掺杂一个听起来像意第绪语的词。我很快得知，她曾经是集中营的难民。一九四六年，她辗转来到兰茨贝格[1]附近的一个难民营。偶然的机会，她和一位苏黎世来的瑞士银行行长交上了朋友。他爱上了她，向她求婚，但提了一个条件：她要改信新教。她原本叫塞琳娜·普尔图斯克，婚后改名为塞琳娜·魏尔霍夫。

她突然和我讲起了波兰语，然后又改说意第绪语。她说："因为我本来就不信上帝，所以，是摩西还是耶稣，又有什么关系呢？他让我改宗，我就改呗。"

"那么你为什么戴十字架？"

"不是什么宗教上的原因。它是一个人临死时给我的，我到死都不会忘记他。"

"一个男人吗？"

"不然还能是什么人——一个女人？"

"你丈夫不反对你这么做吗？"

---

1 德国西部城市。

"我没问他的意见。他在那儿。"

魏尔霍夫太太指了指过道对面坐着的一个男人。他看起来比她年轻，面容白净、肌肤光滑，蓝眼睛，直挺的鼻子。在我看来他有着银行家的典型外貌——沉稳、和蔼可亲，裤子熨得平平整整，向上拉起，以保持裤线，鞋子也擦得干干净净。他戴一顶巴拿马草帽。他的气质表现出了秩序和克制。他膝盖上放着一份《新苏黎世报》，报纸翻开在财经版面上。他从胸前的口袋里拿出一块布擦了擦眼镜。然后，他看了一眼腕上的金表。

我问魏尔霍夫太太，为什么他们不坐在一起。

"因为他恨我。"她用波兰语说。

她的回答令我吃惊，不过我并没有表现出来。那男人侧脸看了我一眼，然后又转回头去。他和坐在他旁边靠窗位置的女士攀谈了起来。他摘下帽子，露出光亮的秃顶，周围一圈是浅黄色的头发。"这个瑞士人看中了我旁边这个女人的什么？"我自问。不过这种问题本来就很难回答。

魏尔霍夫太太说："据我所知，你是这个车上唯一的犹太人。我丈夫不喜欢犹太人。他其实也不喜欢外邦人。他有一百万个偏见。我说什么都会令他不悦。要是他掌权，他会杀光绝大多数人类，只剩下他的几条狗和几个银行家朋友。我不介意和他离婚，但他太吝啬了，不想付赡养金。他现在给的钱都不够我生活的。不过他非常勤奋，而且是我见过的最博学的人之一。他精通六门语言，但是，感谢上帝，其中不包括波兰语。"

她把脸转向窗外。我也没有了继续和她聊天的欲望。我前一晚睡得很差，现在往椅背上一靠，就睡了过去，但脑子里还回荡着那些令人失眠的事。我爱的女人——或者至少是我渴求的那个女人——和我分手了。来之前，我刚在扎科帕内[1]的旅馆里独自待了三个星期。

我是被司机叫醒的。我们到达了今天用餐和住宿的旅馆。我一时反应不过来我们是仍然在瑞士，还是已经到了法国境内。司机报了这一站的城市名字，但我没听清。我拿到了房间钥匙。有人已经把我的手提箱放在房间门口了。过了一会儿，我下楼来到餐厅。所有的桌子都坐了人，但我又不想和陌生人坐在一起吃饭。

我正不知所措地站着，一个男孩走了过来，看样子十四五岁。他的装束让我想起战前的波兰——短裤、羊毛长袜，衬衫领子翻到夹克外面。他是个英俊的小伙子，黑发理成平头，闪亮的黑眼睛，极其白皙的皮肤。他像士兵一样磕了一下鞋跟，问我："先生，您会说英文吗？"

"会的。"

"您是美国人？"

1　波兰南部城市。

"美国公民。"

"或许您可以和我们坐在一起吃？我说英语，我妈妈也说一点。"

"你妈妈同意吗？"

"同意。我们在车上注意到，您读一份美国报纸。我从高中毕业之后，想去美国读大学。您不会恰好是位大学教授吧？"

"不是，但我在一所大学做过几次演讲。"

"啊，我第一眼就看出来您是个了不起的人。我们的桌子在这里，请务必来。"

他领着我找到了她母亲坐的地方。她看上去三十五岁上下，丰腴，脸蛋漂亮。她的黑头发梳成两个发髻，盘在脸的两侧。她穿着贵气，戴了很多珠宝。我向她问好，她笑着用法语回应。

男孩用英语对她说："妈，这位先生是美国人。一位教授，我说对了吧。"

"我不是教授。我之前受一个学院邀请做过驻校作家。"

"请坐。"

我向这位女士解释说，自己不懂法语，于是她就夹杂着英语和德语跟我讲话。她介绍说自己叫安奈特·梅塔隆。男孩的名字叫马克。趁着服务员还来不及给所有桌子上菜，我告诉母子俩，我是个犹太人，用意第绪语写作，我来自波兰。我总是开门见山地说这些，免得之后再被误会。如果对方是个势利小人，他会明白我并不想把自己假扮成别的什么人。

"先生，我也是犹太人。我爸爸是犹太人。妈妈是基督徒。"

"是的，我已故的丈夫是塞法迪犹太人。"梅塔隆夫人说。接着她问我，意第绪语是一种语言还是一种方言？与希伯来语有什么区别？是用拉丁字母还是用希伯来字母书写？谁在讲这种语言？它有未来吗？我简短回答了每一个问题。梅塔隆夫人迟疑片刻后，告诉我她是亚美尼亚人，住在安卡拉，但马克在伦敦上学。她的丈夫是塞萨洛尼基人。[1]他是个销售东方地毯的进出口商人，也曾做过别的生意。我注意到她手指上戴了一枚巨大的钻戒，脖子上戴着华丽的珍珠项链。服务员终于来了，她点了葡萄酒和牛排。服务员听说我吃素食，做了个鬼脸，说厨房还没准备好素食。我说我可以随便吃点——土豆、蔬菜、面包、奶酪。有什么吃什么。

服务员一走，梅塔隆夫人又问起了我的素食习惯：是健康原因吗，还是原则问题，和犹太教规有关吗？我已经习惯了为自己辩护，不仅对陌生人，对多年老友也是如此。当我提到自己不属于任何一所犹太会堂时，梅塔隆夫人问了一个我没法回答的问题：那么我凭什么算是犹太人？

看服务员的反应，我可能要饿着肚子离开了。出乎意料的是，

1　亚美尼亚人在土耳其是弱势少数民族，曾在 19 世纪末至 20 世纪初持续遭到土耳其人的残酷迫害。塞萨洛尼基是希腊城市，曾经属于土耳其。

他给我端来一整盘做熟的蔬菜，一个蘑菇煎蛋，还有水果和奶酪。母子俩都尝了我的菜。马克说："妈，我也想当素食主义者。"

"只要你和我一起住，就休想。"梅塔隆夫人回答。

"我不想待在英国，当然也不想回土耳其。我想做美国人，"马克说，"我喜欢美国文学、美国人的真诚、美国的民主，还有美国人的商业头脑。在英国，只要不是土生土长的人就没有机会。我想娶个美国姑娘。先生，办美国签证需要什么文件啊？我的护照是土耳其的，不是英国的。先生，您愿意为我担保吗？"

"很乐意。"

"马克，你干什么？你刚刚认识这位先生，怎能立刻就提要求。"

"我要求什么了？担保书就是一张纸加一个签名而已。我想去哈佛大学或者普林斯顿大学上学。先生，这两所大学哪一所的商学院更好？"

"我真的不知道。"

"可真是，他已经把一切都计划好了，"梅塔隆说，"一个十四岁的孩子，却有着老成的头脑。这方面像他父亲。他总是提前几年计划好每个细节。我丈夫比我大四十岁，但我们在一起的生活很幸福。"她抽出一块蕾丝边的手帕，拭去了一点看不见的眼泪。

旅行巴士上有个规矩，乘客们每天要互换座位。这样，每个人都有坐在前排的机会。大多数夫妻都坐在一起，单独的旅客则不断地调换邻座的同伴。第三天，司机安排我与那位苏黎世的银行家坐在一起。显然，他铁了心不和妻子坐在一起。

他做了自我介绍：鲁道夫·魏尔霍夫博士。汽车驶离了波尔多——我们之前过夜的城市——向西班牙边境进发。最初，我们都没有说话，后来魏尔霍夫博士开始谈论西班牙、法国和欧洲的局势。他问了我一些美国的事，我告诉他我是一家意第绪语报社的职员，于是他聊起了犹太人和犹太教。一个民族在世界上流浪了两千年，还能保持他们的民族特性，历经沧桑最终回归了自己祖先的发源地，说着祖先的语言，这难道不神奇吗？这在人类历史上绝无仅有。魏尔霍夫博士告诉我，他读过格雷茨[1]的《犹太人史》，甚至还读过一些杜布诺夫[2]的作品。他知道马丁·布伯[3]的作品和克劳斯纳[4]的《拿撒勒的耶稣》。他询问了《塔木德》、《佐哈尔》、哈西德派，我尽我所能回答他。我感觉，再过一会儿他一定要提自己的妻子了。

1　海因里希·格雷茨（Heinrich Graetz, 1817—1891），德国犹太人，书写了第一部犹太民族通史《犹太人史》。

2　西蒙·杜布诺夫（Simon Dubnow, 1860—1941），俄国犹太人，历史学家，著有《世界犹太民族史》。

3　马丁·布伯（Martin Buber, 1878—1965），德国犹太人，哲学家，著有《我与你》。

4　约瑟夫·克劳斯纳（Joseph Klausner, 1874—1958），犹太历史学家，生于立陶宛。他的名作《拿撒勒的耶稣》是一部从犹太人视角记述耶稣生平的作品。

魏尔霍夫太太已经惹恼了其他乘客。全车人在里昂和波尔多被迫等她一个——在里昂等了半个小时，在波尔多等了一个多小时。两次耽搁，把旅行的计划全打乱了。她跑去购物，赶回来时手里拎着大包小包。按照她从前和我描述的，她丈夫是个连一片面包都舍不得多给的吝啬鬼。那我就不懂了，她买这么多东西，用的钱又是哪里来的？两次她都道歉说，自己的表停了，但一位瑞士女士称，她是故意把自己腕上金表的指针往前拨的。塞琳娜·魏尔霍夫的所作所为令她的丈夫蒙羞，他甚至当众指责她扯谎。不仅是他，连我也感到难堪，因为车上的每个人都看得出，她和我都是波兰犹太人。

　　我记不清我们是怎么聊起了她，但魏尔霍夫博士突然间开始和我掏心掏肺。他说："我妻子总指责我是反犹主义者。我娶了一个刚刚从集中营里出来的犹太女人啊，我还能是个什么样的反犹主义者？你要知道，这场婚姻给我带来了巨大的麻烦。那时，金融圈的很多人中了纳粹的毒，我丢失了重要的人脉。我认真考虑过去你们美国，甚至移民去南非，因为我实际上已被逐出了基督徒的生意圈。你们犹太人怎么讲来着……cherem，'革出教门'？上帝保佑，我父母那时还在世，他们都是虔诚的基督徒。我经历的千难万苦，足够写成一本厚厚的书。

　　"我妻子虽然改信了基督教，但她把整件事折腾成了一出闹剧。这个女人走到哪里都能树敌，她最大的敌人是她自己那张嘴。

她的天赋是把遇到的任何人都变成敌人。她曾想和苏黎世的犹太人教区建立联系，但因为出言不逊，而且不知悔改，教区的成员不再搭理她。她去见一位拉比，说自己是无神论者，她和他辩论宗教，说拉比是伪君子。她说所有人都是反犹分子，但她自己对犹太人说的那些话，只有戈培尔才能说得出口。她扮作一个激进的女权主义者，去游行抗议瑞士政府不赋予女性选举权，同时她又以最粗暴的方式斥责女性。

"我注意到你们坐在一起的时候聊了很多，我猜她肯定说过我多么吝啬。但这个女人是个购物狂。她总买一些永远用不着的东西。我的房子很大，里面还是塞满了她买的家具、小物件，还有白痴一样的画，家里转个身都困难。没有哪个仆人愿意在我家工作。虽然我喜欢在家吃饭，但我们只能去餐馆吃。我一定是疯了，才会同意和她一起参加这趟旅行。不过，看来我们是挨不过这十二天了。我现在和你聊天这会儿，脑子里想的其实是索性下车不去西班牙了，交给旅行社的钱就当白花了。我知道，我不应该像这样倾吐我的私事，但既然你是个作家，这些事说不定对你有用。我说服自己，可能是集中营和流浪的经历完全摧毁了她的神经。可是我也见过别的女人，她们从希特勒地狱中幸存下来，仍然是平静、文明、和善的人。"

"你之前怎么没看出她是这样的人？"我问。

"嗯，问得好。我也这么问我自己。为什么我要和你讲这么多，我都很难解释。我们瑞士人都是寡言少语的。与这个女人一起生活了十年，我的性格都变了。名义上改宗的人是她，但我几乎变成了一个波兰犹太人。我读所有的犹太新闻，特别是那些关于犹太国家的。我常常批评犹太人的领导人——不像个局外人，更像一个局内人。"

客车停了。我们到达了西班牙边境。司机拿着我们的护照去了边检站，在那儿待了很长一段时间。

魏尔霍夫博士开始轻声讲话，几乎在喃喃自语："我得实话实说。她倒是有个优点——她能吸引男人。她在性方面很强。天啊，我竟然说起这种事，在我的圈子里，谈性是禁忌。可是何必呢？男人从摇篮到坟墓都一直想着这事儿。她的想象力极强，天马行空。我不是没有和女人相处过，我心里有数。她和我说的那些话，让我如痴如醉。她知道的故事比山鲁佐德还多。我们在一起时，白天很煎熬，但夜晚却很疯狂。她让我疲惫不堪，直到无法工作。东欧的犹太女人都这样吗？瑞士的犹太女人没什么意思，和基督徒一样。"

"呃，先生，这很难一概而论。"

"我隐约感觉，波兰的很多犹太女人都是这个类型。我从她们的眼睛里看得出来。我去过以色列谈生意，甚至会见过本-古里安[1]和一班子以色列高官。我们和以色列国民银行合作。我有一个

---

1 大卫·本-古里安（David Ben-Gurion，1886—1973），以色列第一任总理。

理论：犹太女人几个世纪都被圈在聚居区，如今她们要补偿从前的孤单寂寞。而且，犹太民族富有想象力，即便还没有创作出伟大的文学作品。我读过雅各布·瓦塞尔曼[1]、斯蒂芬·茨威格、彼得·艾顿柏格[2]、阿图尔·施尼茨勒[3]的作品，都让我感到失望。我期待犹太人写出更好的作品。有没有有意思的意第绪语或者希伯来语作家？"

"所有民族里面有趣的作家都不多。"

"嘿，司机带着我们的护照回来了。"

我们穿过了边境，一个小时后，车停下了。我们去一家西班牙餐馆吃饭。

餐馆门口，魏尔霍夫太太找了过来，说："今天上午你和我丈夫坐在一起了，我知道他整个上午都在说我。我可以像聋哑人一样读唇语。你应该知道，他是个积习难改的骗子。从他嘴里说出来的没有一句实话。"

"事实上他夸赞了你。"

塞琳娜·魏尔霍夫紧张了起来："他说了什么？"

"说你是个耐人寻味的女人。"

"他是这么说的？不可能。他已经阳痿多年了，和他在一起，

1　雅各布·瓦塞尔曼（Jakob Wassermann，1873—1934），德国犹太作家。

2　彼得·艾顿柏格（Peter Altenberg，1859—1919），奥地利作家，他放弃了犹太身份。

3　阿图尔·施尼茨勒（Arthur Schnitzler，1862—1931），奥地利剧作家、小说家。

我也成了性冷淡。他从肉体上和精神上都让我感到恶心。"

"他夸赞了你的想象力。"

"我身上就剩下想象力了。他像吸血鬼一样吸干了我的血。他在性上不正常。他是个潜在的同性恋——不那么潜在——每当我跟他说这个，他总是坚决否认。他只喜欢和男人待在一起。在我们还同房的时候，他曾经整晚质问我和其他男人的关系。我只得胡编乱造，好让他满意。接着他把子虚乌有的罪孽往我头上扣，用很脏的话骂我。他逼我承认和一个纳粹有一腿，上帝知道，我宁可让他们活剥了我，也不会做那种事。我们找个桌子一起吃饭吧？"

"我答应了一对母子和他们一起吃。"

"啊，我见过，就是昨天在餐厅和你同坐的那个女人？她儿子真好看，但她太胖了，她要再老了就没法看了。你注意到她戴了多少枚钻石吗？简直是个珠宝店——没品位，恶心。在里昂和波尔多，我们的房间都没有浴室，她的有。她这么有钱，干吗坐巴士旅行呢？他们给她分的不是普通房间，是套间。她是犹太人吗？"

"她已故的丈夫是犹太人。"

"噢，一个寡妇。她可能正物色男人吧。那些钻石更像是赝品。她是哪里人，法国人？"

"亚美尼亚人。"

"愚蠢的男人玩死了自己，给这种贱货留下大笔遗产。她住在哪儿？"

"土耳其。"

"小心了。我一眼就能看出，这是个蜘蛛精。不过男人都是瞎子。"

我不敢相信她的话，不过我开始觉得马克在撮合他母亲和我。奇怪的是，他母亲显得很被动，就像旧时被父母拉去相亲的姑娘一般。一个富有的寡妇、一个住在土耳其的亚美尼亚人，怎么会对一个意第绪语作家感兴趣呢？她能指望什么前途吗？没错，我是美国公民，但梅塔隆夫人即便没有我的帮助想拿到去美国的签证也不是难事。我认定，她十四岁的儿子催眠了她——他控制着她，或许就像之前他父亲一样控制着她。我甚至想：或许她丈夫的灵魂附在了马克身上，这个已经死去的塞法迪犹太人希望他妻子再嫁一个犹太人。我企图躲开这两个人，但马克每次都能找到我，说："先生，我妈妈已经在等您了。"

他的话暗含着命令。到了我点素食的时候，马克代劳了，直接告诉服务员给我上什么。他之所以会说西班牙语，是因为他父亲曾经有个商业伙伴，他们之间说拉迪诺语[1]。我不习惯吃饭的时

----

1 拉迪诺语是西班牙犹太人说的西班牙语，与西班牙语稍有不同。

候喝红酒，但马克没和我商量，就为我点了一杯。我们每到一个城市，他总设法安排我和她母亲单独去购物，买些纪念品和便宜货。每逢这种情形，他会严格嘱咐我不要为他母亲花钱，如果我已经掏了钱，他都会问出个数来，让他母亲还给我。我要是推辞，他便皱起眉头，说："先生，我们不需要礼物。意第绪语作家不宽裕的。"他打开他母亲的钱包，把钱如数付给我。

梅塔隆夫人羞怯地笑着，半开玩笑半认真地说，她好像马克的女儿。但她显然接受这种母子关系。

她这么软弱吗？我想，或者这背后有什么阴谋？

这事让我觉得很蹊跷，毕竟她和儿子只在假日才见面。一年中其他时间，她留在安卡拉，儿子在伦敦上学。在我看来，马克仍然依靠他妈妈，当他需要钱的时候得向他妈妈要。

最初，母子两个在车上坐在一起，但一天午饭后马克告诉我，我得和他妈妈挨着坐。他去和塞琳娜·魏尔霍夫坐。他没经过司机的同意，就把这件事安排了，我不知道他有没有和他母亲商量过。

我本应该和一位荷兰女士坐在一起的，这么一调座位，惹得乘客们窃窃私语。从那天起，不仅在餐厅，在车上我也成了梅塔隆夫人的旅伴，一起坐。人们开始挤眉弄眼、说三道四。我多数时间都在看窗外的风景。客车驶过的地方让我想起沙漠和以色列的土地。农民骑着驴。我们驶过吉卜赛人居住的山洞。年轻姑娘头上顶着水罐。老婆婆肩上扛着用床单打捆的木柴和药草。我们驶过古老的橄榄树，还有像雨伞一样的树。在经过烧荒的斑驳平原上，绵羊在干裂的土块间觅草。一匹马围着井转圈。浅蓝色的天空散发着滚滚热气。某种《圣经》里才有的气息回荡在这片土地上。《摩西五经》中的段落在我记忆中一闪而过。我感觉自己正身处幔利平原[1]上，亚伯拉罕的帐篷就在不远的前方，天使把好消息带给撒拉，说她在九十岁时将蒙圣恩，生下一个男孩。我脑袋里回旋着远古的故事，索多玛、以撒献祭、夏甲和以实玛利。收割后的田野上堆放着麦穗，让我想起约瑟的梦[2]。一天上午，我们驶过一个马市。马和人都静静地站着，凝固在沉默中，仿佛是来自逝去时代的幻影。很难相信正是在这片土地上，大约十五年前发生了一场斯大林派和托洛茨基派之间的内战[3]。

　　距离出发不过一个星期，我却感觉自己已经流浪了好几个月。一个姿势坐得太久，我浑身翻涌着一股欲望，不是爱欲甚至不是性的悸动，纯粹是某种动物冲动。我的旅伴似乎也有同样的感受，身上散发出一股特别的热气。当她不小心碰触到我的手时，竟然会烫着我。

1　《圣经》中迦南圣地的一处地名。

2　约瑟曾梦见自己和哥哥们在田野中捆麦穗，哥哥们的麦穗向自己的麦穗下拜。这个梦预示着约瑟受到神的恩典而拥有崇高地位。

3　指西班牙国民军派（右翼）和共和派（左翼）之间的战斗。

我们几个小时坐着不说一句话，但健谈的时候又无话不说。我们把私密的事都说给对方听。有时困到打哈欠，迷迷糊糊地还在聊。我问她，怎么会和一个比自己大四十岁的男人结婚。

她说："我是个孤儿。土耳其人杀了我的父亲，我母亲不久也死了。我们很富有，但他们抢走了我们的一切。我遇到他，是在他的办公室，我是他的雇员。他有双狂野的眼睛。他只看了我一眼，我便知道他想要我，愿意娶我。他有钢铁的意志，像巨人一样强壮。要不是他从早到晚不停地抽雪茄，他可以活上一百岁。他每天可以喝十五杯苦咖啡。他把我弄得筋疲力尽，直到我对做爱都感到厌烦。他死的时候，我感到释然，觉得终于可以改变一下活法，安静安静了。现在，我身体里的一切又开始苏醒了。"

我半睡半醒地听着。"你结婚的时候是处女吗？"我问。

"是处女。"

"他死后，你有过情人吗？"

"很多男人追求我，但我生长的环境让我不能接受未婚同居。在土耳其我生活的圈子里，不容许女人放纵。女人必须维护她的声誉。"

"土耳其有什么让你离不开的呢？"

"哦，我在那儿有房子、仆人，还有生意。"

"现在到了西班牙你可以随心所欲。"但话一出口我立马后悔了。

"但还是有个看守我的人,"她说,"马克盯着我呢。我告诉你一件你会觉得很疯狂的事。甚至当他在伦敦读书、我在安卡拉的时候,他也看着我。我总觉得他知道我做的一切。我感觉那不是他,而是他父亲。"

"你相信这个吗?"

"这是事实。"

我扭头望向车的后排,马克正紧紧地盯着我,好像也想把我催眠似的。

晚上我们在一家旅店歇脚。我们先要排队上厕所,然后等很长时间才吃上饭。我们分到的房间屋顶高、墙壁厚,屋里放着老式的脸盆架子和水罐。

晚上到达旅店已经很晚了,于是我们十点多才吃到晚饭。马克再次点了一瓶红酒,我鬼使神差地喝了好几杯。马克问我一路上有没有机会洗澡。我告诉他,我每天早上就着脸盆用冷水擦洗,别的旅客也都是这么洗的。

他半是询问半是命令地看了他母亲一眼。

梅塔隆夫人犹豫了片刻,说:"来我们房间吧。我们有浴室。"

"什么时候?"

"今晚吧。我们明天一早五点就出发了。"

"先生,请务必来,"马克说,"泡个热水澡有益健康。在美国每个人都有浴室，哪怕是搬运工和看门的。日本人用木盆全家一起泡。您晚饭后过半个小时来吧。吃完饭立即泡澡不好。"

"我会打扰到你们的。你们显然很累了。"

"不会的，先生。我不熬到一两点从不睡觉。我打算去城里散散步，得伸伸腿脚。车上坐了一整天，我的腿又疼又僵。我妈妈睡觉也晚。"

"一个人晚上在陌生的城市里散步，你不害怕吗？"我问。

"我不怕任何人。我学过摔跤和空手道，也上过射击课。我这个年龄的男孩本来不允许学射击，但我找了私人教练。"

"啊，他上过的课，比我头上的头发还多，"梅塔隆夫人说，"他什么都想学。"

"到了美国，我要学意第绪语，"马克宣布，"书上说，美国有一百五十万人在讲这种语言。我想读您的意第绪语作品。这对做生意也有好处。美国有真正的民主。你必须用客户自己的语言同他们交谈。我想让妈妈也和我一起去美国。在土耳其，没有哪个亚美尼亚人能够掌握自己的命运。"

"我的朋友都是土耳其人。"梅塔隆夫人反驳道。

"一旦大屠杀开始，他们就不会再把你当朋友了。妈妈不想让我知道，但我很清楚他们对土耳其的亚美尼亚人和俄国的犹太人做了什么。我想去以色列。犹太人在那里不必像在俄国和波兰那样卑躬屈膝。他们反抗。我要学希伯来语，在耶路撒冷大学学习。"

我们道别时，马克从笔记本上撕下一片纸，写下了他们的房间号。我回自己的房里休息。上楼的时候我两腿瘫软。我没脱衣服就躺下了，打算睡上半个小时。我合上眼睛，沉沉睡去。什么人叫醒了我，是马克。我至今不知道他是怎么闯进我房间里来的。可能我忘了上锁，也可能他贿赂了服务员给他开门。

他说："请原谅，先生，但您已经睡了一个小时了。您好像忘记要来我们房间泡澡了。"

我向马克保证，过十分钟我就去找他们。他想了想，离开了。我费了很大劲，脱下外衣，从旅行箱里找出我的浴袍和拖鞋。回想那天我决定参加这趟旅行，我真是该死。但是我没有勇气告诉马克我不去洗了。马克办事周到、礼貌，又带着一股孩子气的粗暴。

我把薄外套穿在浴袍外面，迈起晃晃悠悠的双腿，爬两层楼去他们的房间。我仍然睡意蒙眬，一时以为自己在一艘船上。我来到梅塔隆母子的楼层，却找不到写着他们房间号的纸片。我确信是四十三号。天花板的灯又高又小，晦暗的灯罩罩着，几乎发不出亮光。我看不清门牌号。我摸索着，找到了他们的房间，敲了敲门。

门开了，我吓了一跳，开门的是一身睡衣的塞琳娜·魏尔霍夫，脸上抹着一层厚厚的面霜。她的头发是湿的，刚刚染过。我太尴尬了，都不知道说什么好。终于我开口问道："这是四十三号房间吗？"

"是的，四十三号。你想找谁？啊，我明白了，你的钻石女伴住在这一层。我看到过她儿子。你找错地方了。"

"夫人，我不想耽搁你的时间。我只想告诉你，他们邀请我去泡个澡，仅此而已。"

"泡个澡？那就去吧。我已经超过一个星期没洗澡了。这算什么旅游团啊？有些游客享受特权，另一些被歧视？广告上倒是没说游客分成高低两等。亲爱的——你叫什么来着？我提醒过你，那个人想套住你，而且我发现，这件事发生得比我预想的还快。稍等一下——你的泡澡水不会流走。他们从什么时候开始把这个叫'泡澡'？我们都不这么叫。别急着走。你忘记了门牌号，所以要敲陌生人的门，把他们吵醒。每个人都累得要死。这一趟行程，不等你躺下，就又要起床赶路了。我丈夫很能睡。他躺下，打开一本书，两分钟之后就能像个爵爷一样打鼾了。他还带了自己的闹钟。我完全不睡觉。真的。这是我的病。我已经很多年不睡觉了。我和伯尔尼的一位大夫说过——他实际上是医学教授——他把我当骗子。瑞士人有时候非常粗鲁。他在医学书里研究出了什么，或者他提出了某个理论，只因为我的症状和他的理论不符，就把我当骗子。你和那个女人坐在一起的时候，我始终在观察。我看她不停地笑，你一定在给她讲笑话。在她独占你之前，我丈夫有一次和她坐在一起，她和他讲的话，不可能是正经女人会和陌生人讲的。我怀疑她是土耳其妓院里的老鸨，反正就是那类人。有地位的女人从不戴那么多珠宝。一公里之外都能闻到她的香水味。我甚至不敢说那个男孩真是她的儿子。他们之间似乎有种不对劲的关系。"

"魏尔霍夫太太，你在说些什么？"

"我可不是凭空捏造。上帝诅咒我，让我的眼睛看得真切。我说这是'诅咒'，因为我觉得这不是福分。如果你只是去泡澡，如你声称的那样，那就去吧，满足自己的愿望，但是你要小心——这种人很容易让你感染其他什么的，天知道是什么东西。"

就在这时，对面的门开了，我看到梅塔隆夫人穿着一件华丽的睡裙，趿拉着金色拖鞋。她的头发披散下来，垂到了肩膀。她还化了妆。两个女人气鼓鼓地对望了一眼。接着梅塔隆夫人说："你去哪里了呀？我在四十八号，不是四十三号。"

"噢，我搞错了。真的，我完全搞错了。我非常抱歉——"

"去泡你的澡吧！"魏尔霍夫太太说着，轻轻推了我一把。她咕哝了几句我听不懂的法语，但我知道那是骂人。她砰地甩上了自己的门。

我转向梅塔隆夫人。她问："为什么你偏偏找上了她？我等啊等啊，你就是不来。热水已经一点儿都不剩了。另外，马克跑哪儿去了？他去散步还没有回来。今天晚上我亏大啦。那个女人——她叫什么来着？魏尔霍夫——是个大麻烦，而且是个疯子。她自己的丈夫都承认她精神有问题。"

"夫人，我犯了个要命的错误。马克给我写了你的房间号码，但是我换衣服的时候把纸条弄丢了。这都是因为我太累了……"

"哈，那个红头发的泼妇是不是要在全车人面前诋毁我了！她就是条蛇，她说的每个字都有毒。"

"我真的不知道该如何请你原谅。但……"

"算了，这不是你的错。都是马克非要安排这一出。司机本来让我保守秘密，不让其他人知道我们有浴室。他不想让别的游客嫉妒。这下好了，让他说中了，他肯定要向我发火。这趟旅行没法再继续了。我和马克到了马德里就下车，搭火车或者飞机到边境，或者直接去巴黎。进来坐会儿吧。反正我已经被拖累了。"

我进了屋，她带我来到浴室，热水管确实已经没水了。浴缸是马口铁打的，又深又长。浴缸边上连着一根管子，用来控制水流。水龙头是铜制的。我再一次道歉，梅塔隆夫人说："你是无辜受牵连。马克是个天才，但像所有天才一样，他爱耍性子。他小小年纪就聪明过人，五岁的时候懂对数。他读法文的《圣经》，记得住里面所有的名字。他爱我，硬让我和人约会。事实上，他想寻找一个爸爸。我一陪他度假，他就要为我物色丈夫。他总把事情搞成一团乱麻，常常尴尬收场。我不想结婚——肯定不会嫁给马克帮我挑的人。但他有强迫症，他会变得歇斯底里。我不应该向你说这些，但我有我的原因——如果我做了让他不高兴的事，他就打我。事后又后悔，把头往墙上撞。我能做什么呢？我爱他胜过爱自己的生命。我日夜为他操心。我不太清楚他为什么对你的印象这么好。或许因为你是犹太人、作家，并且从美国来吧。但我生在安卡拉，我的家在那里。我去美国能做什么？我读了一些关于美国的报道，那个国家不适合我。在我们那边，仆人很便宜，我有财务上的问题可以请教朋友。如果我离开土耳其，家里的东西都得贱卖。我告诉你这些只是想说，我们之间不可能。正如你不会愿意住在土耳其，我也不愿意搬到纽约。但我不想让马克失望，所以我希望旅行期间你能友好对待我，吃饭的时候和我们坐在一起，等等。等旅行结束，你回你的家，就让这段经历成为你生活中的一段插曲。他马上就要回来了。告诉他你已经泡过澡了。到了马德里你就能洗澡了。我们会在那里停留两天，我听说那儿饭店条件不错。我确信你在纽约有你爱的人。再坐会儿吧。"

"我刚和一个女人分手了。"

"分手了？为什么？你不爱她了吗？"

"我们很相爱，但没法相处。过去的一年我们一直吵架。"

"为什么？为什么人们就不能安安静静地生活呢？我和丈

夫也很相爱，但我也得承认，我事事迁就着他。他很霸道，我对自己的孩子都不敢说个'不'字。啊，我好担心啊。他从没有独自在外面待过这么久。他肯定希望你向我表白，等他回来，我们两个的事情就定下来了。他是个孩子，一个疯孩子。我最害怕的是他可能自杀。他曾经威胁说要自杀。"她一口气讲了这些话。

"为什么？为什么呀？"

"没有理由。就因为我在一些小事上不如他的意。全能的上帝啊，为什么我要和你讲这些？因为我的心情太沉重了。千万不要告诉别人，上帝保佑！"

这时马克开门进来。他看到我坐在沙发上，便问："先生，您泡过澡了吗？"

"泡过了。"

"很舒服，是不是？您看起来精神焕发。您在和我妈妈聊什么？"

"噢，随便聊聊。我告诉她，她是我见过的最漂亮的女人。"我不敢相信这话是从自己的嘴里冒出来的。

"没错，她可漂亮了，但她绝不能留在土耳其了。东方的女人老得快。我曾经读到一篇文章，有个六十岁的女人在百老汇演了个十八岁的少女。您把担保书寄给我们，我们去美国找您。"

"好的，我会的。"

"您可以亲吻我妈妈，跟她道晚安。"

我站起身，亲吻了她。我的脸开始汗津津的。马克也吻了我。我道了"晚安"，告辞下楼。我再次感觉上了一艘船。台阶总绊我的脚。我不知怎么的，糊里糊涂地多下了一层楼，到了旅馆大堂，这里黑灯瞎火的，前台服务员在桌子后面睡着了。黑暗中，魏尔霍夫太太裹着袍子坐在皮椅上抽烟，跷着二郎腿。

她看到了我，说："我反正也不睡觉，干脆就在这儿过夜了。床是用来睡觉或者做爱的，但如果没觉可睡，或者没人可做爱，床就成了监牢。你在这儿做什么？你也睡不着？"

她深深吸了一口烟，烟头的火光瞬间照亮了她的眼睛，闪烁着好奇和病态。

她说："这么一个澡洗下来，男人应该能倒头就睡吧，怎么会像丢了魂一样瞎逛呢。"

马克开始告诉全车人他妈妈和我订婚了。他打算等巴士开回日内瓦，就让我向美国领事馆为他和他妈妈申请签证，这样我们三个人可以一同飞到美国去。梅塔隆夫人几次告诉他这是不可能的，她在安卡拉还有生意需要料理。我则编了一个谎，称自己有文学方面的事务要去意大利。但是马克争辩说，我们可以把事暂时往后推。他和我说话的口气仿佛我已经是他的继父了。他把他妈妈的财产和盘托出。他爸爸为他安排了一个信托基金，而把剩下的财产全留给了他妻子。根据马克的计算，她的身家不少于两千万美元——可能更多。马克想让他妈妈把在土耳其的一切财产转移到美国去。他甚至希望，不等高中毕业就去美国读书。靠他妈妈的钱的利息，我们足以过上奢侈的生活。

马克决定，我们就在华盛顿定居。这些想法幼稚而荒唐，但是这个男孩令我害怕。我知道，摆脱他是件难事。她母亲暗示过了，让他失望的话他真的会自杀。她对我提议说："或许你可以和我在土耳其待一阵？土耳其是个有趣的国家。你能够获得为报纸写报道的素材。你可以住两三周的时间，然后再回美国。马克不会纠缠你的。他会渐渐意识到，我们并不合适。"

"我在土耳其能做什么？不，那不可能。"

"如果是钱的问题，我很乐意负担费用。你甚至可以和我一起住。"

"不，梅塔隆夫人，我不会考虑的。"

"唉，肯定要出事。我该拿这个孩子怎么办呢？他要把我逼疯了。"

我们在马德里待了两天，在科尔多瓦待了一天，接着我们前往塞维利亚，计划在那里停留两天。旅行社许诺带我们去一次夜总会。然后的路线是马拉加、格拉纳达、瓦伦西亚和巴塞罗那，再从那里去阿维尼翁，最后回到日内瓦。

在科尔多瓦，魏尔霍夫太太耽搁了大家将近两个小时。她从旅店里消失了，人们怎么也找不到她。因为这件事，游客们错过了一场斗牛赛。魏尔霍夫博士恳求司机继续赶路，撇下他那疯子老婆，因为她活该一个人被丢在西班牙。但是司机不忍心把一个女人落在陌生的国家。最后她拎着大包小包回来了，魏尔霍夫博士扇了她两个耳光。她拎的东西掉在了地上，里面有个瓶子碎了。"纳粹！"她高声叫道，"同性恋！施虐狂！"魏尔霍夫博士提高了嗓门，所有人都听到了："哼，感谢上帝，我的苦难应该就此终结了。"然后他向空中举起双手，像一个虔诚的犹太人在宣誓。

争吵又耽搁了众人三刻钟。魏尔霍夫太太最后终于上了车，没有人愿意和她同坐。司机曾经见我和她说过几次话，便问我愿不愿意和她坐，毕竟车上没有单独的座位。马克想让我和他妈妈坐在一起，自己去找魏尔霍夫太太，但梅塔隆夫人喝止了他。

魏尔霍夫太太盯着窗外看了很长时间，并不理我，仿佛我是那个让她受辱的人。后来她转过头对我说："给我你的地址。我想让你来法庭当我的证人。"

"什么证人？如果真到了那一步，法庭会为他找证人，而且——请原谅我这么说——那才是照章行事。"

"啊？噢，我明白了。你如今准备娶那个亚美尼亚女继承人了。你已经打算和反犹分子站在一起了。"

"夫人，你的所作所为对犹太人的伤害，超过了所有的反犹主义。"

"他们是我的敌人，死敌。那些魔鬼侮辱我的时候，你的君士坦丁堡贵妇可是喜形于色呀。我又回到原来的地方了——一座集中营。你马上要改宗了，我知道，但我要回到犹太人的上帝那儿去。我不再是他的妻子，他也不再是我的丈夫。我要把一切都留给他，只带着性命逃离，就像我在一九四五年那样。"

"为什么你每到一个城市都让一车人等你呢？这和犹太信仰没有关系。"

"这是个阴谋，我跟你说。他精心策划，把每个细节都安排好了。我整夜不睡觉，但到了天快亮的时候我正打盹呢，他把表往前拨了。那天晚上你敲我的房门——那是在哪个城市？——你想去土耳其妓女那里泡澡那次，那也是他的鬼把戏。这个阴谋为的是他能捉住我和人偷情。他显然想让我净身出户，他得逞了，这只狡猾的狐狸。我不能再留在瑞士了，但谁又能收留我呢？除非我想办法到以色列去。现在我一切都明白了，你要做他的证人，不是我的。"

"我谁的证人也不做，少胡扯。"

"你肯定觉得我疯了。那就是他的目的——把我送进精神病院。多年来他一直在提这事，他已经试探过了。他总送我去看精神科医生，还想毒死我。他在我的饭里下过三次毒，但每次我都靠本能——或许是上帝的指引——警觉到了。顺便告诉你，那个男孩，马克，他不是拼命想让你和那个土耳其妓女在一起吗，他不是她的儿子。"

"那他是谁？"

"他是她的情人，不是儿子。她和他睡在一起。"

"你亲眼见到的？"

"马德里的一个旅馆服务员告诉我的。她一天早上误开了他们的房门，看到他们一起睡在床上。就有这种变态的女人。有的女人喜欢小狗，有的女人喜欢男童。真的，你正往泥潭里滑。"

"我没往哪儿滑。"

"你打算带她去美国？"

"我谁也没打算带。"

"那好，我最好还是闭嘴吧。"魏尔霍夫太太转过头不再理我。

我把头往后仰，枕着椅背，闭上了眼睛。我敢肯定，这个女人是偏执狂，不过她最后几句话依然让我心神不宁。谁知道呢？她说的或许是事实。性变态是许多谜团的答案。我恶心得几乎吐出来。没错，我想她说对了，我正往泥潭里滑。

现在我只有一个愿望——尽快下车，越快越好。我突然想到，尽管自己和梅塔隆夫人、马克天天腻在一起，但我至今没把地址给过他们。

我睡过去了。再睁开眼，马克告诉我车已经到塞维利亚了。

我睡了三个多小时。

尽管出发得晚，我们还有时间仓促吃顿饭。跟往常一样，我和梅塔隆夫人、马克一起吃。马克要了一瓶马拉加葡萄酒，我喝掉了大半瓶。酒气从我的胃冲到我的头顶。

大家在餐桌上聊的话题都是魏尔霍夫夫妇。女人们一致认为，魏尔霍夫博士能够忍受如此不堪的婚姻，他一定是个圣徒。

梅塔隆夫人说："依我看，她也就到此为止了。圣人也有无法忍受而爆发的时候。他是个银行家，长得英俊。他不会单身太久的。"

"我不希望他做我的爸爸。"马克说。

梅塔隆夫人笑着朝我挤挤眼。"为什么呀，儿子？"

"因为我想去美国上学、定居，不是瑞士。瑞士只适合登山和滑雪。"

"别担心。他不会成为你爸爸的。"

梅塔隆夫人一边说着，一边做了一件她从未做过的事——用膝盖贴住了我的膝盖。

几辆马车等在旅馆门前，要载我们去一家夜总会。车前的灯笼里烛光闪烁，投下形状奇怪的光影。我离开华沙以后，就没再坐过马车。整个夜晚像被施了魔法——我和梅塔隆夫人、马克同坐一辆马车从旅馆到夜总会，又一起看夜总会里面的歌舞表演——马车驶过昏暗的塞维利亚街道，车里梅塔隆夫人抓着我的手。马克面对我们坐着，眼睛像某种夜间出没的鸟一样放光。夜色温柔，空气里弥漫着葡萄酒、橄榄油和栀子花的气味。梅塔隆夫人连连惊叹："多美的夜晚呀！看看天空，满天繁星！"

我碰到了她的胸，她颤抖着，捏了一下我的膝盖。我们都心醉神迷，不是因为喝多了酒，而是太疲惫了。我再次感受到她身体散发出的温热。

下了马车，马克走在前面几步远的地方，梅塔隆夫人悄悄对我说："我想再生一个孩子。"

"和谁？"我问。

"你猜。"

我不知道夜总会的男女演员、音乐和舞蹈是否真的如我想的那样好，那天晚上的一切都让我如痴如醉——半阿拉伯风格的音乐，舞蹈演员像哈西德派似的踢踏着脚，若有深意的响板节奏，他们穿着的奇装异服。本应该撩人情欲的旋律，我听着却想起了赎罪日前夜的礼拜之声。马克找了一个靠近舞台的空座，留下我们两个独处。我们开始拥吻，激情迸发犹如久别重逢的情侣。接吻的间隙，梅塔隆夫人（她已经让我称呼她"安奈特"了）执意要我随她去安卡拉。她甚至准备去美国看看。我赢得了一场我永远也解释不了的胜利，唯一的解释或许是：在爱的较量中，有时败者急切地希望屈服，一如胜者急切地希望征服。这个女人已经独自生活了一些年了。她习惯了老男人的怀抱。想到这些，我也告诫自己，马克不会允许我们仅仅是情人关系。

马克时不时回头探询似的望我们一眼。我不相信魏尔霍夫太太对他们母子俩的诽谤，但我很清楚，马克敢杀死任何他认为侮辱了他妈妈的人。这个女人说想再生一个孩子，这是个危险的信号。不管我现在多么垂涎她的身体，但我知道自己和她没有任何精神共鸣。过不了多久，爱欲就会被误解、厌烦和后悔取代。再说，我平素害怕土耳其人。小时候我就详细地听说了阿卜杜勒-哈米德的暴行[1]，后来又在书上读到亚美尼亚大屠杀。在遥远的安卡拉，他们可以轻易给我罗织一个罪名，夺走我的美国护照，把我投进监狱，我再也不可能活着出来。多奇怪呀，在我还是犹太学校的小学生时，我就曾梦见自己躺在土耳其监狱里，五花大绑。不知什么原因，我一直没忘记这个梦。

从夜总会回旅馆的路上，母子二人都问我房间里有没有浴盆。我告诉他们没有，他们立即邀请我去他们房间洗澡。马克又说他要去城里散步。按计划我们要在塞维利亚待两晚，这意味着第二天早上我们不用早起。

梅塔隆夫人和马克分到了一个有三个房间的套房。我答应去，梅塔隆夫人又说："别来太晚了。热水可能很快就凉了。"这听起

---

1 阿卜杜勒-哈米德二世是 1876 年至 1909 年间的奥斯曼土耳其帝国苏丹。他在任期间，开始了对土耳其境内的亚美尼亚人的屠杀。

来话里有话，像是在引用某则寓言。

我回到自己的房间，是在顶层，太阳晒了屋顶一整天，房间里热气灼人。我打开灯，呆立了好一会儿，热气和一天的经历，让我昏昏沉沉。我感觉屋子的四壁仿佛马上要喷出火来，房间就要像纸糊的灯笼一样燃烧起来。一张铜架子床，上面放着一条满是污渍的红毯子，一个大枕头。我急需躺下来，但床单很脏，我似乎能闻到精液的味道，谁知道有多少个游客曾把精液射在上面。我的浴袍和睡衣还在旅行箱里，我连打开它的力气都没有了。唉，反正我总得睡在这张脏床上，洗澡有什么用？

在马车上和夜总会的时候，我每一寸身体都在情欲中燃烧。现在，我有机会和那个女人单独在一起了，激情却消失了。我反而开始憎恶这个土耳其富婆，还有那个被她宠坏的孩子。千万不能让马克再来叫醒我。我把门锁拧上，把门闩插上。我熄灭所有的灯，在弹簧床垫上和衣躺下，决心抵制一切诱惑。

旅馆坐落在一个喧闹的街区。小伙子们大喊大叫，女孩们放肆地笑。时不时传来一个男人的叫声，随后是一声长吁。这是从外面传来的？还是从某间客房？什么人被杀了吗？被折磨了？谁知道呢，或许宗教裁判所[1]的残余势力依然没有消逝。我感觉身上有虫咬，伸手抓了抓。我浑身冒汗，但无心去擦。"这趟旅行太疯

---

1 宗教裁判所是天主教打击异端的机构，在近代西班牙势力尤其强大。

狂了，"我自言自语，"一路上处处是危险。"

我睡着了。这次马克没来叫醒我。黎明时分，天气变冷了，我盖上了那条几小时前令我恶心的毯子。我醒来的时候外面已经烈日当空。我取下架子上的水罐，倒出里面的温水，洗了个澡，用一条发黄的毛巾擦干了身子。我好像在睡梦中拿定了主意。昨晚坐马车穿城而过的路上，我看到了库克旅行社和美国运通公司的分店。我有回美国的机票、美国护照、旅行支票。

我提着旅行箱下楼，他们告诉我早餐的时间已经过了。所有乘客都去参观教堂、摩尔人宫殿和博物馆了。感谢上帝，我躲过了梅塔隆夫人和她儿子，不用浪费口舌为自己解释了。我在旅馆收银员那儿给司机留了小费，然后径直去了库克旅行社。我担心又有什么烦琐的手续，但他们只是收了我一张支票，卖给我一张开往日内瓦的火车票。这样，我让巴士公司白赚了两百美元，但这是我的问题，不是他们的错。

一切顺利。一辆驶往比亚里茨的火车马上要开了。我订的是卧铺。我上了车，改起了一份文稿，仿佛所有的事都不曾发生过。

快到晚上的时候，我饿了，乘务员给我指了餐车的方向。二等车厢全空着。我往餐车里张望。车厢里一张门边的桌子上，赫然坐着塞琳娜·魏尔霍夫，正在撕扯着一只烤鸡。

我们默然对视了好一阵。然后魏尔霍夫太太说："这事都能发生，那弥赛亚也可能随时降临了。话说回来，我知道我们会再见面。"

"你怎么在这里？"我问。

"我的好丈夫把我赶走了，就这样。上帝知道我已经受够这趟旅行了。"她指着自己的喉咙。

她提议我和她一起吃。她为我当翻译，点了一些素食。她看起来比之前我见到她时要理智些，也变得稳重了。她穿着一身黑裙，甚至显得更年轻了。她说："你跑掉了吗？你这么做是对的。不然你会掉进一个陷阱，再也脱不开身。她和你，就像魏尔霍夫博士和我一样般配。"

"你为什么每次都让巴士等你呢？"我问。

她陷入了沉思。"我不知道，"许久，她说，"我不懂我自己。魔鬼纠缠着我。他们用诡计误导我。"

服务生端来了我的蔬菜。我一边咀嚼一边望着窗外，夜色降临收割后的田野。夕阳小小的，发出微弱的光，快速沉落，就像天火中坠落的煤块。夜的忧郁飘荡在大地上，它是厌倦了永恒的永恒。仁慈的上帝啊，我的父亲和祖父是对的，要避开女人！男人和女人的每次相遇，都将走向罪过、失望、耻辱。我感到一阵恐惧袭来，担心马克找到我，报复我。

塞琳娜好像能读懂我的心事似的，她说："别担心。她很快会找到安慰的。你为什么来旅游？只是想看看西班牙？"

"我想忘掉一个不肯去忘记的人。"

"她在哪儿？欧洲？"

"在美国。"

我们坐到很晚，魏尔霍夫夫人向我娓娓解释了她的宿命论：一切都是确定的、注定的——每一个行为、每句话、每个念头。她本人不久将死去，没有医生或者巫师能救得了。她说："你来之前，我正幻想着和某人商定一个自杀协议。我们一晚欢愉之后，他把刀捅进我的胸膛。"

"死法那么多，为什么偏偏用刀？"我问，"犹太人是不会这么幻想的。即使是对希特勒，我也下不了刀。"

"如果女人愿意，这可以是一次爱的行为。"

服务生走来小声说了什么。

魏尔霍夫太太解释说："餐车里就剩我们了。他们要关门了。"

"我好了，"我说，"够了，都够了。"

"别急嘛，"她说，"与我们那个倒霉的巴士司机不同，驱使我们疯狂的力量有的是时间。"

辛格年表*

1904年　7月14日，艾萨克·巴什维斯·辛格出生在波兰华沙附近的莱昂
辛（Leoncin）小镇。父亲平查斯·迈纳切姆（Pinkhos Menakhem）
是一位哈西德派拉比，母亲巴斯舍芭（Bathsheba）出生在一个犹
太拉比世家，受过良好的教育，以博学聪慧闻名。辛格有一个姐
姐、一个哥哥和一个弟弟，姐姐欣德·埃斯特（Hinde Esther）和
哥哥伊斯雷尔·约书亚（Israel Joshua）后来都成为作家，弟弟摩西
（Moishe）则继承父业。此外，家中还有两个孩子死于猩红热。

1907年　随家人移居华沙附近的拉德兹明（Radzymin）小镇，父亲成为当地
犹太学校的校长。辛格去犹太儿童宗教学校上学。

＊《辛格年表》非英文版原书所有，年表资料主要参考"美国文库"版《辛格短篇小说集》
（Collected Stories）"年表"部分、珍妮·哈达（Janet Hadda）的《艾萨克·巴什维斯·辛格传》
（Isaac Bashevis Singer:A Life）等。——编者注

1908 年　随家人移居华沙克鲁奇玛尔纳街（Krochmalna Street）10 号，该街
　　　　道居民大多是生活贫苦的犹太人。父亲在那里主持一个拉比法庭，
　　　　主要以解决街坊邻里的家庭和婚姻问题为生。童年的辛格除了阅
　　　　读宗教书籍外，还喜欢阅读爱伦·坡和阿瑟·柯南·道尔的故事，
　　　　以及一些流行的意第绪语小说。

1912 年　姐姐欣德·埃斯特与一名钻石切割工在柏林结婚，之后移居安
　　　　特卫普。

1914 年　"一战"爆发后，哥哥约书亚为了逃避俄军的征兵，在一个雕刻家
　　　　的工作室躲藏起来。姐姐一家逃难至伦敦。

1917 年　"一战"期间，辛格一家的生活每况愈下，在万般无奈之下，辛格和
　　　　弟弟随母亲来到母亲的故乡毕尔格雷（Bilgoray）小镇。小镇的一草
　　　　一木、历史风俗给正值青春期的辛格带来了巨大的冲击。他后来的
　　　　很多作品都以这个小镇为背景。在毕尔格雷的四年里，辛格除了研
　　　　读《塔木德》外，还广泛地阅读了斯宾诺莎、斯特林堡、托尔斯泰、
　　　　陀思妥耶夫斯基、福楼拜和莫泊桑等人的著作。他也学习波兰语、
　　　　德语、世界语和现代希伯来语等多门语言，并用这些语言创作一
　　　　些幽默短剧和诗歌。

1921 年　辛格回到华沙，进入一所犹太拉比学院学习，但因感到乏味，
　　　　又回到毕尔格雷，以教授希伯来语为生。其间，深入学习斯
　　　　宾诺莎的《伦理学》，阅读康德《未来形而上学导论》、汉姆生
　　　　《饥饿》等著作。

1922 年　因病离开毕尔格雷，去到家人在德兹克（Dzikow）小镇的住
处。生活苦闷。虔诚的弟弟摩西把哈西德派宗教思想家纳赫曼
（Nachman）的著作借给辛格阅读。

1923 年　辛格搬回华沙，哥哥约书亚为他在华沙一家意第绪语文学杂志《文
学之页》（*Literary Pages*）找到一份校对的工作。其时，哥哥在华
沙文学界颇有名望，游历过苏联，出版了小说集《珍珠》，为美
国《犹太前进日报》（*The Jewish Daily Forward*）撰稿。在华沙期间，
辛格经常出入犹太作家俱乐部，在那里，他与人自由地谈论文学、
哲学和时事新闻，贪婪地阅读各类书籍。

1925 年　在《文学之页》发表第一篇小说《在晚年》，并获得该杂志的文学
奖。用笔名"艾萨克·巴什维斯"在《今日》（*Ha-yom*）杂志上发
表短篇小说《蜡烛》。

1926 年　认识左翼女青年卢尼娅，后来他们以夫妻相处，但从未按照犹太习
俗办理结婚手续。

1928 年　辛格翻译的汉姆生小说《牧羊神》（*Pan*）、《漂泊的人》（*Wayfarers*）
意第绪语版出版。

1929 年　父亲平查斯·迈纳切姆在德兹克去世。辛格和卢尼娅的儿子伊斯雷
尔·扎米尔出生。辛格翻译的《罗曼·罗兰传》意第绪语版出版。

1930 年　辛格翻译的《西线无战事》《魔山》意第绪语版出版。

1932 年　与好友亚伦·蔡特林（Aaron Zeitlin）共同筹办意第绪语文学刊物
《格劳巴斯》（*Globus*）。在针对卢尼娅的一次调查中，辛格被短暂

拘押。开始撰写小说《撒旦在格雷》。

1933年　1月至9月，在《格劳巴斯》连载《撒旦在格雷》。

1934年　哥哥约书亚离开波兰移居美国，为《犹太前进日报》撰稿。

1935年　辛格和卢尼娅分道扬镳，卢尼娅带着儿子奔赴苏联，而辛格则在哥
　　　　哥约书亚的帮助下移居美国，跟哥哥一起住在纽约布鲁克林。然
　　　　而，辛格极度不适应纽约，感觉"自己被连根拔起"了，以至于
　　　　很多年都"写不出一个有价值的句子"。在哥哥的帮助下，开始为
　　　　《犹太前进日报》撰稿。长篇小说《撒旦在格雷》意第绪语版在波
　　　　兰出版。

1936年　哥哥约书亚的长篇小说《阿什肯纳兹兄弟》（*The Brothers Ashkenazi*）
　　　　在美国出版。姐姐欣德·埃斯特在华沙出版了首部小说《恶魔之
　　　　舞》（*The Dance of the Demons*）。

1937年　旅游签证已无法续签，在朋友的建议下，偷渡到多伦多获得加拿
　　　　大的居留证后，再返回纽约获得美国的长期居留权。夏天，在卡茨
　　　　基尔的一个农场度假时，辛格与未来的妻子德裔犹太人阿尔玛·海
　　　　曼·沃塞曼（Alma Haimann Wassermann）相识，彼时，阿尔玛是带
　　　　着两个孩子的有夫之妇。这年夏天，卢尼娅和儿子被苏联政府驱逐
　　　　出境，后辗转来到巴勒斯坦地区。

1939年　德国入侵波兰后，辛格与母亲、弟弟失去联系。哥哥约书亚成为美国
　　　　公民。好友亚伦·蔡特林移民美国。阿尔玛与丈夫离婚。

1940年　2月14日，辛格与阿尔玛步入婚姻的殿堂。但是婚后，他们的生

活非常拮据，阿尔玛不得不去百货公司做推销员。

1941 年　辛格一家搬到曼哈顿西 103 街的一套公寓中。

1943 年　获得美国公民身份。在度过了漫长的创作低谷后，辛格连续发表了五个短篇小说：《隐身人》《教皇泽伊德尔》《克雷谢夫的毁灭》《未出生者日记》和《两具跳舞的尸体》。

1944 年　2 月 10 日，哥哥约书亚因心脏病突发在纽约病逝。辛格悲痛不已，他说，约书亚的去世是"我一生中最为不幸的事。他是我的父亲，我的老师。我永远无法从这个打击中恢复过来"。发表短篇小说《市场街的斯宾诺莎》。

1945 年　在意第绪语杂志发表短篇小说《傻瓜吉姆佩尔》《小鞋匠》和《杀妻者》。"二战"后不久，有人告知辛格，母亲和弟弟被苏联政府放逐到哈萨克斯坦，并在建造木屋时冻死。11 月，长篇小说《莫斯凯家族》在《犹太前进日报》连载，同时在纽约广播电台以意第绪语连续播出。

1947 年　夏末，和阿尔玛乘船前往欧洲旅行。在英国与姐姐见面。在《犹太前进日报》发表旅行随笔。

1948 年　冬季，和阿尔玛前往迈阿密海滩，后来他们经常去那里。

1950 年　1 月，去迈阿密旅行。10 月，《莫斯凯家族》英文版由克诺夫出版社（Knopf）出版。这是辛格第一部被翻译成英文的长篇小说。出版前，英文版编辑要求大量删减，辛格颇为不快，但还是删掉了大量内容，并更换了结局。

1951 年　去佛罗里达和古巴旅行。

1952 年　长篇小说《庄园》开始在《犹太前进日报》连载。

1953 年　在欧文·豪的建议下，索尔·贝娄翻译并在《党派评论》发表了辛格的短篇小说《傻瓜吉姆佩尔》，引起美国批评界的热评。

1954 年　6 月 13 日，欣德·埃斯特在伦敦去世。姐姐是辛格家第一个写作的人。姐姐生前患有癫痫和抑郁症，加上辛格自身的抑郁状态和时不时出现的自杀念头，让辛格怀疑他们家有精神病史。

1955 年　2 月，儿子伊斯雷尔·扎米尔代表他所在的基布兹（kibbutz）访问纽约，二十年来首次见到辛格。2 月至 9 月，回忆录《在父亲的法庭上》在《犹太前进日报》连载。辛格首次去以色列旅行。《撒旦在格雷》英文版由正午出版社（Noonday）出版。

1956 年　《在父亲的法庭上》部分章节被改编成戏剧，在曼哈顿国家意第绪语人民剧院（National Yiddish Theatre Folksbiene）上演。

1957 年　长篇小说《哈德逊河上的阴影》在《犹太前进日报》连载。11 月，第一部短篇小说集《傻瓜吉姆佩尔》由正午出版社出版。

1959 年　长篇小说《卢布林的魔术师》在《犹太前进日报》连载。

1960 年　《卢布林的魔术师》英文版由正午出版社出版。辛格和阿尔玛搬到西 72 街的一套公寓中。法勒、斯特劳斯和卡达希出版社（Farrar, Straus and Cudahy, 1964 年更名为 Farrar, Straus and Giroux，以下简称 FSG, 中文通常译为法勒、斯特劳斯和吉鲁出版社）收购了正午出版社，开启了这家出版社与辛格之间的长期合作关系。

1961 年　短篇小说开始刊登在《小姐》(*Mademoiselle*)《时尚先生》(*Esquire*)和《智族》(*GQ*)等时尚杂志上，因而读者越来越多。10 月，短篇小说集《市场街的斯宾诺莎》英文版由法勒、斯特劳斯和卡达希出版社出版。长篇小说《奴隶》在《犹太前进日报》连载。

1962 年　《奴隶》英文版由法勒、斯特劳斯和卡达希出版社出版。特德·休斯和苏珊·桑塔格对该书大加赞赏。辛格阅读布鲁诺·舒尔茨的作品。决定成为一名素食主义者。

1964 年　《卢布林的魔术师》荣获法国最佳外国小说奖。短篇小说集《短暂的礼拜五》英文版由 FSG 出版。同年，辛格当选为美国艺术暨文学学会 (National Institute of Arts and Letters) 会员。

1965 年　辛格一家搬到百老汇大道与西 86 街交叉的贝尔诺德公寓。

1966 年　2 月至 8 月，长篇小说《冤家，一个爱情故事》开始在《犹太前进日报》连载。由欧文·豪选编和导读的《艾萨克·巴什维斯·辛格短篇小说选》出版。5 月，回忆录《在父亲的法庭上》由 FSG 出版。插图版儿童故事集《山羊兹拉特和其他故事》英文版出版。辛格在欧柏林学院担任住校作家。

1967 年　《庄园》英文版由 FSG 出版。插图版儿童故事《恐怖客栈》《好运气与坏运气》英文版出版。《山羊兹拉特和其他故事》荣获纽伯瑞儿童文学奖 (Newbery Honor Books)。

1968 年　《恐怖客栈》荣获纽伯瑞儿童文学奖。短篇小说集《降神会》英文版由 FSG 出版。插图版儿童故事集《当坏运气来到华沙和其他故事》英文版出版。《莫斯凯家族》荣获意大利班卡雷拉文学奖。

1969 年　长篇小说《地产》和回忆录《快活的一天：一个在华沙长大的孩子的故事》英文版由 FSG 出版。

1970 年　短篇小说集《卡夫卡的朋友》英文版，插图版儿童故事《奴隶以利亚：重述一个希伯来传说》《约瑟夫与科扎，或维斯瓦河献祭》英文版由 FSG 出版。《快活的一天：一个在华沙长大的孩子的故事》荣获美国国家图书奖儿童文学奖。《纽约时报》披露当时辛格的年收入已超过 10 万美元。

1971 年　《艾萨克·巴什维斯·辛格读本》由 FSG 出版。

1972 年　长篇小说《冤家，一个爱情故事》英文版由 FSG 出版。和辛格住在同一栋公寓楼里的玛格南摄影师布鲁斯·戴维森（Bruce Davidson）拍摄了一部 28 分钟的短片《辛格的噩梦和普普科夫人的胡子》。

1973 年　由辛格同名短篇小说改编的戏剧《镜子》在耶鲁保留剧目轮演剧团的专用剧场上演。短篇小说集《羽冠》英文版、插图版儿童故事集《切尔姆的傻瓜和他们的故事》英文版由 FSG 出版。

1974 年　长篇小说《肖莎》最初以《心灵旅程》为题在《犹太前进日报》连载，《忏悔者》也开始在《犹太前进日报》连载。插图版儿童故事集《诺亚为何选择鸽子》出版。《羽冠》与托马斯·品钦的《万有引力之虹》一同荣获美国国家图书奖小说奖。

1975 年　短篇小说集《激情》英文版由 FSG 出版。辛格在巴德学院担任住校作家。

1976 年　回忆录《寻求上帝的小男孩 : 或个人灵光中的神秘主义》和插图版
　　　　儿童故事集《讲故事的人纳夫塔利和他的马》英文版出版。9 月，
　　　　理查德·伯金（Richard Burgin）拜访了辛格，在接下来的两年中，
　　　　他对辛格大约进行了五十次采访。11 月，菲利普·罗斯拜访辛格，
　　　　一同探讨布鲁诺·舒尔茨，并把对谈内容整理发表在次年的《纽
　　　　约时报书评》。

1978 年　7 月，长篇小说《肖莎》英文版由 FSG 出版。回忆录《寻求爱情
　　　　的年轻人》英文版出版。10 月 5 日，辛格因"他充满激情的叙事
　　　　艺术，既扎根于波兰犹太人的文化传统，又展现了普遍的人类境
　　　　遇"，获得诺贝尔文学奖。与阿尔玛、伊斯雷尔·扎米尔等人前往
　　　　斯德哥尔摩。12 月 8 日，发表获奖感言。

1979 年　短篇小说集《暮年之爱》英文版由 FSG 出版。《卢布林的魔术师》被
　　　　改编成同名电影。伊斯雷尔·扎米尔翻译的《冤家，一个爱情故事》
　　　　希伯来语版在特拉维夫出版。米纳罕·戈兰（Menahem Golan）导演
　　　　的《卢布林的魔术师》在威尼斯电影节上映。

1980 年　2 月，长篇小说《原野王》开始 10 个月的连载。辛格拒绝波兰文
　　　　学团体的邀请，坚持不回波兰。

1981 年　回忆录《迷失在美国》英文版出版。

1983 年　长篇小说《忏悔者》英文版由 FSG 出版。《书院男孩燕特尔》被改
　　　　编成音乐电影《燕特尔》，导演芭芭拉·史翠珊（Barbra Streisand）
　　　　凭借该片荣获金球奖最佳导演奖。

1984 年　由《寻求上帝的小男孩：或个人灵光中的神秘主义》《寻求爱情的
　　　　年轻人》和《迷失在美国》三部合集而成的《爱与流放：一部回
　　　　忆录》出版。《儿童故事集》由 FSG 出版。

1985 年　辛格在迈阿密大学教授创意写作课。

1986 年　理查德·伯金编辑的访谈录《与艾萨克·巴什维斯·辛格对话》由
　　　　FSG 出版。

1988 年　短篇小说集《玛士撒拉之死》和《原野王》英文版由 FSG 出版。

1989 年　12 月，电影《冤家，一个爱情故事》上映。

1991 年　7 月 24 日，辛格在佛罗里达州瑟夫赛德镇的公寓里去世。安葬在
　　　　新泽西州帕拉默斯的一个犹太公墓。为了纪念辛格，迈阿密大学
　　　　设有以辛格命名的面向本科学生的学术奖学金。佛罗里达州瑟夫
　　　　赛德镇有一条以辛格命名的林荫大道。波兰的卢布林有一个"辛
　　　　格广场"。